KB068318

죄의 여백

TSUMI NO YOHAKU

ⓒYou Ashizawa 2012, 2015
First published in Japan in 2015 by KADOKAWA CORPORATION, Tokyo.
Korean translation rights arranged with KADOKAWA CORPORATION, Tokyo
through Eric Yang Agency Inc, Seoul.

이 책의 한국어판 저작권은 EYA(Eric Yang Agency)를 통한 저작권자와의 독점계약으로
'㈜알에이치코리아'에 있습니다.
저작권법에 의하여 한국 내에서 보호를 받는 저작물이므로
무단전재 및 복제를 금합니다.

罪の余白

죄의 여백

아시자와 요 지음
김은모 옮김

RHK
알에이치코리아

맨 발가락으로 까슬까슬한 콘크리트 가장자리를 꽉 붙잡았다. 하얘진 발가락 너머로 저 멀리 땅바닥이 보여서 얼른 눈을 내리깔았다. 회색 콘크리트와 초점이 흐려져 보이는 운동장의 나무들. 턱을 타고 흐르는 땀이 소리도 없이 떨어져 아래로 한참 빨려들었다.

나사가 빠진 것처럼 무릎이 덜컥 꺾이고 어깨에 늘어뜨린 머리카락이 둥실 떠올랐다.

처음에는 그저 떨어진다는 생각뿐이었다.

떨어지겠어, 떨어진다.

만류라도 하듯이 공기가 내장을 밀어 올렸다. 콘크리트에서 발바닥이 떨어졌다.

어쩌지 아빠, 나 죽겠어.

3층 교실이 거꾸로 보이고, 창문 안쪽에서 어금니를 보이며 웃는 낯선 얼굴이 묘하게 또렷이 눈에 새겨졌다. 그 옆에서 과자를 먹는 같은 반 애의 단발머리 끝자락이 살짝 찰랑거리는 것까지 여유 있게 눈에 들어왔다. 이럴 때는 느린 화면으로 보인다더니 정말이구나, 하고 남 일처럼 생각했다.

엄마도 이런 기분이었을까.

이제 돌이킬 수 없는 곳까지 와버렸을 때, 여기서 되돌아갈 수 없다는 걸 꼼짝없이 자각했을 때.

엄마는 무슨 생각을 했을까. 뭘 봤을까.

아아, 아빠가 운다. 미안해, 아빠.

아니다, 이건 엄마가 돌아가셨을 때의 아빠 얼굴이다.

깨달은 순간 미안해서 가슴이 아팠다. 또 아빠를 울렸다.

오늘은 어땠니, 재미있었어?

길이 잘 든 질냄비를 사이에 두고 아빠가 웃는다.

내가 잠든 후에도 일해야 할 만큼 바쁘면서 아침에 일어나면 늘 나를 위한 밥을 차려놓는 아빠. 힘들지 않을 리 없다. 하지만 아빠는 매일 내 이야기를 들으려고 했다.

내가 무엇보다 소중하다고, 내 덕분에 살맛이 난다고 말해준 아빠.

내가 죽으면 아빠는 어떻게 될까.

이제야 깨달았다.

난 역시 제정신이 아니었다.

분명 얼마든지 되돌릴 길이 있었다.

하지만 아아, 이미 늦었다.

/ 차 례 /

제 *1* 장

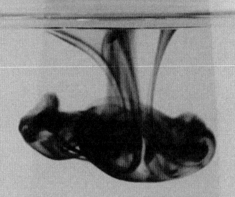

제 *1* 장

1

창문을 열자 얼굴에 들러붙는 바다 냄새가 더 진해졌다.

윤기가 흐르는 가느다란 머리카락이 바람에 휘날리며 미끄러지듯 창유리를 두드렸다.

"아빠, 얼마나 남았어?"

"그래서 아까 다녀오랬더니."

안도는 가속 페달을 꾹 밟으며 안경 브리지를 검지로 밀어 올렸다. 20분 전쯤, 휴게소를 1킬로미터 남겨두고 가나에게 화장실에 안 가도 되겠냐고 물었다. 눈꺼풀을 들 낌새도 없이 괜찮다고만 대답하고 다시 잠든 가나가 휴게소를 지나친 지 몇

13

분 만에 화장실 타령을 시작했다. 황급히 둘러보아도 휴게소 표지판은 커녕 고속도로 출구도 보이지 않았다.

전방에 과속 단속 카메라가 있습니다.

무감정한 내비게이션 음성에 인상을 찡그리며 속도를 줄였다. 드디어 출구를 알리는 표지판을 발견했을 무렵, 가나의 안색은 흙빛을 넘어 사색에 가까웠다.

"아까는 안 가고 싶었단 말이야."

가나가 얇은 입술을 앞니로 깨물더니 "아빠, 얼마나 남았어?" 하고 다시 물었다. 안도는 눈살을 찌푸리고 작게 탄식했다. 풀숲 사이로 가정집이 띄엄띄엄 보일 뿐 가게다운 가게는 없었다.

"이제……그래, 일단 국도로 내려왔으니까 편의점이든 식당이든 나오면 들르자. 너도 눈 크게 뜨고 잘 봐."

"응."

"아, 오른쪽은 안 되니까 왼쪽에서 찾아."

"나도 그 정도는 알아."

가나가 삐진 투로 말했다. 길을 확인하고 힐끗 곁눈질하자 가나는 등받이에 어깨를 댄 채 허리를 살짝 띄우고 있었다. 진동이 전해져서 그러는 모양이었다. 안도는 입매를 누그러뜨리며 급하긴 급한가 보네, 하고 중얼거렸다.

"정 안 되겠거든 저기서 누고 와. 사람도 차도 거의 없잖아. 아빠는 차 안에 있을게."

안도가 반쯤 진심으로 말하자 가나는 "절대로 싫어. 말도 안
돼" 하고 입술을 삐죽 내밀었다. 안도는 시선을 앞으로 돌리며
관자놀이를 긁적였다.

"괜찮아. 아빠도 그런 적 있어."

"별꼴이야."

가나는 쌀쌀맞게 대꾸하고 머리를 쓸어 올리며 짧게 한숨을
쉬었다. 묘하게 어른스러운 모습에 안도는 흠칫했다.

"남자는 그런 거에 무신경할지도 모르겠지만 여자는 안 그래."

이어진 가나의 말에 안도는 숨을 삼키고 의식적으로 메마른
웃음을 흘렸다.

"그렇겠지."

지금으로부터 8년 전 가나는 엄마를, 안도는 아내를 잃었다.
마리코의 2년 반 투병 생활은 가나가 여덟 살 때 그렇게 끝났다.

가나는 마리코 몸 상태가 갑자기 나빠져 학교 참관 수업이
나 자신이 주인공으로 뽑힌 학예회 당일에 불참하는 일이 생
겨도 불평하지 않았다.

"엄마 괜찮아? 그런 표정 짓지 마. 난 괜찮아. 잘하고 올 테
니까 엄마도 잘 쉬어야 해. 응? 쑥쑥 크는 게 내 일이라면 엄마
일은 푹 쉬는 거야. 멋대로 일어나서 밥 하면 안 돼."

가느다란 혈관이 불거진 엄마의 손을 꼭 잡고 당차게 말하는 딸이 실은 그 직전까지 울었다는 걸 안도는 알고 있었다.

"아빠, 엄마한테는 내가 울었다고 말하지 마, 절대로 안 돼."

신신당부하던 가나의 모습은 암으로 인한 통증과 항암제 부작용에도 약한 소리를 거의 하지 않았던 마리코를 쏙 빼닮았다.

"남자라서가 아니라, 아빠가 특히 둔한 거겠지?"

가나가 약간 당황한 듯 덧붙였다.

"컵 볶음면도 물 안 버리고 먹잖아."

그러고는 장난스럽게 실눈을 떴다.

"그 이야기는 언제까지 우려먹을래?"

안도는 목을 움츠리며 물이 들어간 것처럼 코 안이 찡한 걸 참았다. 가나가 왜 남녀 차이를 언급했다가 취소했는지 알았기 때문이다.

가나는 착하다.

남자 혼자 자식을 잘 키웠다고 자신 있게 말할 수는 없었지만 가나는 이렇게나 상대의 마음을 잘 헤아리는 아이로 자랐다. 안도는 그게 정말 고마웠다.

그때, 가나가 반가운 목소리로 외쳤다.

"찾았다!"

가나가 가리키는 곳으로 눈을 돌리니 도쿄에서는 본 적 없
는, 아무래도 24시간 영업은 아닐 듯한 작은 편의점이 있었다.
황록색 간판 옆에 차를 세우자마자 가나가 구르다시피 차에서
뛰쳐나갔다.

"점원한테 허락부터 받아!"

안 들렸는지, 아니면 안도의 말에 대답할 여유조차 없었는
지 가나는 부리나케 편의점으로 뛰어들었다.

"죄송해요, 화장실 좀 쓸게요!"

자동문 안쪽에서 들려오는 절박한 목소리에 안도는 피식 웃
었다.

다홍색, 흰색, 감청색, 검은색, 감색, 보라색, 선녹색. 지느러
미를 움츠린 채 수조 구석에 웅크려 있던 회갈색 베타가 지느
러미를 펼치면, 마치 싸움을 앞두고 변신하는 애니메이션의 한
장면처럼 순식간에 선명한 색채로 빛난다. 몇 번 보아도 압권
이다.

꼬리지느러미와 등지느러미가 부채꼴로 펼쳐지면 5센티미
터 크기의 작은 물고기가 몇 배나 커 보인다. 얇은 다홍색 플레
어스커트가 플라멩코 의상처럼 부드럽게 나부끼면 숨겨져 있
던 몸통의 푸른색이 드러난다.

하지만 보는 사람에게 소리 없는 아름다움을 선사하는 이 광경은 손끝까지 정성을 기울인 무용수의 화사한 공연이 아니다. 생사를 건 혼신의 싸움, 이는 태곳적부터 본능에 각인된 엄격한 의식과도 같다.

'베타(투어)'라고 적힌 플라스틱판 옆에 작은 수조 두 개가 나란히 놓여 있다. 같은 종류의 물고기를 한 마리씩 따로 넣어둔 곳은 구경하는 데 두 시간은 걸릴 이 수족관에서 여기뿐이다.

지느러미가 길고 화려하며 수면에 거품으로 둥지를 만드는 게 수컷, 지느러미가 수컷의 절반 정도로 짧고 옆면에 가로 줄무늬와 알이 비쳐 보이는 게 암컷이다. 관람객은 한눈에 차이를 알아보지만 정작 그들은 모른다. 서로 마주친 후 구애의 춤을 추며 교미로 이어질 것인가, 생사를 가를 치열한 싸움이 시작될 것인가. 그들은 일단 위협하는 행동을 취해 상대의 반응을 살핀다. 수줍은 듯 지느러미를 움츠리고 피하면 암컷이지만, 이럴 경우는 교미로 이어지지 않는다. 암컷이 승낙하면 꼬리를 살짝 뻗치고 우아한 춤을 추기 때문이다. 과시하듯 격한 춤으로 대응하면 상대는 수컷, 싸움이 시작된다.

수조 앞에는 입을 반쯤 벌리고 지켜보는 가나 말고도 재잘대며 휴대전화를 들이대는 커플과 큼지막한 카메라를 들고 싱글싱글 웃는 젊은 남자 세 명이 있었다. '오후 2시에 합사합니다. 촬영할 때 플래시는 터뜨리지 마세요(상황에 따라 도중에 중지

할 수도 있습니다).'라고 적힌 안내문인지 통보문인지 애매한 간판까지 촬영하는 걸로 보아, 그들은 소위 마니아일 것이다. 베타에게는 열광적인 팬이 많다. 예쁘게 만들기 위해 품종 개량한 '쇼 베타'를 사육해 콘테스트에 참가하거나 동영상을 인터넷에 올리는 등 취미를 공개하는 마니아들은 집에 같은 종류의 베타가 있어도 뻔질나게 수족관을 드나든다고 한다.

오늘 여기서 베타를 '합사'한다는 정보는 옆 연구실 오자와 사나에가 알려주었다. 사나에도 그렇고 이 3인조도 그렇고 어디서 어떻게 이런 희귀한 정보를 입수하는 걸까. 안도는 가나 옆에서 허리를 구부렸다.

다행히도 맞선에 성공했는지 암수는 투명한 유리 너머로 시선과 춤을 교환했다. 사육사가 칸막이를 빼내자 느닷없이 물이 출렁거렸다. 두 마리는 놀라는 듯하다가 이내 빙글빙글 우아하게 춤추기 시작했다.

"뭐야, 싸운다더니만 별거 없네."

기획의 취지를 잘못 이해했는지 커플 중 남자가 불만스럽게 입을 삐죽대며 수조 앞을 떠나자 여자는 "예쁜데 왜 그래" 하면서 따라갔다. 결국 어스름한 수조 앞에는 '합사'를 볼 목적으로 수족관을 찾았을 다섯 명이 남았다.

암컷이 거품 둥지 밑으로 나아가 배를 위로 향하게 하자 수컷은 긴 지느러미로 감싸듯이 암컷을 끌어안았다. 교미라기보다 간호하는 듯한 자세를 십수 초 유지하다 수컷이 멀어지는 동시에 암컷의 몸에서 알이 툭툭 떨어졌다. 배를 밑으로 돌리고 넋이 나간 듯 꼼짝도 않는 암컷 대신 수컷이 가라앉는 알을 얼른 입에 품어 둥지로 옮겼다.

"아빠."

가나가 암컷을 가리키며 딱딱한 표정으로 돌아보았다.

"얘는 죽은 거야?"

한 발짝 뒤에서 보고 있던 안도는 숨을 짧게 내쉬고 가나 옆에 쪼그려 앉았다.

"걱정 마. 뒤집어져서 둥둥 떠 있지 않잖아."

"하지만 꼼짝도 안 하는데……."

굳은 표정을 풀지 않는 가나를 보고 안도는 미소 지었다.

"괜찮대도. 기운 차릴 테니까 잘 봐봐."

가나는 순순히 고개를 끄덕이고 다시 수조로 얼굴을 돌렸다. 안도는 손으로 무릎을 짚고 벌떡 일어섰다. 수컷의 움직임에 맞추어 좌우로 흔들리는 가나의 머리를 내려다보며 당시 아직 조교수였던 사나에가 기르던 베타를 마리코와 함께 구경했던 일이 떠올랐다.

스물아홉 살에 조교수로 임명된 사나에의 축하연이 발단이었다.

"그럼 사나에 씨, 인사 말씀 부탁드립니다."

사회자를 맡은 조교의 말에 일어선 사나에는 인사, 하고 작게 중얼거리더니 똑바로 자세를 취하며 앞을 보고 말했다.

"안녕하세요."

안도는 가볍게 고개 숙여 답한 후 시선을 들고 다음 말을 기다렸다. 하지만 사나에는 아무 말도 없었다. 긴장한 걸까. 의아한 표정으로 쳐다보고 있으니 사회자가 쓴웃음을 지으며 덧붙였다.

"사나에 씨, 자기소개도요."

아아, 하고 사나에가 단조로운 목소리로 말했다.

"그것도요?"

웃을 장면이다 싶었지만 웃지 못한 건 사나에가 완전히 무표정이었기 때문이다. 눈 한 번 깜박이지 않고 불쾌해 보이기까지 하는 차가운 시선을 허공에 고정한 채 입을 거의 벌리지 않고 덤덤히 말하는 사나에의 모습은, 단정한 이목구비와 앳된 외모도 한몫했겠지만, 마치 정교한 로봇 같았다.

잠시 후에 웃음소리가 터져 나오자 안도는 웃어도 되는구나 싶었다.

"사나에는 변함없구나."

사나에가 재학할 당시부터 담당 교수였다는 오자와 히로시 교수가 유쾌하게 고개를 끄덕이는 걸 보고 사나에는 원래 그런 거구나 싶어 안도는 참았던 숨을 내쉬었다.

"오자와 사나에입니다. 오자와 교수님과 한집안 사람은 아니고요. 인간관계에 어려움을 겪어 심리학을 전공했지만, 여전히 인간의 감정을 잘 헤아리지 못합니다. 유아기에 특별한 트라우마는 없고, 부모님은 평범한 회사원입니다. 표정이 풍부한 여동생이 있고 뇌 기능 검사는 음성이었습니다. 현재 관심 있는 연구 과제는 '의사결정 스타일과 감정의 시간적 변화'입니다. 무례하게 느껴지는 말씀을 드릴 때도 많을 것 같은데, 따뜻하게 지켜봐 주시면 감사하겠습니다. 앞으로 지도 편달 부탁드립니다."

지시받은 문장을 단숨에 읽어 내리듯 말투가 너무 매끄러워서 안도는 당황했다. 사나에를 모르는 사람은 반년 전에 다른 대학에서 옮겨와 서른세 살의 나이로 겨우 강사가 된 안도뿐인 듯, 다른 사람들은 다들 미숙한 아기 새를 지켜보는 어미 새 같은 시선으로 사나에를 바라보고 있었다.

형식적인 자기소개 후에 사나에는 주변 사람들과 인사를 나눴다. 안도 차례가 오자 사나에가 안도의 두 눈을 똑바로 쳐다보았다. 안도는 묘한 압박감에 쩔쩔매고 있었는데, 사나에가 자신의 눈만 쳐다봐서 그렇다는 걸 한 박자 늦게 알았다. 보통은 이야기할 때 상대의 눈과 입을 번갈아 본다. 무의식적으로 자연스럽게. 하지만 사나에는 시선의 움직임이 전혀 없었다.

친하지도 않은데 대뜸 이름을 부르려니 어색해서 안도는 눈을 돌리고 사나에 씨, 사나에 씨, 입속으로 몇 번 연습하고 입을 열었다.

"안도 사토시입니다. 전공은 동물 행동 심리학이고요. 아직 이 대학에 온 지 얼마 안 되었으니까, 그런 의미에서는 사나에 씨가 선배겠네요. 저야말로 여러모로 가르쳐 주시면 감사하겠습니다. 잘 부탁드립니다."

축하연이 시작되고 얼마 지나지 않아 사나에가 옆자리로 오더니 "인사가 늦어 죄송합니다"라는 형식적인 말과 함께 맥주병을 내밀었다. 안도는 "감사합니다" 하고 급히 맥주를 들이켠 후 잔을 내밀었다. 꽉 차게 따르려는 걸 손바닥을 내밀며 이만 됐다고 만류했지만, 사나에는 멈추지 않았다. 안도는 사나에가 든 맥주병을 잡았다. 흐름상 한 잔 따라주려 하자, 사나에는 "아니요"라며 진지한 표정으로 거절했다.

"술은 못 마셔서요."

너무 칼같이 거절해서 안도는 약간 발끈했다. 안도도 결코 술이 센 편은 아니다. 하지만 어울려 마시는 것도 업무의 일환이라 생각했다. 회식을 마치고 길에 토하는 걸로 모자라 택시에서도 토하는 바람에 택시비를 두 배로 지불한 적도 있었다. 사나에는 정말로 알코올 분해 효소 두 개가 전부 없는 체질이겠지만, 약간의 머뭇거림도 없이 딱 잘라 말하는 그 태도가 마음에 들지 않았다.

안도가 입을 꾹 다물거나 말거나 사나에는 "건배" 하며 우롱차 같은 갈색 액체가 든 컵을 쳐들었다. 안도는 사나에를 외면한 채 잔을 맞대며 입가를 일그러뜨렸다.

"사나에 씨는 꼭 로봇 같네요."

취한 탓이리라. 하지만 인간관계에 어려움을 겪어 심리학을 공부했다는 사나에가 제일 싫어할 말을 굳이 꺼낸 게 마음속 깊은 곳의 추악한 질투 때문이라는 것도 부정할 수는 없었다. 아직 어설프지만 여성이어서 술을 마시지 않아도 되는 특혜를 누리고, 출신 대학에서 잘 아는 교수들의 비호를 받으며 뭘 어쩌든 사나에답다며 용인되고, 거의 최단기간에 조교수 그것도 올해 쉰네 살이 된 오자와 교수 밑으로 들어가 별 탈 없으면 서른다섯에는 교수가 될 수 있는 출세 코스를 밟는다. 솔직히 부러웠고 사나에의 기분이 좀 언짢아지기를 바란 것도 사실이다.

하지만 사나에는 아무렇지도 않은 표정으로 고개를 끄덕였다.

"네, 오히려 로봇이라면 잘 만들었다고 칭찬받을 텐데요."

그 순간 목구멍에 맺혀 있던 뭔가가 스르르 녹는 걸 느꼈다. 아아, 그렇구나, 이 사람은 정말로 인간으로 살아가는 데 서툰 거구나.

적의를 드러낸 게 부끄러웠다. 잘못을 무마할 요량으로 사나에가 쓴 논문의 감상을 말하자, 사나에는 점화 스위치가 켜진 것처럼 연구 내용을 줄줄 이야기하기 시작했다. 그다음부터는 즐거웠다. 안도가 진행 중인 연구의 진척 상황, 최근 미국에서 발표된 도박 중독에 관한 논문, 안도의 가족 이야기까지……. 표정이 풍부하지 않고 말투가 딱딱한 걸 감안해도 사나에는 충분히 매력적인 대화 상대였다. 아무튼 관심 있는 분야에는 조예가 깊었다.

그러다 사나에가 베타를 기른다는 이야기가 나왔다.

베타의 습성과 종류에 대해 마치 도감을 낭독하듯 상세하게 설명하는 사나에는 생기가 넘쳤고, 좋아하는 곤충이나 변신 히어로에 대해 열렬히 떠드는 아이처럼 진심으로 즐거워 보였다.

다음 날 마리코를 면회하러 갔다가 베타 이야기를 꺼낸 건 그래서였으리라. 난해한 연구 주제나 교수진의 파벌 같이 울적한 이야기 말고 뭔가를 좋아한다는 순수하고 우직한 열정으로 가득한 이야기를 들려주고 싶었다.

"재미있는 사람이네." 마리코는 눈에 웃음기를 띠더니 "좋겠다" 하고 어린아이 같은 투로 말을 이었다.

"그렇게 예쁜 물고기라면 나도 보고 싶어."

다음 날 마리코의 말을 전하자 사나에는 베타를 감상하는 방법을 순식간에 정리해 자료를 만들고 자기가 기르는 베타 사진을 잔뜩 뽑아왔다.

"오늘 병원에 같이 가도 될까요?"

느닷없는 제안에 당황할 틈도 없이 사나에는 정말로 병원까지 따라왔다. 베타가 헤엄치는 수조를 품에 안고.

"어떻게 가져온 겁니까?"

안도가 묻자 사나에는 당연하다는 듯 대답했다. "4교시가 공강이라 집에 가서 가져왔어요. 아내분이 보고 싶다고 하셨다면서요."

그냥 해본 말은 아니었지만, 그래도 사나에가 자신의 말을 순수하게 받아들여서 놀랐다. 그걸 바로 실행에 옮기는 열의와 추진력에도.

"일부러, 죄송합니다."

"뭘 사과하시는 건가요?"

사나에는 의아한 듯 고개를 갸웃했다. "아니요, 감사합니다" 하고 말을 바꾸자 "천만에요"라며 고개를 끄덕하더니 수조를 보고 놀라는 주변의 시선에도 아랑곳하지 않고 당당하게 엘리베이터에 올라탔다.

"우와!" 난생처음으로 베타를 본 마리코가 탄성을 지르고는 웬일로 얼굴에 홍조까지 띠며 수조를 들여다보았다.

"굉장해! 정말 예쁘다."

그러고는 할 말을 잃은 듯 입을 다물었다. 사나에도 아무 말 없이 수조만 바라봐서 침묵이 흘렀다. 하지만 거북한 분위기는 아니었다. 좁은 수조에서 부드럽게, 때로는 경련하듯 선명한 색깔의 지느러미를 바쁘게 팔락이는 물고기 한 마리. 쉴 새 없는 그 몸짓을 눈으로 쫓고 있자니 시간 감각이 모호해지고 마음이 차분해졌다. 셋이서 수조를 둘러싸고 있는데도 왠지 홀로 그 수조를 마주하고 있는 듯한 착각에 사로잡혔다.

불현듯 몹시 서글펐다. 어렸을 적, 저녁에 깜박 졸다 깨어난 순간 엄청나게 허전한 기분이 밀려드는 감정과 흡사해 가슴이 아렸다. 허둥지둥 수조에서 눈을 돌려 마리코를 보았다. 마리코, 하고 말을 걸려 했지만 목소리가 잘 안 나왔다. 베타의 움직임을 따라 좌우로 돌아가는 마리코의 목이 너무 가늘어서 안쓰러웠다.

환자 상태를 보러 온 간호사가 "안도 씨! 뭘 가져오신 거예요!" 하며 언성을 높이자 마음이 놓였다. "죄송해요"라고 대답하는 목소리가 어른 남자 목소리라 안심하면서도 조금 부끄러웠던 게 기억난다.

수컷이 마지막 알을 둥지로 옮길 즈음, 기력을 되찾은 암컷이 잠깐 헤엄 치더니 다시 위를 보고 누웠다. 수조 바닥과 수면을 열 몇 번이나 왕복한 수컷은 지친 기색 하나 없이 쌩쌩하게 그 위에 몸을 포갰다.

"오오, 잘 찍었네!"

"그쪽은?"

"나도 많이 건졌어. 봐, 이거 끝내주지 않아?"

촬영을 대충 마친 듯 청년들이 서로의 카메라를 들여다보며 웅성거렸다. "여기서 화면을 전환하고 확대하면, 오 괜찮다." "곡은 뭐로 할래?" "일단 잠깐 쉬면서 제목을 정해보자……." 출구로 향하는 내내 떠들었다.

안도는 가나를 돌아보며 우리도 그만 가자고 말하려다가 입을 다물었다. 교미가 한 차례 끝났는데도 가나는 두 물고기에게 관심을 집중하고 있었다. 형광등이 비친 가나의 뺨이 장식품처럼 덤덤하게 불빛을 반사했다.

"엄마도 베타를 좋아했는데."

안도는 숨을 깊이 들이마신 뒤 내쉬며 말했다. 중얼거릴 요량이었지만 힘이 실렸는지 밝은 느낌의 극중 대사처럼 들렸다. 마치 삼류 드라마의 한 장면 같아서 안도는 급히 말을 이었다.

"역시 가나는 엄마를 닮았어."

가나는 작은 두 손을 수조에 댄 채 아무 대답도 없었다. 허공에 뜬 말이 리놀륨 바닥에 싱겁게 떨어지자 안도는 귀 뒤쪽을 긁적였다. 저 집중력은 날 닮은 걸까. 살짝 눈웃음 지으며 살그머니 거리를 두었다. 성에 찰 때까지 놔두기로 하고 다른 수조를 둘러보았지만, 안도가 한 바퀴 돌고 올 때까지도 가나는 같은 자세로 쪼그려 앉아 있었다.

안도는 한숨을 내쉬고 쓴웃음을 지었다.

"가나, 이제 다른 데로 가자."

가나는 흠칫 놀라 돌아보며 재빨리 일어섰지만, 아쉬운 듯 수조를 한 번 더 보았다.

"하지만……."

안도는 하품하며 어깨를 돌렸다.

"아직도 덜 봤어? 아빠, 다리 아픈데."

고개를 숙인 채 대답 없는 가나에게 입구에 있는 카페에서 좀 쉬자고 태평스레 말하자 가나는 그러자며 의외로 순순히 따랐다.

네가 문을 열고 나가는 모습을 보는 게 마지막인 줄 알았다면

널 끌어안고 입을 맞추고

다시 한번 불러 세워 끌어안았을 텐데

네 기쁨에 찬 목소리를 듣는 게 마지막인 줄 알았다면

전부 비디오로 찍어놓고

매일 되풀이해 볼 텐데

영원한 상실에 대한 후회를 읊조림으로써 지금 할 수 있는

일을 환기하는 이 시는 한 여성이 죽은 아이를 그리워하며 지은 것이라고 한다.

안도는 아내를 잃은 직후에 처음으로 이 시를 보았다. "여명 반년." "이번 달 말까지." "언제 그때가 와도 이상하지 않습니다." 시간을 한정하는 의사의 말을 들으며 늘 오늘이 마지막 날일지도 모른다는 각오로 하루하루를 보냈지만, 그래도 역시 내일이 없다는 사실 앞에서는 후회를 억누를 길이 없었다.

소리 높여 울다가 다시는 같은 후회를 하기 싫어 가나를 끌어안고 최신형 비디오카메라를 사러 간 것이 8년 전. 그로부터 많은 세월이 흘렀지만, 누군가와 별것 아닌 일로 말다툼하더라도 이게 마지막이 되면 어떡하나, 하는 강박관념에 사로잡혀 바로 사과하는 습관이 생겼다.

그래도 안도는 기억이 안 난다.

딸과 마지막으로 나눈 말이 무엇이었는지, 가나의 마지막 바람은 무엇이었는지.

얼마 전 함께 수족관에 갔을 때 나눈 이야기는 간신히 기억나지만, 마지막이었을지도 모르는 딸의 바람을 다리가 아프다는 핑계로 마다했다는 후회만이 뼈아프게 남는다.

처음으로 연락 온 시간이 9월 13일 오후 1시 12분.

그때 안도는 분필 가루를 덮어쓰며 '본능은 어디까지 본능인가'라고 칠판에 적고 있었다. 바지 뒷주머니에서 휴대전화가 진동하자 학생들 몰래 교탁 밑으로 꺼내 화면도 보지 않고 전원 버튼을 길게 눌렀다. 그리고 강의가 끝나기까지 48분간 안도는 전화를 잊고 있었다.

꾸벅꾸벅 조는 학생, 책상 밑의 뭔가를 읽는 학생, 열심히 필기하는 척하며 옆자리 학생과 필담하는 학생. 열심히 수업을 듣는 학생도 있었겠지만, 안도의 머릿속에 되살아나는 건 수업에 집중하지 않는 학생들에게 잭 파커 헤일먼이 1960년대에 착수한 갈매기 연구 프로그램에 대해 목이 쉬어라 설명하는 자신의 모습뿐이었다.

시계의 긴 침이 12를 지나고 강의 후에 찾아온 학생의 질문에 답하다 문득 생각나서 휴대전화 전원을 켠 시간이 오후 2시 7분. 현재 위치와 본인임을 인증하는 화면, 그 몇 초의 시간을 거쳐 눈에 들어온 숫자에 안도는 깜짝 놀랐다.

부재중 전화 48건.

모르는 번호 몇 개에 이어 화면에 꽉 차게 줄지은 공중전화 번호가 몹시 마음에 걸렸다. 처음 몇 번은 그렇다 치더라도 다섯 번이나 연이어 걸었는데 연결음도 들리지 않으면 전원을 끈 줄 알 것이다. 게다가 공중전화라면 음성사서함으로 연결될 때마다 십 엔이 든다. 그래도 계속 걸지 않으면 안 되는 상황이라니⋯⋯. 강한 불안감을 억지로 짓누르며 가나의 번호를 누르려는데 뒤에서 목소리가 들렸다.

"안도 씨!"

사나에였다. 숨을 헐떡이며 이마에 구슬땀까지 맺힌 그녀는 긴 머리를 하나로 묶고 연회색 정장 차림에 검은색 작은 가방을 들고 있었다.

"저어, 방금 연구실로 전화가 왔는데……."

사나에는 안도가 들고 있는 휴대전화를 보고 입을 다물더니, 잠깐 숨을 고르고 나서 느닷없이 안도의 팔을 잡았다.

"아무튼 서두르죠!"

영문도 모른 채 학생들의 호기심 어린 시선 속을 빠져나가며 불안한 예감에 가슴이 두근두근 뛰었다.

무슨 일인지 어디로 가는지 물어볼 틈도 없이 교문을 나서자 사나에가 멈춰 있는 택시를 향해 재빨리 손을 들었다. 센서에 반응하듯 지체 없이 뒷좌석 문이 열렸다. 택시는 신호를 기다리던 게 아니라, 분명 교문 앞에 정차해 있었다. 안도는 정신없는 와중에도 사나에에게 등 떠밀려 택시에 올라탔다.

"히가시토시마 종합병원이요."

사나에는 나지막하게 말하고 학교 비품으로 보이는 누런 복사 용지를 택시 기사에게 건넸다. 병원? 한 박자 늦게 머릿속에 의미가 전달됐다.

"병원이라니……."

"서둘러 주세요."

고작 수십 미터 뛰었는데 심장이 요동쳤다. 쿵, 쿵, 쿵, 하고 재촉하듯 가슴을 두드렸다. 안도는 쥐고 있던 휴대전화를 내려다보다 고개를 번쩍 들었다.

"사나에 씨, 다음 강의가…….."

"휴강 수속 해놨어요."

바로 되돌아온 대답에 숨을 삼켰다. 예삿일이 아니라는 것만은 분명했다. 강의를 멋대로 휴강시킬 만한 큰일이라니, 대체 뭐가…….

"가족 분이 사고를 당하셨어요. 종합병원으로 이송됐대요."

사고라는 말을 듣자 일단 교통사고가 연상됐다. 도시마구내에 사는 가족이라면 가나와 장인 장모다. 아니, 가나는 아직 수업 중일 것이다.

"누굽니까? 전화가 왔을 때 이름은 말하던가요?"

"……병원에서 들으세요."

사나에의 표정은 평소와 다름없었다. 하지만 말할 때 거북할 정도로 상대를 똑바로 쳐다보는 사나에가 눈을 마주치지 않았다. 안도는 몸속이 싸늘하게 식어가는 걸 느꼈다. 누가 무슨 사고를 당했고, 지금 어떤 상태인지 사나에는 알고 있다.

"좀 더 빨리는 안 되나요?"

사나에가 조수석에 손을 얹고 몸을 앞으로 내밀었다.

"급해서 그래요."

"거 참. 더 빨리 달리면 속도위반에 걸려요, 걸려."

택시 기사가 난감하다는 듯 머리를 긁적이며 장난스럽게 말했다. 사나에는 핏기가 없는 입술을 벌리려다 꾹 다물더니 주먹으로 조수석을 내리쳤다. 퉁, 하는 둔탁한 소리에 어울리지 않는 충격에 택시 기사와 안도는 동시에 사나에를 쳐다보았다.

"손님, 왜 이러세요?"

택시 기사의 목소리에는 불쾌감이 역력했다.

"얼마나 남았나요?"

사나에는 조용하게 재차 물었다. 뭔가를 억누른 듯한 그 목소리에 가나의 목소리가 겹쳤다.

아빠, 얼마나 남았어?

안도는 휴대전화를 들었다. 땀으로 미끈거리는 손을 셔츠에 닦고 떨리는 손가락으로 버튼을 눌렀다. 실수로 부재 전화 목록 화면으로 넘어가 줄줄이 늘어선 공중전화 번호 위에서 손끝을 헤맸다. 전원버튼을 눌러 대기화면으로 되돌리고 가나의 번호를 누른 후 휴대전화를 귀에 가져다 댔다. 사나에가 이쪽으로 고개를 휙 돌리는 모습이 시야 가장자리에 비쳤다.

연결음이 두 번 울리고 사나에에게 힐끗 시선을 던지려 할 때 전화가 연결됐다. 참고 있던 숨을 내쉬었다. 다행이다, 일단 가나는 아니다.

"아, 미안. 아직 수업 중이지."

"왜 전화를 안 받아!"

귀청이 떨어질 것 같은 고함소리에 놀라 휴대전화를 귀에서
뗐다. 마리코의 어머니, 그러니까 장모의 목소리라는 걸 잠시
후에 깨달았다. 왜 가나의 전화를 장모님이⋯⋯. 떠오른 의문
을 말로 인식하기 전에 장모가 온몸으로 숨을 들이켜는 소리
가 똑똑히 귀에 닿았다.

"이제 틀렸어, 늦었다고! 가나는 죽었어."

무슨 뜻인지 모를 저주 같은 절규가 안도의 귓속에 메아리
쳤다.

그 후의 기억은 전부 단편적이다.

일그러진 얼굴로 입을 크게 벌린 채 발을 동동 구르는 장모.

정치가 느낌의 교장 앞에서 맞지 않는 양복 차림으로 축 늘
어뜨린 어깨를 떨던 아버지.

견적서를 펼치는 상조 회사 직원의 손목에 감긴 거창한 명
품 시계.

부엌으로 향하는 어머니의 뒷모습.

영화의 한 장면처럼 현실감이 없는 장례식에서 가나의 사진
을 품에 안고 참석자들에게 머리를 숙이는 자신의 숱이 적어
진 뒤통수.

형광등 줄 끝에 달린 작은 매듭.

낯선 변기 앞에서 지퍼를 내리는 자신의 오른손.

이상하게도 소리는 하나도 없어, 마치 비스듬히 뒤편에 서서 더럽고 얇은 비닐 막 너머로 자신의 모습을 내려다보는 듯한 거리감이 느껴졌다.

유일하게 소리가 들어간 것은 경찰관이 입을 움직이는 장면이다.

"현재 사고와 자살, 양쪽을 염두에 두고 조사 중입니다."

비디오를 되감듯 몇 번이고 그 장면을 머릿속에서 재생한 끝에 '사고', '자살'이라는 두 단어가 떠올랐다. 하지만 그게 무슨 뜻인지는 전혀 이해가 가지 않았다.

분명한 사실은 가나가 이제 이 세상 어디에도 없다는 것. 학교 4층에서 추락했지만 나무 위로 떨어져 즉사는 아니었다는 것. 온몸의 뼈가 부러지고 나뭇가지와 부러진 갈비뼈가 목과 내장에 박혔지만, 의식이 있어서 죽음에 이르기까지 고통을 견뎌야 했다는 것.

그리고 처음으로 전화가 왔을 때 달려갔다면 살아 있는 가나를 만날 수 있었다는 것.

아무 생각도 하기 싫었다. 텅 빈 머리로 잠들어 다시는 깨고 싶지 않았다. 감각 없는 손발을 차례대로 움직여 침대에 누워 눈을 감았다. 그러자 녹초가 된 뇌가 오작동을 했는지 다양한 광경을 보여주었다.

거실 전화 받침대 옆에 크고 작은 뒷모습 두 개가 있다.

다리를 풀고 털썩 앉으며 어깨를 으쓱하는 가나, 그 옆에 쪼그리고 앉아 전화기를 조작하는 마리코.

"자, 해봐."

마리코가 수화기를 내밀자 가나는 "아!" 하고 작게 소리치고 얼른 수화기를 받아들었다.

"어, 음, 지금 집에 없습니다. 용건이 있으신 분은 어, 삐 하는 소리가 들린 후에…… 잘 부탁드립니다. 삐!"

머뭇대던 처음과 달리 말문이 터진 듯 새된 목소리로 또박또박 말을 끝맺은 후 가나는 수줍은 표정으로 웃었다.

"괜찮은데."

마리코의 말에 가나가 고개를 번쩍 들었다. 홱 돌아본 가나의 웃음 가득한 얼굴이 클로즈업되어 시야에 가득 찼다.

"아빠! 자동응답기 세팅했어!"

작은 손바닥에서 온몸을 동그랗게 만 공벌레가 데굴데굴 굴러떨어졌다.

"아, 이 녀석이!"

가나가 공벌레를 야단치며 급히 오른손을 내밀어 주우려고 했다. 그러자 손안에 모아둔 공벌레 수십 마리가 한꺼번에 땅에 떨어졌다.

"최악이야!"

"최악이라니, 가나는 참 야단스럽다니까."

동의를 구하듯 돌아보자 마리코가 눈을 깜박이다가 숨을 픽 내쉬었다.

"어머, 몰랐어? 그거, 당신 말버릇이잖아."

마리코가 입은 빨간색 꽃무늬 셔츠. 셔츠 자락을 꼭 쥔 가나의 작은 손.

"엄마, 어쩌다 길을 잃어버렸어!"

어린 가나가 눈물이 글썽한 눈을 내리깔고 소리쳤다.

마리코와 얼굴을 마주 보다 참지 못하고 웃음을 터뜨렸다.

자신의 웃음소리가 비디오카메라 영상처럼 몹시 크게 울려 퍼졌다. 가나의 머리를 쓱쓱 쓰다듬는 힘줄이 불거진 손, 그 틈새로 젖은 두 눈을 문지르는 가나가 보여 가슴속에 사랑스러움과 안도감이 솟구쳤다.

아아, 다행이다. 가나는 돌아왔다.

쉼 없이 나타나는 환영은 언제나 약한 불빛을 받으며 무표정하게 베타 수조를 바라보는 가나의 모습에서 뚝 끊긴다.

차라리 미쳐버리는 게 낫겠다 싶었다. 하지만 그때마다 자신이 여전히 제정신을 유지하고 있다는 걸 자각할 뿐이었다.

가나가 있었던 덕분에 지금껏 버텨올 수 있었다고 안도는 통감했다.

마리코가 남긴 가나.

마리코의 유전자를 이어받은 유일한 아이.

이건 본능일까, 하고 마비된 머리로 생각했다. 종족 보존이 사명인 DNA에게 조종당해 저절로 슬퍼하는 걸까.

'본능은 어디까지 본능인가.'

마지막 수업 때 칠판에 적은 글씨가 허공에 떠올랐다가 초점을 잃었다.

2

9월 13일 오전 7시 8분 기바 사키

"사키, 언제까지 잘 거야! 7시 넘었어."

제일 듣기 싫은 목소리에 잠에서 깨자, 제일 보기 싫은 얼굴이 눈앞에 있었다.

"못 살아 정말. 고등학생이나 됐으면서 엄마가 깨울 때까지 안 일어나면 어쩌니."

"잔소리 좀 그만해."

눈곱을 떼면서 반사적으로 그렇게 대답하자마자 사키는 후회했다. 아니나 다를까 엄마는 숨을 짧게 들이마시더니, 대본에 적힌 대사를 잊어버리기 전에 빨리 말해버리려는 것처럼 따따부따 쏘아붙였다.

"그럼 엄마가 깨우러 안 왔으면? 지각이잖아? 아까부터 알람이 울릴 때마다 끈 게 누군데 그래. 결국 엄마한테 어리광 피우는 거잖아. 어차피 엄마가 깨워줄 거라고 생각하니까."

"그래, 알았어, 미안해."

내버려 두면 정말 지각할 때까지 잔소리를 멈추지 않을 것이다. 엄마의 말을 막고 이불 밑에서 기어 나왔다. 기분이 최악이었다.

"그리고 너, 말본새가 그게 뭐야!"

사키는 신경질적으로 고함 지르는 엄마에게 등을 돌리고 잠옷 단추를 끄르기 시작했다.

"사키."

엄마는 뭔가 더 말하려다 이 장면에서는 자기 대사가 없다는 걸 알아차린 배우처럼 입을 다물었다. 엄마는 요즘 사키가 눈앞에서 옷을 갈아입으면 주춤한다. 어릴 때처럼 당연히 딸의 알몸을 봐도 되는지 망설인다는 것을 사키는 알고 있었다.

가슴이 드러나자 사키는 일부러 엄마 쪽으로 몸을 돌렸다. 엄마는 바로 눈을 다른 데로 돌리더니, 눈을 돌린 것에 의미를 부여하려는 듯 "세수부터 하고 옷을 갈아입어야지, 쯧쯧" 하고 내뱉듯이 말하며 재빨리 방에서 나갔다.

예쁘게 부풀어 오른 큰 가슴, 잘록한 허리, 잔털 관리를 빼먹지 않아 매끈한 피부. 이 모든 것이 엄마가 잃어버린 재산임을 사키는 알고 있었다. 그러니까 보여준다.

어때, 엄마. 난 예쁘지? 아직 어린애로 보는 것 같은데, 난 이제 어린애가 아니야.

계단을 내려가는 엄마 발소리를 들으며 사키는 입매를 씩 끌어올렸다. 상반신을 서늘한 공기에 노출한 채 거울 앞에 섰다. 밤색 머리카락을 가슴 아래까지 늘어뜨린 거울 속 여자가 영화 속 주인공처럼 보였다. 주인공이 뭔가 중대한 결심을 하는 장면이다.

사키는 배가 접히지 않도록 조심해서 등을 구부리고 속옷을 입었다. 풀 먹인 셔츠를 입고 단추를 채운 후 체크무늬 플리츠 스커트를 꼼꼼히 접어 올려 길이를 조절했다. 리본을 묶고 베이지색 니트를 입은 다음, 셔츠 소매를 팔꿈치까지 걷어서 정돈했다. 가방에서 휴대전화를 꺼내고 늘어진 이어폰을 잡아당겨 귀에 꽂았다. 최근 화제가 된 최루성 영화의 주제곡을 틀고 스커트 호주머니에 휴대전화를 넣었다. 서정적인 전주가 흐르고 주연을 맡은 곤노 리카의 어설픈 노랫소리가 감동을 쥐어 짜내듯 울려 퍼졌다.

침대 가장자리에 앉은 사키는 파우치에서 꺼낸 거울을 바라보며 신중하게 눈썹을 그렸다. 카메라에 찍히는 자신의 모습을 상상하면서.

작은 방에서 외출 준비를 하는 여주인공. 큰 사건을 겪어 많이 상처 입은 만큼 뭔가를 얻어 한층 성장한 소녀가 변함없는 일상으로 돌아가는 마지막 장면. 새로운 의욕을 고취시키는 사키만의 의식에는 그런 깊은 의미가 있다. 사키는 스크린에 비치는 자신의 표정을 의식하며 화장을 하다 말고 가볍게 미소 지었다.

브러시와 뷰러를 파우치에 넣고 가방을 한 손에 들고 방을 나섰다. 화장실이 눈에 들어오자 소변보고 싶은 마음이 들었지만 이 흐름에 화장실 가는 장면은 필요 없다. 가방을 어깨에 메고 리듬 있게 계단을 내려갔다.

그대로 집을 나서려고 현관 쪽으로 몸을 구부렸을 때 엄마가 고개를 쑥 내밀었다.

"사키, 얼른 아침 먹어. 이러다 정말 늦겠다."

"됐어."

사키는 멋진 장면에 물을 끼얹은 데 화가 나서 짧게 대꾸했다. 음악을 끈 김에 요란하게 한숨 쉬며 엄마 옆을 지나쳐 화장실에 갔다. 볼일을 보고 손을 씻은 후 젓가락을 든 엄마가 눈에 들어오지 않도록 고개를 숙인 채 다시 현관으로 향했다. 뒤에서 급한 목소리가 날아들었다.

"사키, 잠깐만 있어 봐!"

듣는 둥 마는 둥 신발을 신고 가방을 드는데 부엌에 갔던 엄

마가 펑퍼짐한 가슴에 도시락 가방을 끌어안고 허둥지둥 돌아
왔다.

"어휴, 역시 빼먹었네. 식탁 앞을 지나갈 때 챙기라고 입이
닳도록 말하잖니."

겨우 부엌에 다녀와 놓고 숨을 헐떡이는 엄마 손에서 도시
락을 낚아채 집을 나섰다. 반쯤 빠진 이어폰을 제대로 꽂고 노
래를 처음부터 다시 틀었다.

등을 쭉 편 채 상큼한 초가을 공기 속을 사뿐사뿐 걸어가며
사키는 지나쳐가는 두 남학생의 시선이 자신을 쫓는 것을 느꼈
다. 호주머니에 넣은 손을 가만히 움직여 음량을 작게 줄였다.

"그러게. 어느 학교일까?"

한 명이 말하는 소리가 들렸다. 그전에 다른 남학생이 무슨
말을 했을지 상상이 간다. 분명 "쟤 예쁘지 않아?"였을 거다.

사키는 어릴 적부터 예쁘다는 말을 듣는 데 익숙했다.

어린이 모델을 시켜봐라, 아역으로 데뷔해도 되겠다, 보통 아
이처럼 평범하게 키우기는 아깝다, 친척과 엄마 친구뿐만 아니
라 이웃과 지나가는 사람에게도 그런 소리를 꽤 많이 들었다.

사키 본인이 언제부터 연예계에 흥미를 느꼈는지는 기억이
없다. 철들었을 무렵에는 연예인이 되고 싶다기보다 자기는

'연예인이 돼야 할 사람'이라는 인식이 자리를 잡았던 것 같다.

실제로 주변 친구들과 비교해도 자기가 제일 예쁘고 체형도 괜찮았고, 텔레비전에 나오는 아역을 봐도 왜 이런 애가, 라는 생각이 들 때가 많았다.

하지만 엄마는 누가 무슨 소릴 하든 쓴웃음만 지을 뿐 곧이곧대로 받아들이지 않았다.

"그야 다 듣기 좋으라고 하는 소리지. 그리고 어릴 적부터 연예인으로 활동하면 친구를 못 사귀잖니. 바빠서 놀 틈도 없을 거고, 다른 아역들은 경쟁자가 될 테니 분명히 외로울 거야."

사키는 어처구니가 없었다. 대체 무슨 소리람? 연예인이 되면 지금 친구들이 있는 세계와는 다른 세계에 가는 건데. 걔들이 부러워하거나 외로워하면 모를까, 그 반대는 없는데.

엄마는 입을 꾹 다문 사키의 머리를 쓰다듬으며 부드럽게 미소 지었다.

"평범한 게 제일 좋아. 평범하지 않으면 불행해. 두드러지면 질투를 불러일으키고 미움받지. 미모는 언젠가 없어지지만, 공부해서 얻은 건 없어지지 않잖니. 열심히 공부해서 좋은 대학에 들어가고 좋은 회사에 취직해서 참한 남편을 얻는 게 여자의 행복이야. 사키는 머리가 좋으니까 아무 걱정 없단다."

바보 같다는 생각이 사키의 머릿속에서 고개를 쳐들었다.

초등학교 고학년이 되자 사키는 연예인들이 어떤 계기로 데뷔했는지 인터넷에서 찾아보았다.

하라주쿠에서 친구와 쇼핑을 하다가 연습생 제안을 받았다.

대학교 미인 선발 대회에서 1위를 하자 연예인을 해보지 않 겠느냐는 권유를 받았다.

학원 다니는 기분으로 트레이닝 스쿨에 다니다 보니 어느덧 데뷔했다.

친구를 따라 미소녀 콘테스트에 참가했는데 그랑프리를 수 상했다.

아주 예쁘다는 소문을 듣고 연예 기획사에서 스카우트하러 왔다.

버스킹을 하다가 주목받아 연예 기획사와 계약했다.

부모가 연예인이었다.

언니가 패션잡지 독자 모델에 멋대로 응모해서 그냥 심사를 한 번 받아봤더니 합격했다.

콘테스트나 오디션에 합격하는 패턴이 제일 많았지만, 사키 는 스카우트되는 게 마음에 들었다. 자기는 연예계에 전혀 흥 미가 없었는데, 우연히 눈에 띄어 발탁됐다는 스토리가 매력적 이었기 때문이다.

연줄을 이용하거나 죽어라 노력해서 데뷔하는 건 어쩐지 진 짜가 아닌 기분이었다. 정말로 연예인이 되어야 할 사람은 주변 에서 내버려 두지 않을 테니 가만히 있어도 알아서 길이 트일 것이다. 그리고 자신은 그럴만한 사람이라고 사키는 믿었다.

하지만 주변에서 예쁘다고 연예인 같다고 아무리 떠들어도, 연예인 할 생각이 없냐는 제안은 들어오지 않았다. 소문이 퍼지지 않았는지도 모르겠다는 생각에 마지못해 하라주쿠에 가서 다케시타 거리를 어슬렁거려보기도 했지만, 거기서도 말을 거는 사람은 없었다.

사키는 초조했다. 빨리 시작하지 않으면 나이를 먹는다. 방송에서 활약하는 동갑내기가 얼마나 많은데.

중학교에 올라가고 얼마쯤 지나자 사키는 오디션 정보를 모으기 시작했다.

응모 조건과 마감 날짜를 확인하고 친구에게 속삭였다.

사아카는 정말 예뻐. 봐, 그런데 본인은 모르잖아. 그런 면이 좋다니까.

친구를 살살 꼬드겨 반쯤 재미로 사진을 찍어서 함께 응모했다.

결과는 둘 다 합격. 사아카도 합격해서 아니꼬웠지만, 그래도 사키는 기뻤다. 이제 드디어 출발선에 섰다. 오디션에 합격했다는 걸 알면 엄마도 딸이 정말로 예쁘다는 걸 인정하리라. 사아카와는 데뷔 후에 차이를 벌리면 그만이라고 생각했다. 같은 합격자라도 애초에 자질이 다르니까. 친구와 함께 오디션을 봐서 둘 다 합격했는데, 혼자만 데뷔해서 인기를 얻는다는 전개도 나쁘지 않았다.

그런데도 엄마는 고개를 끄덕이지 않았다.

"50만 엔을 내라고? 그런 돈이 어디 있어."

찔러도 피 한 방울 안 나올 것 같은 엄마에게 사키는 울며불며 매달렸다.

"하지만 엄마, 나 합격했어. 몇백 명 가운데 합격한 거라고. 대단하잖아? 그리고 데뷔하면 돈은 얼마든지 벌 수 있는걸. 50만 엔쯤 금방이야."

"정확하게 몇 명 중에 몇 명이 합격했는데? 제대로 알아봤어? 전부 합격시켜놓고 돈을 우려내려는 속셈이겠지."

"아니야! 돈이 드는 건 노래랑 댄스 수업 때문이라고 적혀 있었어! 그러니까 좀 더 어렸을 때부터 배웠으면 되는 건데, 엄마가……."

"뭣보다 엄마는 오디션 본다는 소리 못 들었는데. 연예인은 안 된다고 전부터 말했잖아."

"왜 반대하는 건데? 왜 이해를 안 해주냐고. 기회일지도 모르는데. 분명히 기회가 왔는데!"

머리를 조아리고 애원해도 엄마에게는 씨도 안 먹히자 사키는 아빠에게 매달렸다. 하지만 아빠는 난처한 듯 웃으며 엄마가 안 된다잖아, 하고 타이를 뿐 엄마를 설득해 주지는 않았다.

당시 중학교 2학년이었던 사키는 혼자 50만 엔을 준비할 수도, 기획사와 계약할 수도 없었다. 바로 부모가 돈을 지불해 계약이 성사된 사아카에게 난 처음부터 오디션 볼 마음이 없었다며 웃는 것이 고작 사키가 할 수 있는 전부였다.

사키는 지금도 그때 계약했다면, 하는 아쉬움을 버리지 못했다. 그 이후 사아카는 결국 빛을 보지 못했다. 사키는 만약 자신이었다면 결과가 달랐을 것이라고 생각했다.

벽돌로 만든 세련된 학교 건물을 올려다보며 사키는 무표정하게 음악을 껐다.

"사키!"

교실에 들어가자 앞에서 세 번째 줄 가장자리에 앉아 있던 마호가 주인을 맞이하는 개처럼 달려왔다.

연지색 뿔테안경을 끼고 랄프로렌의 니트 후드를 입은 마호는 디지털 파마를 한 부스스한 곱슬머리 옆쪽을 노란 체크무늬 헤어밴드로 묶었다. 그 스타일이 예쁘다고 지난주에 사키가 칭찬한 후로 마호는 매일 똑같은 차림이다.

"오늘 아침 뉴스 봤어?"

마호가 여드름이 난 얼굴을 반짝이며 사키에게 바싹 다가섰다.

"안 봤는데, 왜?"

사키는 가방을 책상에 팽개치듯 내려놓으며 짧게 대꾸했다. 마호는 망설이듯 잠깐 입을 다물었다가 "그게 말이야" 하고 짐짓 목소리 톤을 낮추었다.

"이케다 신페이랑 미나미 마나미가 사건다나 봐."

"뭐?"

사키가 고개를 들자 기분이 좋아졌는지 마호는 촐랑촐랑 말을 이었다.

"완전 깜놀이지? 〈리사이클 러브〉에 함께 출연한 뒤로 가깝게 지냈는데, 이번에 둘이 오다이바에서 데이트하는 게 목격됐대. 아, 나도 신페이랑 사귀고 싶다. 망할 미나미 마나미, 콱 죽어버려라."

"아참, 마호는 이케다 신페이를 좋아하지."

"잘생겼잖아! 하지만 실망이야. 그런 여자가 취향이라니."

몸을 배배 꼬던 마호가 책상에 양손을 짚고 애니메이션 캐릭터처럼 요란스레 고개를 푹 숙였다. 사키는 마호 대각선 앞쪽 자리에 앉아 다리를 꼬고 턱을 괴었다. 역시 아무리 겉모습을 꾸미고 이야깃거리를 바꿔본들 마호의 알맹이는 여전히 오타쿠라고 냉정하게 생각하며 작게 콧방귀를 뀌었다.

"너무 안이하지 않나? 드라마에 같이 출연한 걸 계기로 사귀다니."

"연기라도 그런 얼굴로 좋아한다고 말하면 누구든 마음이 흔들릴걸! 아, 역시 미나미가 홀딱 반해서 신페이를 꼬셨을 거야."

이케다 신페이는 남자 아이돌 그룹 미닛츠5의 멤버다. 가수로 데뷔해 예능 샛별로 인기를 얻어 드라마에서도 주인공을 맡아 활약하는 5인조. 그중에서 신페이는 나이가 가장 어리고 얼굴도 제일 잘생겨서 사키의 반에서 특히 인기가 많았다.

"반대일지도? 미나미 마나미도 예쁘잖아. 신페이가 마음을 빼앗긴 거 아닐까?"

"에이, 그딴 애보다 사키가 훨씬 예뻐!"

마호가 정색하며 목소리를 높이자 사키는 쓴웃음을 지으면서도 당연한 거 아니냐고 가시 돋친 마음으로 생각했다. 그렇게 못생긴 애가 어떻게 연예인을 하는지 사키는 도무지 이해가 가지 않았다.

왜 예쁘지도 않고 연기도 별로인 그런 애는 방송에 자꾸 나오고, 나는 이런 곳에서 가십을 수군거리고 있어야 한단 말인가. 내가 데뷔하면 이케다 신페이 따위는 대번에 뻥 차버릴 텐데.

"아, 사키 짱(주로 어린아이나 여자 이름 뒤에 붙여 친밀함을 표현하는 호칭), 안녕."

"안녕."

사키는 지나가는 반 아이에게 웃음으로 답하고 시선을 교실 뒤편으로 돌렸다. 8시 13분. 자리는 거의 다 찼지만 제일 왼쪽 뒤에서 두 번째 자리에는 사람도 가방도 없었다.

"걔는?"

사키가 턱짓을 하며 묻자 마호는 흥이 팍 깨졌다는 듯 입을 다물었다. 시선을 뒤편에 던지더니 글쎄, 하고 퉁명스럽게 대답했다.

"왜, 신경 쓰여?"

"아니."

사키는 앞으로 돌아앉아 시야에서 마호를 쫓아냈다. 신경 쓰이는 건 아니다. 그냥 문득 생각났을 뿐이다. 사키에게 미나미 마나미와 같은 아이돌 그룹 멤버인 곤노 리카와 닮았다고 말한 사람은 입학식 직후에 이름순으로 옆자리에 앉았던 안도 가나였다.

"기바, 너 정말 예쁘다! 곤노 리카랑 닮았다는 소리 못 들어봤어?"

흥분하여 높아진 목소리에 빨려들 듯 주변에 앉아 있던 아이들도 "진짜다!" "닮았어!" 하고 소란을 떨었다. 아직 친한 그룹이 생기기 전, 서로 출신도 성격도 몰랐던 무렵이라 이야기에 끼어들 계기가 필요했던 것이리라. 사키도 무난하게 수줍은 척했지만 속으로는 짜증이 났다.

곤노 리카와 닮았다니 도저히 인정할 수 없었고, 무엇보다 이미 활동하는 아이돌과 닮았다는 건 치명적인 단점이다. 게다가 곤노 리카는 멍청하다. 퀴즈 프로에 나갔는데 한자도 제대로 못 쓸뿐더러 총리 이름도 몰랐다.

생각해 보면 그게 가나를 싫어하게 된 첫 번째 계기였는지도 모르겠다. 처음 만난 날에 처음으로 나눈 말. 아아, 그렇구나. 사키는 차가운 미소를 지었다. 그러니까 가나를 좋아했던 적은 없다.

벨소리가 울리자 조례 당번인 사사가와 나나오가 커버를 씌운 성서와 찬송가집을 들고 교단에 올라갔다. 나나오는 곤혹스러움을 감추지 않고 교실을 둘러보았다.

"어, 선생님은?"

앞쪽 자리에 앉은 애가 의자에 체중을 실어 몸을 앞뒤로 흔들며 "글쎄" 하고 관심 없는 목소리로 말했다.

"그냥 시작하면 안 되나?"

주변 아이들이 적당히 대답하자 당번은 벽시계를 올려다본 후 망설이듯 찬송가집을 내려다보았다.

"……그럼, 찬송가 94장 1절부터 2절."

그 말을 신호로 의자 끄는 소리가 잠시 이어졌다. 반주도 없이 둘 셋, 이라는 구령에 맞추어 다 함께 노래를 부르기 시작했다.

사키는 노래가 별로 마음에 들지 않았다. 빨리 와서 어두운 세상에 빛을 비추고 멋진 나라를 세워 백성들을 구원해 달라고 오로지 주님에게 바라는 노래. 공감이 가는 부분이 손톱만큼도 없었다.

서글프고 절실한 선율이 기어가듯 온 교실에 울려 퍼졌다. 그 음울한 음계에 섞여들려는 것처럼 교실 뒷문이 살짝 열렸다. 주먹 하나만 한 틈새로 안을 이리저리 살피는 눈이 보였다. 사키는 벙긋하지도 않았던 입을 찬송가집으로 가리고 일그러뜨렸다.

안도 가나다.

3

9월 13일 오후 12시 35분 신카이 마호

마호는 노란 헤어밴드를 입에 물고 손을 휙휙 흔들어 물방울을 털어냈다.

네 귀퉁이에 녹이 슨 거울을 올려다보며 헤어밴드로 왼쪽 귀 위쪽 머리를 다시 묶었다. 물기가 남은 손바닥으로 머리를 문지르고 검지로 머리끝을 꼬불꼬불 꼰 후 거울에 비친 자신의 모습을 바라보았다.

노란색 체크무늬 헤어밴드, 3D 입체 컬러로 밝은 색감을 살린 곱슬머리, 다리 끝부분이 하트 모양인 안경, 학교에서 지정해 주는 리본과는 재질도 광택도 다른 감색 리본, 네 잎 클로버를 본뜬 은목걸이. 전부 사키가 예쁘다고 해준 것들이다. 중학교 때는 엄두조차 내지 못했던 요즘 스타일.

지금 생각하면 중학교 때는 왜 그렇게 촌스럽게 다녔는지 스스로 생각해도 신기하기 짝이 없다. 당시에도 촌스럽고 투박하다는 건 알고 있었다. 그런데도 바꾸려고 마음먹지 않았던 건 출발점부터 너무나 큰 핸디캡을 안고 있다는 사실을 알고 있었기 때문이다.

바짝 잡아당겨 묶지 않으면 폭발하듯 복슬복슬해지는 곱슬머리, 알이 두꺼운 안경을 끼지 않으면 칠판 글씨는커녕 사람 얼굴도 못 알아보는 근시, 속눈썹이 아래로 처진 작은 외까풀 눈, 주걱턱에 넓은 하관, 굵은 다리, 가슴은 크지만 괜히 더 뚱뚱해 보여서 거추장스럽기만 했다.

빈말로도 미인이라 할 수 없는 외모를 화장발로 숨기려다 괜한 비웃음을 사기 싫어서 눈썹조차 정리하지 않았고, 굵은 다리가 드러날까 봐 교복 치마도 규정된 길이를 지켰다.

도망쳤다는 걸 이제는 안다.

애썼는데도 허탕칠까 봐 무서웠다. 나도 노력하면 변할지도 모른다는 여지를 남겨두고 싶었다.

하지만 사키는 마호가 15년간 그렇게 열심히 쳐둔 예방선 안쪽으로 서슴없이 발을 들여놓았다.

"아무것도 안 해서 예쁜 얼굴이 빛을 못 보네, 아깝다."

처음에는 놀리는 줄 알았다. 큰 눈이며 작은 얼굴에 좋은 몸매까지 어떻게 봐도 모태 미인인 사키가 그렇게 말하는데 곧이곧대로 들릴 리 없었다.

하지만 사키 말대로 옷과 머리 모양을 바꾸고 화장을 하자 스스로 깜짝 놀랄 만큼 '평범하게 예쁜' 여자애가 완성됐다.

"나도 이거 교정한 거야."

사키는 윤기가 자르르 흐르는 머리카락을 잡고 웃었다.

"원래는 엄청 뻗쳤었거든. 하지만 마호는 억지로 펴는 것보다 파마해서 곱슬기에 변화를 주는 편이 나을 것 같았어. 어때, 내 말이 맞았지?"

사키 말은 뭐든지 옳았다. 머리를 뒤로 묶으면 얼굴 윤곽이 더 강조되니까 옆으로 볼륨을 살리는 편이 좋다. 다리는 숨기기보다 드러내야 가늘고 길어 보인다. 외까풀 눈은 차가운 색상의 아이섀도와 플라스틱 안경이 잘 어울린다. 근시용 렌즈는 눈이 작아 보이니까 콘택트렌즈를 착용하고 도수 없는 안경을 끼는 편이 낫겠다. 가슴께가 트인 옷에 목걸이를 매치시키면 시선이 분산돼 장점이 두드러진다.

사키는 계속 예쁘다고 칭찬해 주었다.

"마호는 본인을 평가하는 잣대가 너무 엄격해. 자꾸 그러면 진짜 안 예쁜 애들한테 실례다?"

그건 내가 할 말이다 싶어 쓴웃음이 나왔지만, 그래도 순수하게 기뻤다. 사키처럼 진짜 예쁜 애가 가치를 인정해 주자 난 생처음으로 자신의 외모도 그렇게 나쁘지 않은 것 같은 기분이 들었다.

유일한 불만은 사키가 가나도 똑같이 칭찬했다는 것이다. "가나는 얼굴이 조그마하고 예뻐. 몸도 호리호리하니 다양한 옷이 잘 어울릴 것 같아서 부러워."

사키가 워낙 상냥하고 공평한 성격이라 그렇다고 분을 삭여도 역시 속상했다. 중학교 때부터 사키랑 함께한 건 마호 자신인데, 왜 사키는 가나도 똑같이 대하는 건지. 참을 수 없어서 사키에게 직접 말해보기도 했다. 하지만 사키는 이상하다는 듯 고개를 갸웃하더니 "차이를 두면 좋겠어?" 하고 물었다. 대놓고 묻자 고개를 끄덕이기 민망해서 "딱히 그런 건 아니지만" 하고 말을 얼버무리자 사키는 "그렇구나" 하며 부드럽게 웃었다.

"그럼 문제없겠네."

하지만 마호는 내내 가나가 없으면 좋겠다고 생각해 왔다.

가나가 있으니까 불안해진다. 소풍 가는 버스에서도, 체육 수업 때도 사키와 짝꿍이 될 수 있을까, 다른 사람을 찾아야 하는 건 아닐까, 늘 걱정돼서 죽을 맛이었다. 가나만 없으면 사키와 둘이서 안정된 관계를 유지할 수 있을 텐데.

지금으로부터 1년 반 전, 중학교 3학년 때 마호와 사키는 처음으로 같은 반이 됐다.

진짜 예쁘다는 게 마호가 느낀 사키의 첫인상이었다.

사키의 소문은 익히 들어 알고 있었다. 연예인처럼 예쁘다. 중간·기말고사에서 늘 전교 5등 안에 들지만 수업 시간에는 툭하면 존다. 2반 요시다가 고백했다가 차였다. 연극부에서는 늘 주인공을 맡는다. 하지만 정작 본인은 겸손해서 미인이라는 자각이 없다. 언니 체질이라 후배들도 잘 따른다.

그런 만화 캐릭터 같은 사람이 어디 있느냐고 미심쩍어했던 마호도 같은 반이 되어 사키의 실물을 보자 소문이 정말이었다고 수긍할 수밖에 없었다.

정말로 이런 애도 있구나 싶어 놀랐지만 그저 그뿐이었다. 살아가는 세상이 명백히 달랐으니까.

언제나 반의 중심에서, 화사한 여자애들과 인기 있는 남자애들하고 이야기를 나누는 사키를 부러워한 적이 없다면 거짓말이다. 하지만 자신에게는 유행과 화제를 만들어 나갈 센스도 활발함도 없다는 걸 마호는 잘 알고 있었다.

눈에 확 띄는 아이, 싹싹해서 남자에게 인기 있는 아이, 운동부에서 중요한 위치에 있는 아이가 상층부에 군림하는 피라미드. 마호는 피라미드의 밑에서 두 번째 층에 있었다. 미움받거나 괴롭힘을 당하지는 않지만, 분명 얕보이는 위치.

나름대로 머릿수가 되니까 안정감은 있지만 자기가 속한 그룹이 오타쿠, 찌질이라는 소리를 듣는다는 걸 알고 있었다.

그러므로 그룹을 벗어나 혼자가 되는 순간 다들 약해졌다. 예를 들면 조별 수업에서 다른 그룹 아이들과 함께 행동해야 할 때.

원 그룹에서 리더 격이고 좋아하는 애니메이션의 2차 창작 활동 때는 할 일을 척척 분담하는 애가 조별 수업 때 귀찮은 역할을 당연한 듯이 떠맡게 되어도 찍소리도 못했다.

픽션 속 캐릭터를 친구나 연인처럼 대하며 열을 올릴 때는 자기 의견을 거침없이 내놓는 애가 아무 말 없이 이야기의 흐름만 가만히 지켜보는 식이었다.

같은 그룹에 속한 애들의 그런 모습을 볼 때마다 마호는 사라지고 싶었다.

싫다, 불쌍하다, 부끄럽다.

반 한구석에 자신들만의 터전을 확보하기 위해 무리 생활을 하는 그룹에서 위쪽 그룹으로 이동할 방법이 없을까 마호는 고민했다. 하지만 만화 연구회에 소속된 한, 자신에게 따라붙는 이미지를 씻어내기는 힘들 것 같았다. 그렇다고 중학교 1학년 때부터 시작해 나름대로 편안해진 동아리 활동을 그만둘 마음은 들지 않았다.

어차피 한 번 형성된 교실 내 계층은 바뀌지 않는다.

마호는 그렇게 생각하고 포기했지만 여름방학이 끝나고 매년 돌아오는 교생 실습이 시작되자 확정된 계층이 변화했다는 걸 깨달았다.

마호네 반을 담당한 교생은 마미야 교코라는 학교 졸업생이었다. 대학생이지만 40대인 담임 고니시와 자매라고 해도 믿을 만큼 겉늙어 보였다.

겁 많은 시바견을 연상시키는 굵고 축 처진 눈썹, 허옇게 떡칠한 파운데이션, 어깨 쪽이 묘하게 헐렁해서 촌스러워 보이는 취업용 정장. 말할 때도 쭈뼛쭈뼛하고 이상하리만치 눈을 자주 깜빡여 어딘가 기분 나쁜 인상을 풍겼다.

학생들은 노골적으로 실망한 티를 냈다. 예쁘고 세련되고 연애 경험이 풍부한 언니 같은 교생이나 멋지고 재미있는 오빠 같은 교생이 오기를 기대했었다.

올해 교생은 꽝이네. 수업 개판이지 않아? 생리적으로 혐오스러워. 기분 나쁜 걸 넘어서 어쩐지 무섭다니까. 그런 사람이 수험생의 수업을 맡다니 솔직히 민폐야. 아아, 1년에 한 번뿐인 이벤트가 이렇게 종 치는구나.

첫사랑 이야기를 들으려 해도 남자와 사귀어 본 적 없다는 마미야의 말에 여학생들은 단숨에 흥미를 잃었고, 핑크빛 상상을 불허하는 외모 때문에 남학생들도 마미야를 본체만체했다.

수험생이라는 스트레스도 한몫했으리라. 아이들은 순식간

에 교생을 따돌릴 태세를 갖추었다.

수업 중에 불러도 대답을 안 한다. 칠판에 수업 내용을 적고 있을 때 등에다 지우개 가루를 던진다. 마미야 앞에서 다 들리게 다른 교생 칭찬을 한다.

유치한 짓이었지만 효과는 있었다. 마미야는 눈에 띄게 표정이 굳어졌고 목소리가 떨렸으며 행동이 딱딱해졌다. 그걸 보고 학생들은 더욱 마미야를 업신여겼다.

그런 가운데 유일하게 따돌림에 참여하지 않은 사람이 사키였다.

그래? 난 그 사람 꽤 좋아하는데.

잘 못 가르치는 건 어쩔 수 없지. 교생인걸.

그 사람이 하는 이야기 재미있어. 책이랑 영화를 모르는 게 없더라.

다들 험담해도 고개를 갸웃하며 그렇게 말하고, 수업 중에 부르면 바로 대답하고, 방과 후에는 잡담까지 하러 갔다. 대세를 공공연하게 거스르다 보니 사키는 당연히 반에서 겉돌았다.

뭐야, 사키. 분위기 좀 파악해.

김새는 소리 좀 하지 마. 너 그렇게 눈치 없는 애였어?

같은 그룹에 소속된 애들조차 그렇게 말했고, 직접 관련이 없는 애들은 더 노골적으로 사키를 비난했다.

이성에게 인기가 많은 것에 대한 질투심, 공부하는 낌새가 없는데도 성적이 좋은 것에 대한 시샘, 어쩌면 차인 것에 대한 화풀이도 있었을지 모른다. 사키는 순식간에 그룹에서 밀려나 계층 피라미드의 가장 아래층으로 떨어졌다.

그래도 사키의 태도는 변함없었다. 담담히 마미야의 수업에 귀를 기울이고, 혼자 교실을 이동하고, 쉬는 시간에는 연극부 대본을 읽고, 방과 후에는 마미야를 찾아갔다. 결코 남에게 매달리거나 괜한 허세를 부리지 않았고 평소대로 생활했다.

결국 주변 사람들이 먼저 꺾였다.

한때 같은 그룹이었던 애들은 사키가 내신 점수를 노린다기에는 성적이 너무 좋고, 따돌림당해도 사키가 전혀 개의치 않으며, 무엇보다 사키 없이는 재미가 없다는 걸 깨달았다. 그렇게 마미야와 가까이 지내는 사키의 동태를 살피다가 마미야의 아버지가 영화감독이라는 사실을 알아냈다.

"아빠가 〈마이너스 게임〉의 감독이라는 거 진짜예요?"

"그럼 신도를 직접 본다는 거네?"

"선생님…… 나가이 노부 사인 좀 받아주시면 안 돼요?"

마미야를 철저히 무시하던 반 아이들이 손바닥 뒤집듯 마음을 바꿔 마미야에게 몰려들었고, 사키를 따돌리던 일도 흐지부지 마무리됐다.

뜬금없이 반에서 배척당하다가 뜬금없이 제자리로 돌아온 사키는 화를 내거나 안도하는 기색 하나 없이, 그저 애들이 일제히 몰려가는 바람에 마미야와 이야기할 기회가 줄어든 걸 아쉬워하는 듯 보였다.

마호는 마미야에게 사인을 받아달라며 종이를 억지로 떠안긴 반 아이와 사키가 나눈 대화를 지금도 기억한다.

"뭐야, 사키. 그럼 그렇다고 빨리 말했어야지. 사키는 누구 사인 받았어?"

반 아이가 사키의 비위를 맞추듯 허물없이 어깨를 두드리며 물어보자 사키는 어리둥절한 표정으로 대답했다.

"안 받았는데? 나 연예인 사인에 별로 흥미 없거든."

그때부터 마호는 사키를 동경의 대상으로 삼았다.

사키는 멋지다.

고고하면서도 주변 사람들을 끌어들이는 카리스마.

남의 평가나 의견에 휘둘리지 않고 자기 생각대로 밀고 나가는 강한 의지.

그래서 사키와 같은 고등학교에 합격해 다시 같은 반이 되고, 심지어 같은 그룹이 되자 마호는 결심했다.

사키만은 실망시키지 말자고.

교실로 돌아가자 바싹 붙어 앉은 사키와 가나의 뒷모습이 시야에 들어왔다. 웃음 띤 사키의 옆얼굴을 본 순간 팔에 소름이 쭉 돋았다.

역시 화장실에 가는 게 아니었다. 땅속으로 빨려 들어가는 듯한 불안감이 엄습했다. 내가 없는 사이에 내 험담을 한 게 아닐까, 표적을 바꾸기로 한 것 아닐까, 하는 강박관념에 사로잡혀 발이 꼼짝도 하지 않았다. 천연덕스럽게 두 사람 곁으로 돌아가는 자기 모습을 상상하며 애써 광대뼈를 위로 끌어올려 미소 지은 후 교실로 발을 들여놓았다. 사키가 몸을 빙글 돌리며 말했다.

"마호 왔구나."

화장실에 가기 전과 다름없는 목소리에 안심했다. 족쇄가 풀린 듯 가벼워진 발걸음으로 사키에게 다가갔다. 괜찮다, 아직 괜찮다.

"뭐야? 무슨 이야기하고 있었어?"

의자에 앉아 팔꿈치를 책상에 대고 몸을 내밀자 사키가 가나를 힐끗 곁눈질했다.

"비밀."

가슴이 철렁 내려앉았다. "어……" 하고 입에서 새어 나온 목소리는 자기가 듣기에도 딱딱하게 들렸다. 하지만 다음 순간 사키의 눈이 가늘어졌다.

"농담이야. 왜, 오늘 시험지 돌려받았는데 가나가 졌잖아. 그래서 무슨 벌칙을 줄까 의논하는 중이었어."

환히 웃는 사키를 보고 마호는 참고 있던 숨을 내쉬었다.

"아아, 그거. 뭐 좋은 아이디어 나왔어?"

말하면서 두 사람 사이에 펼쳐진 노트를 들여다보았다.

'머리카락을 자른다.' '수업 중에 갑자기 노래한다.' 노트 위쪽에 가나 글씨로 적힌 두 문장에는 각각 두 줄이 그어져 있었다.

"알아서 생각하라고 했는데 좋은 생각이 안 나는 모양이야. 가나는 막히면 나한테 묻는다니까."

사키가 엄지손가락 위에서 솜씨 좋게 펜을 돌리며 한숨을 쉬었다. 가나가 어깨를 움찔 떨었다.

"그럼 안 되지. 알아서 생각해야지."

마호는 목소리가 떨리지 않도록 배에 힘을 주고 말했다. 여기서 아이디어를 내야 마땅하리라. 그런데 뭐가 좋을까? 사키가 기뻐하고 가나는 싫어할 만한 벌칙. 초조하게 교실을 둘러보다가 어떤 아이에게서 시선이 멈췄다. 오늘 조례 당번이었던 나나오였다.

그러고 보니 오늘 찬송가 부를 때도 나나오 목소리만 특히 크게 들렸다. 미션스쿨(특정 종교의 선교를 목적으로 설립·운영하는 학교를 통칭하는 말)이라지만 마호가 알기로 반에 기독교인은 나나오밖에 없었다.

소리쓰 여자학원고교는 합격 커트라인과 대학 진학률이 높은 명문교다. 제 나름대로 우수생이었을 반 아이들은 학교에서 진지하게 노래 부르는 게 왠지 창피했다.

그러한 분위기를 못 읽는 나나오는 늘 혼자 지내고, 쉬는 시간에는 자리에 앉아 성서를 읽는다. 다들 야유하듯 꼬박꼬박 성과 이름을 함께 부르고, 별명을 붙여주는 친구도 없다. 죽으면 그렇게 가고 싶어 하는 천국에 갈 수 있을 텐데. 사키가 예전에 농담으로 한 말이 떠올라 마호는 입가에 웃음이 살짝 맺혔다.

"보자, 일단 생각나는 건."

손바닥을 내밀자 기다렸다는 듯 사키가 펜을 얹었다. 마호는 노트를 앞으로 끌어당겨 가느다란 가나의 글씨 밑에 펜으로 글자를 적었다.

사사가와 나나오네 개에게 돌을 던진다

시야 끄트머리로 보이는 가나의 얼굴이 대번에 굳었다. 답답하던 속이 조금 풀리는 기분이었다.

마호는 의기양양하게 고개를 들었지만 사키의 표정을 보고 웃음을 지웠다. 사키는 긴 다리를 우아하게 꼰 채 찰랑찰랑 윤기 나는 머리카락을 귀 뒤로 넘기며 건성으로 말했다.

"마호는 참 착하다니까."

내장을 맨손으로 쥐어짜는 듯한 충격에 진땀이 왈칵 솟았다. 아니다, 틀렸다. 그럼 뭐라고 써야 하지.

"그래? 그럼 이건?"

마호는 뺨을 움찔움찔 거리며 다시 노트에 펜을 댔다. '에게 돌을 던진다'에 줄을 박박 긋고 그 옆에 '의 다리를 부러뜨린다'라고 적었다. 사키가 눈동자만 움직여 노트를 흘깃 보더니 시시하다는 듯 흠, 하며 예쁘게 손질한 손톱으로 노트를 톡톡 두드렸다.

"뭐, 이것도 나쁘진 않네."

사키는 속눈썹이 긴 눈을 내리뜨고 물 흐르는 듯한 동작으로 딸기 우유를 집어 들고 빨대에 입을 댔다. 후룩후룩, 하는 소리와 함께 찌그러진 우유 팩이 책상 위에 아무렇게나 나뒹굴었다. 친구 실격, 그런 선고를 받은 것 같아 마호는 안절부절 못했다.

뭐지, 뭘 틀렸지. 미적지근하다? 표현이? 내용이?

침이 마른 입을 벌리고 목에 힘을 주었다.

"그럼 죽이는 건……."

"말로 하지 마."

말허리가 잘려 얼굴이 화끈거렸다. 가나 탓이다. 가나가 멋대로 구는 바람에 사키가 내게 실망했다.

마호는 가나를 똑바로 노려보았다.

"남이 들으면 오해하겠어. 딱히 강요하는 건 아니잖아. 정말로 싫으면 안 하면 그만이야."

교실을 둘러보던 사키가 시선을 가나에게 돌리고 넋을 쏙 빼놓을 것처럼 예쁘게 웃었다.

"어쩔래, 가나?"

가나는 고개를 숙인 채 대답이 없었다.

4

'더블 바인드(이중 구속)'라는 말은 아빠가 가르쳐줬다.

예를 들어 엄마가 아이에게 이리 오라고 한다. 하지만 굳은 표정과 거부하듯 엉거주춤한 자세는 이 말이 엄마의 본심이 아니라는 걸 나타낸다. 아이는 말을 우선해 엄마에게 다가가야 할까, 표정과 자세를 우선해 가만히 있어야 할까. 모순되는 두 가지 메시지에 아이는 오도가도 못 하는 상태에 빠진다.

한 쪽을 따르면 다른 쪽은 어기게 되는 두 가지 명제로, 둘 중 하나를 선택해야 하는 사람의 판단력을 빼앗는 심리적인 수법이다.

"가나, 안 돼! 위험해!"

가나는 마호의 당혹스러운 목소리와 만족스러운 표정을 동시에 듣고 보며 자신이 판단력을 잃은 걸까 머리 한구석으로 생각했다.

베란다 난간 위에 선다. 최소 3초. 1초라도 모자라면 다시 할 것.

아니라고 급히 부정했다. 나쁜 짓을 하면 내내 마음이 찜찜할 것이다. 하지만 베란다 난간 위에 서면 무서운 건 고작 3초뿐이다.

나는 이성적이다. 정신이 나간 게 아니다.

양말 자국이 남은 맨 발가락으로 까슬까슬한 콘크리트 가장자리를 꽉 붙잡았다. 하얘진 발가락 너머로 저 멀리 땅바닥이 보여서 얼른 눈을 내리깔았다.

괜찮다, 이건 베란다 난간이 아니다. 땅은 바로 밑에 있다. 애써 그렇게 자신을 타일렀다.

하나.

입속으로 기도하듯 읊조린 후 난간에서 손을 떼고 가만히 숨을 멈췄다.

빨리, 빨리, 제발 빨리 끝나라.

둘.

발바닥이 땀으로 미끌거리는 것 같았다. 무릎이 떨렸다.

내가 헤아리는 시간은 정확할까, 빠를까, 느릴까.

"야, 뭐하는 거야."

멀리서 반 아이들의 목소리가 들렸다.

하지만 아득하다. 꺼져 들어갈 것처럼.

셋.

끝났다, 이제 내려가도 된다는 생각에 시선을 발치로 돌린
순간이었다.

회색 콘크리트와 초점이 흐려져 보이는 운동장의 나무들.
턱을 타고 흐르는 땀이 소리도 없이 떨어져 아래로 한참 빨려
들었다.

나사가 빠진 것처럼 무릎이 덜컥 꺾이고 어깨에 늘어뜨린
머리카락이 둥실 떠올랐다.

처음에는 그저 떨어진다는 생각뿐이었다.

떨어지겠어, 떨어진다.

만류라도 하듯이 공기가 내장을 밀어 올렸다. 콘크리트에서
발바닥이 떨어졌다.

어쩌지 아빠, 나 죽겠어.

절박한 마음이 솟구치는데도 왠지 눈앞에 흘러가는 풍경은

허접한 연극 무대처럼 현실감이 없었다.

설마 이럴 리가, 상황을 애써 부정하려는 머릿속에 과거의 영상이 떠올랐다.

이제야 깨달았다.

난 역시 제정신이 아니었다.

분명 얼마든지 되돌릴 길이 있었다. 벌칙을 받기 싫다고 말할 걸 그랬다. 그런다고 싫어할 거면 얼마든지 그러라고 정색할 걸 그랬다. 다른 친구를 만들 걸 그랬다. 아빠한테 상담할 걸 그랬다.

선택지를 멋대로 좁힌 건 나 자신이다.

자살이 아니다.

죽으려고 여기 올라선 게 아니다.

하지만 분명 자살로 처리되겠지. 제 발로 난간에 올라가서 떨어졌으니까.

그리고 일기. 그게 발견되면 분명 유서로 판단되겠지. 아닌데. 실은 전혀 그런 게 아닌데.

일기는 아빠 권유로 쓰기 시작했다. 일기를 쓰면 기쁜 일은 더 기억에 남고 힘든 일은 꼭 누군가에게 털어놓을 때처럼 많이 풀린다고 아빠가 그랬다.

그건 사실이었다. 죽고 싶다는 생각이 들다가도 일기에 죽고 싶다고 쓰면 죽고 싶은 마음이 가셨다.

하지만 만약 그걸 아빠가 본다면.

버려야 한다. 누구 눈에도 띄지 않게.

하지만 아아, 이미 늦었다.

제 *2* 장

1

깜짝 놀랐고 슬펐어요. 무슨 고민이 있는 것처럼은 안 보였거든요.

지금도 안도를 떠올리면 웃는 얼굴만 기억나요.

좀 더 사이좋게 지낼 걸 그랬어요. 후회스러워요.

— 가야마 미도리

저랑 가나는 절친이었어요. 이동 수업 때도 점심시간에도 방과 후

에도 늘 함께 지내며 정말 많은 이야기를 나누었는데…….

하지만 고민을 상담해 주지는 못했네요.

지금도 학교에 가면 꼭 가나가 올 것만 같아요. 쉬는 시간에 친구

와 이야기하다가 가나의 맞장구를 기다리기도 하고요. 가나가 이제 어디에도 없다니 믿기지가 않아요.

— 기바 사키

저는 안도 자매가 자살한 게 아니라고 믿습니다. 운명을 시험할 요량으로 난간에 섰다가 실수로 떨어진 게 아닐까 싶습니다. 스스로 시험에 드는 건 무거운 죄지만, 그게 안도 자매가 천국에 가지 못할 이유는 아닐 겁니다.

'하나님이 세상을 이처럼 사랑하사 독생자를 주셨으니 이는 저를 믿는 자마다 멸망치 않고 영생을 얻게 하려 하심이라(요한복음 3장 16절).'

— 사사가와 나나오

밥 먹으면서 시험 이야기를 했거든요. 그래서 가나가 우울해한다는 건 알았어요. 하지만 그렇게 극단적인 생각을 하고 있는 줄은 몰랐어요. 엄마를 희생시키면서까지 태어났는데, 라니 그게 무슨 소리야? 고민이 있으면 왜 상의하지 않았어? 가나에게 묻고 싶지만 물을 수 없어서 괴롭네요.

가나가 난간 위에 섰을 때 위험하니까 끌어내려야 한다고 생각하면서도 놀라고 무서워서 꼼짝도 못했어요. 근처에 저밖에 없었으니 제가 말렸어야 했는데…….

제가 행동에 나섰으면 가나는 지금도 살아 있을 거예요.

다 제 탓이에요.

— 신카이 마호

죽음이란 뭘까 그날 이후로 내내 생각하고 있어요. 지금까지 별생각 없이 살아왔는데, 사후세계는 어떤 곳일까 생각하니 정말 무섭네요.

안도는 무섭지 않았을까요. 지금은 괴롭지 않을까요.

안도가 편안히 잠들기를 빌게요.

— 와타나베 미카

삼가 조의를 표합니다.

담임이면서 왜 좀 더 빨리 고민을 들어주지 못했을까 하루하루가 후회스러울 따름입니다.

안도 양은 성적도 우수하고 정말 야무진 학생이었습니다.

개인적으로는 아주 세심한 아이라는 인상이 강해요. 제가 프린트물을 잔뜩 안고 걸어가면 나눠서 들자고 말해주고…… 한번은 수업 시간에 문제를 냈는데 안도 양이 손을 들고 "이 부분 잘 모르겠는데요"라고 하더군요. 교과서를 가리키기에 들여다보니 "칠판 오른쪽 위에 글씨가 틀렸어요"라고 적혀 있었습니다. 대놓고 말하면 제가 창피를 당할까 봐 그랬던 거겠죠.

남을 배려할 줄 아는 착한 아이였습니다. 하지만 워낙 섬세한 성격이라 그런 선택을 했다는 걸 이제는 알겠네요. 문제없어 보이는 학생일수록 속에 담아둔 게 많을 수도 있다는 걸 미처 헤아리지 못했습니다.

교사로서 책임을 다하지 못해 정말 죄송합니다.

진심으로 안도 양의 명복을 빕니다.

— 담임 이와사키 기에

"안도 씨, 저 왔어요."

느닷없는 목소리에 고개를 번쩍 들었다. 화난 듯 싸늘한 빛이 흐르는 사나에의 얼굴이 보였다. 허둥지둥 텔레비전 옆에 있는 디지털시계를 확인하자 19:02라는 숫자가 눈에 들어왔다. 숨을 삼켰다. 당연히 사나에가 벨을 몇 번이나 눌렀겠지만 전혀 몰랐다. 그래서 화가 났나 싶었는데, 사나에는 원래 이런 얼굴이라는 게 기억났다.

"미안해, 못 들었어."

"역시 아무것도 안 드셨군요."

그 말에 식탁을 보니 사나에가 어젯밤에 차려두고 간 카레라이스가 그대로 있었다.

"냉장고에서 꺼낼 수고를 덜면 그래도 조금 드시지 않을까

했는데……."

사나에는 무표정하게 식탁을 내려다보며 손끝으로 랩을 문질렀다.

"미안해, 시간 가는 줄도 몰랐네."

"그럼 배고프시겠네요. 드시죠."

사나에는 고개를 홱 돌리며 안도 앞에 비닐봉지를 들어 보였다.

"그라탱이에요. 이건 내일 아침으로 드시고요."

사나에가 식탁에 비닐봉지를 내려놓고 김이 차 흐려진 밀폐용기를 꺼냈다. 오른손에 카레라이스 접시를 들고는 아주 익숙하게 부엌으로 가 전자레인지에 넣고 버튼을 삐, 삐, 삐 눌렀다. 주황빛을 발하며 시끄럽게 돌아가는 전자레인지에 등을 돌리고 이번에는 냉장고를 열었다.

"안도 씨는 일단 화장실부터. 그리고 샤워하세요."

사나에는 반론은 허용치 않겠다는 투로 말하고 컵에 생수를 따랐다.

"그 전에 물부터 한 잔 드시고요."

"아아, 고마워."

기가 눌려 컵을 받아들고 메마른 입술에 댔다. 차가운 액체가 목구멍으로 넘어가자 비로소 목이 말랐다는 사실을 깨달았다. 꿀꺽꿀꺽 소리를 내며 단숨에 컵을 비우고 반사적으로 숨을 들이마셨다.

"자, 그럼 이제 화장실에."

사나에가 복도 끝에 있는 문을 가리켰다. 안도는 시키는 대로 화장실에 가서 샛노란 소변을 보며 한숨을 푹 쉬었다. 또 어느 틈엔가 하루가 지났다.

물을 내리고 손을 씻고 나오자 사나에가 갖다놓았는지 빨래 바구니와 갈아입을 옷이 눈에 들어왔다. 주도면밀한 사나에답다 싶어 입매를 누그러뜨리다가 자신이 웃으려 했다는 사실에 놀라움과 혐오감을 느꼈다.

가나가 세상을 떠난 지 한 달. 시간이 눈 깜짝할 새 흘러간 것 같기도 하고, 고작 그것밖에 안 됐나 싶기도 했다. 아무튼 먹고 싸고 자는 것조차 깜빡깜빡하면서 지금까지 살아남은 건 분명 사나에 덕이었다. 설령 스스로는 살기를 바라지 않았을지라도.

무겁고 나른한 팔을 움직여 옷을 벗고 욕실에 들어갔다. 몸을 웅크리고 샤워기 수압을 손으로 느끼며 눈을 감았다.

하루에 한 번 식사를 준비해서 오후 7시에 맞춰 오는 건 쉬운 일이 아니다. 어떤 것이 사나에의 원동력일까, 하고 남의 일처럼 의문이 솟았다.

자신에 대한 호감일 거라고 우쭐할 마음은 없었다. 무표정하고 붙임성이 없어 가까이하기 힘들지만 학생들 사이에서는 차가운 미녀로 소문난 사나에가 40대 홀아비에게 연애 감정이 웬 말인가. 그것도 자식이 자살해 아빠 자격조차 실격인 남자에게.

동정일까. 처자식을 잃고 삶의 의욕을 잃은 남자를 그냥 놔둘 수는 없다거나…… 아니면 연구 표본인가.

거기까지 생각하다 너무 비굴해서 스스로에게 정이 떨어졌다. 역시 살아남을 가치가 없다는 결론에 늘 도달한다. 마리코도, 가나도 없다. 그런 세상에 더 남아 있을 이유를 찾을 수 없었다. 딸의 절박한 고민조차 알아차리지 못하는 인간이 심리학자라니 지나가는 개가 웃을 지경이었다.

욕실에서 나와 풀기가 빳빳한 셔츠로 갈아입자 아까보다 몸이 아주 조금 가벼워졌다. 그 사실에 죄악감이 온몸에 찐득찐득 달라붙는 듯했다.

"어떠세요? 좀 개운해지셨어요?"

또박또박 말하는 사나에에게 고개를 끄덕하고 식탁에 앉았다. 사나에도 앞에 앉아 두 손을 모았다.

"잘 먹겠습니다."

안도는 두 팔을 축 늘어뜨린 채 공중으로 피어올라 사라지는 연기를 바라보았다. 카레 냄새가 코를 간질였다. 배고프다는 느낌은 없는데도 입 안에 침이 고였다.

한 숟가락 떠서 입으로 가져가자 가슴이 메었다. 맛이나 행복감을 느껴서는 안 된다고 마음을 채찍질하는데도 손이 멈추지 않았다.

이게 본능이구나, 하다가 비겁하게 둘러댄다는 생각에 구역질이 나서 손으로 입을 막았다. 묵묵히 양상추를 씹던 사나에가 흘끗 올려다보았다.

"상했나요?"

"아니."

"얼른 뱉으세요."

"상한 거 아니래도."

대답한 순간 생뚱맞게 눈시울이 시큰해 당황했다. 하지만 참을 새도 없이 눈물이 터져 나왔다. 사나에는 아무 말도 하지 않았다. 꼼짝도 하지 않고 침묵을 지키다 아무 일도 없었던 것처럼 다시 젓가락을 들었다.

"그러고 보니."

안도가 한바탕 울고 나서 다시 숟가락을 집자 사나에가 입을 열었다.

"제가 대신 휴직 절차를 밟았어요."

그 말에 안도는 또 가슴이 무거워졌다.

"수고해 줘서 고맙지만, 난 이제 복직할 마음이……."

"안 돼요."

말이 채 끝나기도 전에 사나에가 대답했다.

"안도 씨는 연구밖에 모르니까 그 나이에 다른 일을 찾기는 힘들걸요."

격려하는 건지 힐뜯는 건지 모를 말에 힘이 빠졌다.

"이제 일 안 해도 돼."

"왜죠?"

언제 죽어도 상관없기 때문이라고 대답하기는 난감한 분위기였다. 대답이 궁해서 입을 다물자 사나에가 고개를 갸웃했다.

"제가 또 이상한 소리를 했나요?"

"아니."

안도는 힘없이 고개를 저으며 이상한 건 자신이라고 생각했다. 죽기를 바라면서 가나처럼 뛰어내리지는 않는다. 이제 살아갈 의미가 없다고 생각하면서 밥을 주면 먹고 제 손으로 사직서를 내지도 않는다.

아직 다시 시작할 수 있다는 생각인가. 다시 시작한다고? 뭘? 대체 얼마나 비루해지려고 이러는 걸까.

말을 고르기가 힘들어 거실을 둘러보자 쓸데없이 넓은 공간이 눈에 들어왔다. 가나가 태어나고 마리코와 함께 몹시 고민한 끝에 선택한 방 세 개짜리 맨션. 가나에게 동생을 만들어 주지 못하는 대신, 다른 건 부족함 없이 키우고 싶어 35년 상환 대출로 산 집이었다.

그것도 이제 아무 의미 없다.

"죄송해요."

사나에의 갑작스런 사과에 안도는 놀라서 고개를 들었다.

"응?"

"아까 탁자에 놓여 있던 종이 다발을 봤어요. 제일 윗 페이지만요."

"아아."

건조한 목소리가 튀어나왔다.

"그건 뭔가요?"

사나에의 성격상 궁금한 건 못 참는 것이리라. 처음 만났을 때 스물아홉 살이었으니 이제 서른일곱 살일 텐데, 사나에는 외모도 말투도 거의 변함없었다. 어쩐지 그게 조금 위안이 됐다.

"가나의 담임선생님이 반 아이들이 가나에게 보내는 편지라며 가져왔어."

"가나에게 보내는?"

"뭐, 대부분 편지라기보다 감상문이지만."

학교 입장에서는 자기들에게 책임이 없다는 사실을 확실히 하고 싶었던 것이리라. 개인의 감정과는 별개로 조직의 일원이라는 입장을 소홀히 할 수 없었을 것이다. 안도도 교원이므로 모르는 바는 아니다.

"그렇군요."

사나에는 고개를 살짝 끄덕였다. 그 덤덤한 표정을 보며 사나에는 알까, 하고 멍하니 생각했다.

가나가 어떤 심정으로 죽음을 선택했는지 안도는 모른다.

'엄마를 희생시키면서까지 태어났는데.'

편지에 적혀 있던 문장이 가슴에 콱 박혔다.

마리코는 8년 전에 죽었지만, 자궁암은 가나 임신 직후에 발견됐다. 빨리 발견한 덕분에 바로 수술해서 절제하면 완치될 가능성이 높았지만, 마리코는 한사코 수술을 거부했다. 항암제 치료도 태아에게 악영향이 미칠까 봐 받지 않았다.

낙태가 아슬아슬하게 가능한 시기까지 안도는 계속 고민했다. 아빠가 되고 싶다는 마음은 물론 있었지만, 솔직히 아직 태어나지 않은 아기보다 마리코가 더 중요했다.

하지만 마리코는 결코 양보하지 않았다.

"아기를 포기하고 지금 수술을 받자고? 수술이 좀 늦는다고 내가 죽는 것도 아니잖아."

결국 가나를 무사히 출산했지만 암은 자궁을 들어내야 할 만큼 진행된 뒤였다.

마리코는 자궁을 버렸다. 하지만 가나가 다섯 살이 되고 반년쯤 지났을 무렵, 마리코의 상태는 더 악화됐다. 암이 간으로 전이됐고 이번에는 전부 절제만으로 치료할 수 없을 만큼 환부가 넓다는 진단을 받았다.

그야말로 비탈길을 굴러떨어지는 기분이었다.

마리코는 병문안 온 손님을 웃으며 맞이할 만큼 상태가 좋을 때도 있었고, 야윈 몸 어디에 이런 힘이 남아 있을까 신기할 만큼 머리맡의 대야에 심하게 토할 때도 있었다. 마리코의 상태는 매일 조금씩 달랐지만 날마다 쇠약해져 가는 건 분명했다.

항암제를 시험해 보자고 부탁한 건 안도였다.

설령 확률이 희박하다 할지라도 회복할 가능성이 있다면 희망을 걸어보고 싶었다. 마리코는 알았다며, 힘내겠다며 고개를 끄덕였다.

그게 잘못된 선택이었을까 안도가 후회하기 시작한 건 마리코가 영원히 숨을 멈추기 몇 주 전이었다.

"아내분은 치료를 견딜 체력이 더는 없습니다."

의사의 그 말에 눈앞이 깜깜해졌다. 입원한 후에도 병동에서 가나와 숨바꼭질을 하거나 유명 케이크가 먹고 싶다며 안도를 심부름 보내던 마리코가 침대에서 일어나지 못하게 된 건 암세포가 아니라 항암제 탓이었다. 구내염이 잔뜩 생겨 음식을 제대로 못 먹는 데다 구토가 심해져 체력이 떨어졌고, 머리카락이 빠져 흉한 머리를 감추기 위해 케이크 대신 예쁜 모자를 원하게 됐다.

항암제 치료를 괜히 시작했다는 생각을 지울 수 없었다. 항암제를 쓰지 않았다면 오히려 상태가 좋아질 가능성도 있지 않았을까. 하다못해 저렇게 괴로울 일은 없지 않았을까. 내가 항암제 얘기를 꺼내지 않았다면.

마리코가 죽은 뒤에도 안도의 마음에서는 후회가 가시지 않았다.

양심의 가책 때문에 마리코의 병을 가나에게 제대로 설명하지 않았는지도 모르겠다. 자세하게 말하면 가나에게 상처가 된다는 건 변명에 불과하다. 그저 자신의 실책을 인정하기가 두려웠을 뿐이다.

어쩌면 제대로 이야기만 했어도 이런 일은 벌어지지 않았을지도 모른다. 결국 언젠가는 알게 될 거였다면, 차라리 처음부터 마리코가 어떤 심정으로 내린 결단이었는지 들려주고 가나가 자책할 일이 아니고 누구도 마리코의 죽음을 가나 탓으로여기지 않는다는 걸 알려줘야 하지 않았을까.

그러니 가나를 죽음으로 몰아넣은 건 나다.

죄책감이 드는 한편으로 가나가 언제 어떻게 이 사실을 알았느냐는 의혹도 고개를 쳐들었다. 자신의 책임을 경감하고 싶어도망치고 있다는 걸 알면서도 생각을 그만둘 수 없었다.

누구야, 대체 누가 가나에게 말한 거야.

사정을 아는 사람들을 전부 입단속한 건 아니다. 하지만 가나가 알면 분명히 충격받을 일을 설마 가나에게 말할 사람이누가 있겠는가.

안도는 생각을 되돌렸다. 그게 아니라 언젠가는 알려질 일이었다. 누가 말해주지 않았어도 가나 스스로 알아내려 했을 수도 있다.

오해가 생기기 전에 설명했어야 했다. 하다못해 가나가 알아차렸다는 걸 눈치라도 채야 했다.

안도의 머릿속에 베타 수조 앞에 이상하리만치 오래 머무르던 가나의 뒷모습이 되살아났다.

어떤 마음으로 그랬는지는 모른다. 투어의 힘찬 춤에 격려를 받으려 했다든가 다른 개체와 의사소통하기 위해서는 상처 입을 각오를 해야 하는 투어의 특성에 공감했다든가, 그딴 분석을 늘어놓아 본들 아무 의미도 없다. 다만 가나는 다가오는 죽음을 실감했던 그때의 제 엄마와 같은 걸 보고 싶어 했다.

너무 열심히 베타를 들여다보는 가나에게 위화감을 느끼지 않은 건 아니다. 그런데도 안도는 가나에게 물어보려 하지 않았다. 왜, 무슨 일 있었어? 한마디 툭 던지기만 했어도 됐을지 모른다. 어쩌면 가나도 어떻게 말을 꺼내야 좋을지 몰라 망설였을 수도 있는데.

마리코였다면 어떻게 했을까. 마리코는 상담을 잘 해주지 않았을까. 가나도 마리코에게는 털어놓지 않았을까.

안도도 8년간 나름대로 애써왔다. 출세 코스에서 벗어날 줄 알면서도 강의를 줄이고, 학사 업무를 거절하고, 가정을 우선시했다. 가나가 자기 시간만큼은 스스로를 위해서 썼으면 했다. 하다못해 생활에 있어서 만큼은 엄마가 있는 보통 아이들과 다름없게끔.

동료나 친구와 한잔하더라도 밤 9시 전에는 반드시 귀가했고, 저녁은 꼭 미리 준비해 두었다. 아무리 혹할만한 제안이라도 당일 약속은 잡지 않았다.

아침 일찍 일어나 밥을 하고 전날 밤에 준비해 둔 반찬으로 도시락을 쌌다. 늦어도 오후 7시에는 집에 와서 저녁을 차리고 다음 날 도시락 반찬을 만들었다.

도저히 일을 못 끝내면 집에 가지고 가기도 했지만, 결코 방에 틀어박히지 않고 거실에서 일했다. 밥을 먹을 때는 텔레비전을 틀지 않고 가나의 이야기를 들었다.

지금 돌이켜 보면 그런 태도가 오히려 가나를 몰아붙였는지도 모른다. 혹시 가나가 말 못할 고민을 끌어안고 있었다면, 매일 아빠에게 이야기하는 자체가 부담으로 다가오지 않았을까.

이야기를 좀 더 들어볼 걸 그랬다는 마음과 듣지 말 걸 그랬다는 마음이 번갈아 솟았다.

"더 안 드세요?"

사나에가 접시를 가리키며 물었다. 늘 그렇듯 눈을 똑바로 쳐다보면서.

"속이 좀 안 좋아서……."

실제로 쥐어짜는 듯한 통증을 호소하는 배를 옷 위로 누르자 사나에가 시선을 접시로 돌리며 고개를 끄덕였다.

"경솔했네요."

안도가 뭐라고 한마디 할 새도 없이 머리를 숙이고 접시를 집더니 곁에 있는 비닐봉지에 휙 뒤집었다. 비닐봉지 입구를 꼭 묶어서 검은색 가방 옆에 아무렇게나 내려놓았다.

"다음부터 조심할게요."

주의받은 학생처럼 얌전히 말하고 카레라이스 찌꺼기가 남은 접시를 부엌으로 가져갔다. 안도는 갈색 덩어리가 비쳐 보이는 비닐봉지를 멍하니 바라보았다. 큼지막한 건더기가 가득한 카레라이스. 바쁜 와중에 만들었으리라 생각하자 입 안에 남은 음식 맛이 쓰게 느껴졌다.

너무 미안했다. 만든 사람이 직접 버리게 할 바에야 억지로라도 먹을 걸 그랬다.

부엌에서 물소리와 접시끼리 부딪치는 소리가 들렸다. 안도는 의자 등받이에 몸을 맡기고 두 눈을 꼭 감았다.

사나에가 비닐봉지를 들고 엘리베이터에 타는 모습을 바라보다 안도는 이대로 두면 안 된다고 생각했다.

계속 남의 호의에 기대서는 안 된다.

안도는 현관문을 잠그고 장례식 날 이후로 발을 들여놓지 않았던 가나의 방문을 열었다. 쿰쿰하고 탁한 공기가 얼굴을 감쌌다. 불을 켜자 정면 벽에 걸려 있는 교복이 보였다.

스티커를 벗긴 흔적이 남은 초등학생용 공부 책상, 만화책이며 소설이며 사전을 구분 없이 꽂아둔 책장, 나뭇결무늬가 들어간 작은 쓰레기통…… 세 평도 안 되는 작은방에 꽉꽉 들어찬 생활감이 밀려와 저도 모르게 다리가 얼어붙었다.

갈색 물방울무늬 침대 커버 안쪽으로 시선을 돌리자 출창(벽면보다 밖으로 튀어나오게 만든 창문) 창가에 놓인 약간 때 탄 토끼 봉제 인형과 눈이 마주쳤다. 기이한 웃음을 띤 공허한 눈동자.

배에 힘을 주고 크림색 카펫 위를 걸어 침대에 무릎을 대고 창문을 열었다. 맑은 바람이 불어 들어왔다.

가나가 어떤 심정이었는지 알아야 한다.

바람이 아니라 의무 같은 느낌이었다. 경찰이 돌려준 박스를 뒤집어 내용물을 바닥에 쏟았다.

수업 노트, 열 권이 넘는 사진 앨범, 표지가 멋진 만화책, 가장자리에 파란색 잉크가 번진 필통, 인조 모피로 만든 줄이 달린 휴대전화, 금속 박이 화려하게 들어간 금색 장지갑, 손잡이에 큼지막한 빨간색 물방울무늬 리본이 감긴 학교 가방.

하나하나 확인하려니 상상 이상으로 고통스러웠다. 가나의 얼굴과 글씨를 볼 때마다 눈물이 쏟아졌고, 가나의 체취가 코를 스칠 때마다 숨이 막혔다.

밤새 옷장에 수납된 옷의 주머니를 빠짐없이 확인하고, 수첩을 펼쳐 글을 꼼꼼히 읽고, 침대에서 이불을 치우고 먼지 쌓인 바닥을 손으로 더듬었다.

하지만 동틀 녘까지 뒤져도 일기 같은 것은 눈에 띄지 않았다.

펼쳐놓은 수첩을 멍하니 내려다보았다. 수첩에는 쪽지 시험 일정과 수업 준비물만 적혀 있었다. 앞으로 그조차 적힐 일이 없다고 생각하니 가슴이 몹시 아팠다.

욱신거리는 목을 돌려 책상 위에 놓인 노트북을 올려다보았다. 전원을 켜자 비밀번호 입력 창이 나타났다.

'kana'

'kana0412'

'kana412'

'andoukana'

'kanaandou'

생각나는 대로 입력해 보다가 오열을 토해냈다. 매일 이야기를 들었으면서 비밀번호로 사용할 만한 말도 몇 개 떠올리지 못했다. 이를 악물고 소리가 나도록 세게 자판을 눌렀다.

그러다 털썩 쓰러지듯 벽에 등을 맡기고 눈을 꼭 감았다.

실은 연기하는 거 아닐까. 죽을 마음도, 진실을 알고 싶은 마음도 없으면서 고뇌하는 척 연기하는 거 아닐까. 딸을 잃은 부모라는 상황에 취해 있는 거 아닐까.

안도는 이유도 없이 흐르는 눈물을 닦지도 않고 일어섰다. 거실로 돌아가 텔레비전을 틀고 각 방송국의 뉴스를 잡아먹을 듯 들여다보았다. 한 번도 펼치지 않은 채 쌓아놓은 신문도 훑어보고, 자기 방에 있는 컴퓨터로 인터넷에도 들어갔다. 가나의 이름, 뉴스에 나온 '도시마구의 여고생'이라는 표현, 가나가 다닌 학교 이름과 자살이라는 말을 조합해 검색해 보았지만 어디에도 이미 알고 있는 이상의 정보는 없었다.

그래도 안도는 어질어질하는 머리를 누른 채 다른 손에서 마우스를 놓지 않았다. 가족의 자살을 예방하기 위해 유념해야 할 점이 적힌 글과 유족의 슬픔을 엮은 체험담을 읽는 건 상처에 딱지가 앉자마자 손톱으로 긁어 피를 내는 짓과 비슷했다. 자살을 원하는 사람의 고민을 들어주는 글이나 자살 예고가 있는 한편, 입만 놀리지 말고 빨리 죽으라는 악성 댓글도 있었다. 노골적인 악의를 접하면 접할수록 안도의 마음은 피폐해졌다. 마치 중독되는 것 같았다. 이제 아무 생각도 하기 싫다. 이대로 죽고 싶다.

조금만 더. 이제 조금이면 마지막 한 걸음을 내디딜 수 있다. 감정이 격해질 때마다 베란다로 뛰쳐나갔지만 결국 몸은 던지지 못했다. 이번에도 안도는 베란다 콘크리트 바닥에 무릎을 꿇고 이를 악물었다.

이 지경이 됐는데도 체념하지 못하고, 이제 아무 의미도 없는 삶에 매달리다니 한심했다. 가나는 이걸 해냈다고 생각하자 눈물이 더 펑펑 쏟아졌다. 가나도 무서웠을 것이다. 죽는 건 무섭다. 죽음이 무섭지 않은 인간은 없다. 그래도 죽음을 선택하다니 가나는 대체 얼마나 큰 절망에 사로잡혔던 걸까.

"안도 씨!"

손톱이 파고들 만큼 팔을 꽉 붙잡은 사나에의 두 손이 눈에 들어와 어느새 또 오후 7시가 지났음을 알았다.

"무슨 짓이에요!"

사나에가 화났다고 남의 일처럼 생각했다. 신기하게도 사나에의 감정을 알 정도가 됐다. 사나에가 감정을 표현하는 기술을 익혔기 때문일까, 내 감각이 달라졌기 때문일까.

아아, 또 화나게 만들었다 싶으면서도 더 화내주기를 바랐다. 비난하기를, 꾸짖기를, 죽여주기를, 왜 딸의 자살을 막지 못했느냐고 단죄해 주기를 바랐다.

하지만 사나에는 더 이상 아무 말도 않고 안도의 팔을 세게 잡아당겨 방으로 들어갔다.

2

10월 18일 오후 7시 15분 오자와 사나에

좋아하는 책이 뭐냐고 물으면 나쓰메 소세키의 『마음』이라고 답한다. 그러면 대화의 문맥을 읽는 능력이 있는 것처럼 보이기 때문이다.

누구나 다 아는 고전이라 굳이 내용을 설명하지 않아도 되고, 같은 고전이라도 예를 들면 『인간실격』과 달리 제목에 임팩트가 없어서 무난하다. 교과서에도 실려 있는 작품을 언급했을 뿐인데 상대는 독서가라면서 감탄하고 금방 잊어버린다. 어디가 재미있느냐고 거듭 물어보면, "메이지 시대에도 순사殉死한다는 발상이 흥미롭다"라고 말하면 대개 얼렁뚱땅 넘길 수 있고, 최근 소설 중에서 뭘 읽느냐는 질문에는, 별로 안 읽는다고 답하면 거기서 이야기가 끝난다.

실제로 많이 읽는 건 소설이 아니라 환시와 망상 등의 원인을 뇌신경학적 관점에서 분석한 번역서다. 사나에는 중학생 때 처음으로 그런 책을 읽었는데, '카그라 증후군(가까운 친구나 가족이 생김새만 똑같을 뿐 전혀 다른 사람으로 뒤바뀌었다고 믿는 증상)'을 소개한 부분에 특히 충격받았다.

> 저 사람은 아버지랑 똑같이 생겼지만 아버지가 아닙니다.
> 아버지라는 건 거짓말이에요.

사실무근의 망상에 사로잡힌 청년에게도 놀랐지만 그 원인이 정신질환이나 심리적 도피, 갈망 따위가 아니라 뇌 기능 장애에서 비롯된 증상이라는 점이 무엇보다도 충격이었다. 책에 등장한 청년은 교통사고를 당해 시각을 담당하는 구역과 정서 중추인 편도체의 결합이 끊어진 상태라고 적혀 있었다.

사나에는 책을 덮는 둥 마는 둥 엄마에게 달려가 자기가 어릴 적에 머리를 다친 적이 없느냐고 물었다. 꼭 교통사고가 아니어도 된다. 그냥 넘어진 것도 괜찮다. 뭔가 뇌에 손상을 입을 만한 일이 없었을까.

없다는 대답을 들어도 금방은 믿기지 않았다. 정말로 없었을까. 잊어버린 게 아닐까.

반년 후, 중학교 3학년 때 계단에서 떨어졌다. 만약을 위해 뇌 검사를 받고 이상이 없다는 결과가 나오기까지 뇌에 손상이 있을 거라고 계속 의심했다.

아니, 지금 돌이켜 보면 실은 머리를 다친 적 없다는 걸 알기에 일부러 계단에서 떨어졌다. 검사를 받기 위해서가 아니라 뇌에 정말로 손상을 주기 위해.

초등학교에 들어가기 전부터 자신은 어딘가 이상한 게 아닐까 싶었다.

근처 공원 모래밭에서 놀다가 비가 와서 온몸이 진흙투성이가 된 적이 있었다. 바슬바슬하던 모래가 살에 들러붙는 게 재미있어서 온몸에 떡칠하고 돌아가자 엄마는 "어머나, 진흙 괴물에게 잡아먹혔었니?" 하고 말했다. 사나에는 진흙 괴물이 뭘까 생각하다 진흙은 모래밭의 모래고, 괴물은 텔레비전에 나오는 커다랗고 무서운 동물이라는 결론에 다다랐다.

그런 건 없었고, 잡아먹혔다면 돌아오지 못했을 거라고 대답하자 엄마는 발끈했다.

"얘는 참, 농담도 못 하겠네."

농담도 못 하겠네, 라는 표현은 그 후로도 수없이 들었다.

사나에, 일부러 그러는 거야?

바보 콘셉트에도 정도가 있어.

정말 무신경하구나.

왜 해도 될 말과 안 될 말을 구분 못 하니.

짜증 나게.

왜 남과 의사소통이 잘 안 되는지 사나에 자신도 몰랐다. 상대방이 화가 났는지, 우는지, 웃는지는 표정과 동작을 힌트 삼아 추측이 가능할 때도 많다. 하지만 소통이 뭔지는 도통 알 수가 없었다.

너 진짜 백치미가 넘치는구나.

대학원생 시절 사귀던 남자가 그렇게 말해서 무시하는 줄 알고 화를 내자, 귀엽다는 뜻인데 왜 그러냐, 어감으로 알지 않느냐고 한 적도 있었다.

어감이 뭔데?

왜 생각하는 바와 다른 말을 쓰는 거지?

도서관에서 심리학 서가에 꽂힌 책을 섭렵하다 올리버 색스의 『화성의 인류학자』라는 책을 발견했다. 발달장애 때문에 의사소통의 근간을 이해하지 못해 늘 자기 자신을 이방인처럼 느끼는 동물학자를 다룬 의학 에세이다.

내가 '화성의 인류학자'처럼 느껴진다.

주민을 조사해서 이해하려는 식이다.

다른 아이들에게는 텔레파시가 있는 것 아닐까.

인간 행동을 모방해서 학습한다.

마치 자신의 막연한 생각에 이름 붙여진 것 같은 기분이었다. 동시에 자신과 증상이 똑같은 사람들이 있다는 걸 알았다.

아스퍼거 증후군, 고기능 자폐증⋯⋯. 장애였다고 생각하니 마음이 조금 가벼워졌다. 내가 나쁜 게 아니었다. 그리 드문 장애도 아니라 전국에 몇만 명이나 있다. 관련 서적을 모조리 빌려서 부모님에게 보여주었다.

나 이거 같아. 검사 받아보고 싶은데 비용 좀 대주면 안 될까?

책에 적힌 내용을 자세히 설명한 후 부모님과 함께 병원에 갔다.

하지만 뇌 시티, MRI(자기 공명 영상 촬영법), PET(양전자 방사 단층 촬영법) 등 검사와 문진을 통해 내려진 결론은 '음성'이었다. 뇌 기능 장애를 확인할 수 없으며 자폐증 및 아스퍼거 증후군에 현저한 증상인, 정해진 순서에 대한 집착이 그다지 강하지 않다고 했다. 뇌 사진과 뇌파 검사로는 판별이 안 될 때도 있으나 혹시 장애가 있더라도 아주 가벼운 수준이라 사회 적

웅이 가능하다는 말에 어머니는 기뻐했다. 하지만 사나에는 세상으로부터 매정하게 버림받은 기분이었다.

이유가 없다면 나는 왜 이럴까.

유아기에 특별한 트라우마는 없고, 부모님은 평범한 회사원이다. 표정이 풍부한 여동생이 있고 뇌 기능 검사는 음성이었다.

조교수로 임명됐을 때 했던 자기소개는 거짓말이 아니다. 하지만 심리학에 몰두한 건 어려운 인간관계를 극복하기 위해서가 아니었다.

수긍할 만한 이유가 필요했다.

스스로를 분석하기 위해 문학부 심리학과에서 석사·박사 과정을 밟았지만 알아내지 못하고 어느덧 교수까지 되고 말았다.

당시 검사를 진행했던 의사는 교수까지 됐으니 역시 사회에 적응한 것 아니겠느냐고 했다.

적응이 어떤 상태를 가리키는지, 불혹이라 일컬어지는 마흔 살이 저 앞에 보이는 지금도 여전히 잘 모르겠다.

"이제 됐어."

식탁에 늘어놓은 포토푀(소고기, 채소 등을 뭉근하게 오래 끓여낸 프랑스 스튜)와 마늘 토스트를 보고 안도가 그렇게 말하자 사나에는 아직 한 입도 안 먹었으면서 되긴 뭐가 됐나 싶어 의아했다.

"무슨 말씀이세요? 자, 빨리 드세요. 식겠어요."

사나에는 그릇을 안도 쪽으로 밀어주고 눈을 가만히 쳐다보았다. 안도는 잠시 아무 말도 없다가 입을 열었다.

"식사 말고…… 아니, 식사도 그렇지만."

두서없는 말에 사나에는 눈살을 찌푸렸다. 안도는 숨을 깊이 내쉬고 말을 이었다.

"……더는 폐 끼치기 싫어."

폐? 느닷없이 튀어나온 말이 흡수되지 않고 사나에의 머릿속을 맴돌았다.

"난 당신이 이렇게까지 보살펴 줄 만한 인간이 아니야."

안도는 김이 피어오르는 포토푀를 노려보며 말했다.

이렇게까지 보살펴 준다? 내가 그런 소리를 했나? 아니다, 기억이 없다. 그럼 뭘까. 평소처럼 오해받은 걸까. 그렇게 받아들여질 만한 태도를 취했다는 뜻?

안도가 눈을 내리깔고 식탁 위에다 주먹을 쥐었다. 사나에는 그 모습을 보고 주먹을 쥐는 게 심리적으로 어떤 의미인지 생각했다. 짜증, 거부……. 사나에는 초조해졌다. 혹시 안도는 화가 났고, 폐를 끼친다는 건 안도 본인에게 그렇다는 걸까.

"이제 밥도 혼자 먹을 수 있고, 장도 혼자 볼 수 있어. 지금까지 받은 도움은…… 당장은 갚을 수 없을지도 모르지만……."

"폐를 끼쳤나요?"

사나에는 안도의 말을 막고 의자를 뒤로 밀었다. 드르륵하고 몹시 큰 소리가 났다.

"그럼 열쇠 돌려드릴게요."

가방을 허벅지 위에 얹고 체인을 당겨 끝에 달린 열쇠를 잡았다. 틱, 하는 싱거운 소리와 함께 열쇠가 체인에서 빠졌다.

"뭐?"

"낯 두껍게 드나들어서 죄송합니다."

사나에는 열쇠를 식탁에 내려놓고 가방을 들고 일어나 거실을 나섰다.

열쇠는 안도 어머니가 줬다.

동료분께 이런 부탁을 드리려니 죄송하지만, 어떻게 지내는지 가끔이나마 좀 살펴주면 안 될까요? 원래는 제가 붙어 있어야겠지만 그럴 사정이 못 돼서요.

저라도 괜찮으시다면, 하고 대답하며 사나에는 열쇠를 받았다. 안도 어머니가 안도를 맡겼다는 사실이 기뻐서 할 수 있는 한 최선을 다하자고 의욕을 불태웠다.

하지만 아무래도 또 뭔가 틀린 모양이다.

사나에는 복도로 나가며 주먹을 입가에 댔다.

경험상 이런 상황에서 살펴달라는 말은 그냥 보러 가라는 뜻이 아니다. 문제가 생기지 않도록 지키고 상태 유지에 힘써 달라는 뜻도 포함될 터였다. 하지만 착각이었을지도 모른다. 정말로 가끔 얼굴 보러 가 달라는 요구였던 게 아닐까.

사나에는 스타킹 신은 발로 어둑한 현관 바닥을 디뎠다. 가슴속이 싸늘하니 묵직해졌다.

그게 아니다. 애당초 안도 본인이 와 달라고 한 적은 한 번도 없었다. 도움을 바라지 않았던 것이다.

"왜 갑자기 화를 내는 거야."

뒤에서 안도 목소리가 들렸다. 하지만 무슨 감정이 담겼는지 사나에는 모른다. 사나에의 머릿속에 정해진 지령이 내려졌다. 혼란스러우면 그 자리를 떠나라. 그렇다, 일단 빨리 여기서 벗어나야 한다.

"실례할게요."

"사나에 씨, 잠깐만!"

갑자기 안도의 셔츠 단추가 눈앞에 보였다. 왼손목이 뜨거웠다. 잠시 후에야 손목이 잡혔다는 걸 알았다.

"폐가 됐다는 말이 아니라, 내가 폐를 끼치는 게 싫다고 한 거야."

안도 목소리가 머리 위에서 들렸다. 회의 때 옆에 앉아도, 퇴근하고 몇 명이서 밥을 먹으러 가서도, 이 집에서 함께 저녁을 먹게 된 뒤로도, 이 위치에서 안도의 목소리가 들린 적은 없었다.

사나에는 숨을 삼키고 희미하게 떨리는 목소리로 말을 꺼냈다.

"……저도 폐가 됐다고 한 적 없는데요."

"매일 저녁을 준비해서 퇴근길에 들르는데 어떻게 안 힘들겠어."

"안 힘들어요."

"하지만."

"하기 싫은 일이라면 안 했겠죠."

안도는 잠깐 말문이 막혔다가 숨을 후 내쉬었다.

"……당신이 그렇다면 그런 거겠지."

안도의 그 말에 사나에는 우뚝 멎었다. 검색 결과가 나온 것처럼 느닷없이 몇 달 전 일이 떠올랐다.

학교 구내식당에는 사람이 많았다.

벽에 설치된 대형 텔레비전에서 나오는 음성, 식사를 주문하는 학생의 목소리, 금전 등록기가 열리는 소리, 직전에 들었던 수업에 대한 불평, 동아리의 누구누구가 사귄다는 소문, 웃음소리, 속삭임, 휴대전화 카메라 셔터 소리……. 무수히 많은 소리가 뒤섞여 사나에는 무심코 움츠러들었다.

카로타에 가야겠다 싶었다.

여기서 걸어서 4분 거리에 있는 이탈리아 식당으로, 런치 요금도 최소 천삼백 엔이라 약간 비싼 감이 있지만 그래서인지 학생은 거의 드나들지 않아 점심시간을 느긋하게 보낼 수 있다.

하지만 바로 가지 않은 건 오늘이 수요일이라서다. 카로타에 가는 건 금요일이다. 수요일은 문학부 건물과 동아리 건물 사이에 위치한 제1구내식당에 간다고 정해놓은 규칙을 깨기 싫었다.

하는 수 없이 학생들 사이에 줄을 서서 고등어 된장 구이 정식을 주문하고 찻잔과 수저를 쟁반에 얹었다. 주위를 빙 둘러보고 제일 먼저 눈에 띈 자리로 걸어갔다. 쟁반을 테이블에 내려놓고 의자에 앉자 맞은편에 앉아 있던 사람이 "아!" 하고 외마디 소리를 냈다.

사나에는 시선을 들고 "왜요?" 하고 고개를 갸웃했다. 학생인 듯 풋풋해 보이는 청년은 "아니요"라며 말을 흐리고는 고개를 숙였다.

사나에는 젓가락을 들고 된장국을 마시며 청년을 빤히 쳐다보았다. 누굴까. 학회 학생일까. 자신이 맡은 학회에 이런 학생은 없었던 것 같지만, 솔직히 자신은 없었다. 학생들의 인상은 자주 바뀐다. 까만 머리를 갈색으로 바꾸거나 안경을 썼다 벗었다 하는 등 기껏 고생해서 얼굴을 기억해도 다음 주에는 다른 사람처럼 변해서 강의실에 들어온다. 그러니까 어쩌면 이 청년도 자신이 맡은 학회의 학생일지도 모른다.

만약을 위해 이름을 물어보려고 입을 열었을 때 청년이 옆에 앉은 학생의 어깨를 두드리고 "먼저 갈게"라고 하더니 벌떡 일어섰다. 그릇에는 아직 닭튀김 하나와 밥이 한 입 남아 있었다. 얼마 안 남았으니 다 먹고 가지 그러냐고 생각만 할 뿐 입 밖으로 꺼내지는 않았다. 말하기 전에 청년이 가버렸다.

아직 젊은데 저만큼도 못 먹는 걸까. 무슨 고민이라도 있나 궁금해하다가 생각이 났다.

오늘 1교시에 교육학부 교양 과목인 〈행동심리학 개론Ⅱ〉 강의 때 이야기 나눈 그 학생이었다.

토론 형식 수업인데, 스무 명 중에서 그 청년만 리포트를 제출하지 않아 리포트는 어쨌느냐고 물었다. 청년은 "죄송합니다"라고 했다. 질문에 대한 답이 아니었으므로 사나에는 다시 물었다.

"그런데 리포트는 어쨌나요?"

청년은 옆 학생과 팔꿈치로 툭툭 치다가 왠지 히죽히죽 웃으며 대답했다.

"죄송합니다. 실은 집에 도둑이 들어서."

사나에는 작게 숨을 삼켰다.

"도둑? 큰일이네요. 피해 상황은?"

"금품은 괜찮은데, 리포트를 도둑맞았어요."

이쯤부터 강의실에 소리 죽여 웃는 소리가 일기 시작했다. 하지만 사나에는 뭐가 우스운지 몰랐다.

"리포트를 따로 저장해 두지 않았나요?"

"그게, 손으로 쓴 거라서요. 어휴, 아깝다. 진짜 혼신의 역작이었는데."

"정말 아깝겠군요. 경찰에 신고는?"

"……돈이 없어진 건 아니라서요."

그 후로도 사나에가 질문을 이어나가자 청년은 웃음을 거두고 벌레라도 씹은 것 같은 표정을 짓는가 싶더니 갑자기 "죄송합니다" 하고 강의실에서 나갔다.

사나에가 일단 누군지 기억난 것에 만족하고 고등어에 젓가락을 뻗었을 때였다.

"사나에 씨" 누군가 부르는 목소리가 들려 급히 돌아보았다. 뭔가 생각하고 있을 때 말을 걸면 모르고 무시하기 일쑤라는 걸 자각하고 있었기 때문이다. 하지만 뒤에는 아무도 없었다. 잘못 들었나 싶어 자세를 바로 하는데 같은 방향에서 다시 목소리가 들렸다.

"사나에 씨는 원래 그래?"

"그렇다니 뭐가요?"

자신에게 말을 거는 줄 알았는데 묻고 대답하는 목소리가 들려서 사나에는 혼란에 빠졌다. 가만히 상체를 비틀어 목소리가 난 쪽을 훑어보았다. 교육학부 오우미 교수와 동료 안도가 보였다.

"그거, 장난치는 거야?"

오우미 교수의 말에 간담이 서늘했다. 지금까지 몇 번이나 들어본 말이므로 그게 험담이라는 건 알고 있었다. 자신이 또 무슨 잘못을 저질렀는지 생각해 보았지만 떠오르지 않았다.

"학생의 그런 터무니없는 거짓말에 속다니 말이 돼? 듣기로는 그 사람 늘 그렇다면서. 학생에게 점수 따려는 건지도 모르지만, 그래서야 다른 교수들한테 좋은 본보기가 못 되잖아."

"그러게요. 빤한 거짓말에도 그렇게 대응하더라고요."

안도가 거침없는 목소리로 대답했다. 사나에는 재빨리 고개를 정면으로 돌렸다. 희미하게 떨리는 손으로 밥그릇을 들고 오곡밥을 젓가락으로 떠올리듯 집었다. 입 안에 넣고 씹자 밥이 이에 뭉개지는 감촉이 느껴졌다. 하지만 맛은 모르겠다. 고등어를 젓가락으로 떼어 먹어도 마찬가지였다. 다음 달 안도의 연구실에서 함께 진행하기로 했던 공동연구를 취소해야 할까 싶었다. 기대하고 있었는데. 사나에는 허공을 노려보았다.

그때 안도가 말을 이었다.

"그래서 본인한테 물어보니 가르쳐 주더군요. 사나에 씨는 거짓말을 알아차리지도, 하지도 못한대요."

사나에는 눈을 크게 뜨고 안도를 돌아보았다.

"거짓말인 줄 모르다니, 그게 무슨."

오우미가 콧방귀를 뀌자 안도는 나긋나긋하게 답했다.

"사나에 씨가 그렇다면 그런 거겠죠."

맞다, 그때 사나에는 생각했다.

이 동료를 소중히 아껴야 한다고.

그 감정의 이름이 뭔지는 모른다. 다만 가슴이 뜨거워지는
걸 느꼈다.

"고마워."

안도가 말했다. 사나에는 고개를 갸웃했다.

"뭐가요?"

"당신 덕분에 얼마나 위안 받는지 모르겠어."

사나에는 눈을 깜박였다.

"모르시나요?"

반사적으로 되묻자 안도는 웃음을 지으며 "위안 받고 있어"
라고 말하고는 발걸음을 돌렸다. 따라오라는 뜻일까 고민하고
있자니 얼마 지나지 않아 안도가 얼굴을 내밀었다. 사나에 앞
까지 조용히 다가와 오른손을 쑥 내밀며 반대쪽 손으로 사나
에의 손목을 잡아당겼다. 위로 펼쳐진 손바닥에 안도의 주먹이

포개어졌다. 부드러운 피부에 딱딱하고 차가운 것이 닿았다. 안도가 손을 거두자 사나에가 아까 식탁에 두고 나온 열쇠가 있었다.

"이건 사나에 씨가 가지고 있어."

안도의 나지막한 목소리가 달라붙듯 귀에 닿았다. 사나에는 작은 금속을 가만히 바라보다 작게 중얼거렸다.

"가지고만 있으면 될까요?"

머리 위에서 숨을 훗 내뱉는 기척이 느껴졌다.

"사나에 씨만 괜찮으면 지금까지처럼 사용해 줘."

사나에는 고개 들어 안도의 눈을 보았다. 지금까지처럼 사용한다. 오후 7시에 초인종을 누르고, 대답이 없으면 열쇠로 문을 열고 들어간다. 해야 할 일을 머릿속으로 되풀이한 후 사나에는 "네" 하고 크게 고개를 끄덕였다.

일요일 오후 9시, 안도 집에서 돌아온 사나에는 옷을 갈아입고 커피를 한 잔 내려 마신 후 벽걸이 시계를 확인하고 전화기 앞에 섰다.

수화기를 들고 외우고 있는 전화번호를 하나하나 신중하게 눌렀다. 연결음이 두 번 울리기도 전에 딸각, 하고 소리가 끊겼다. 매주 일요일, 정해진 시각에 연락하는 만큼 상대방도 반응이 빠르다.

"여보세요."

약간 잠긴 여자 목소리가 들렸다.

"안녕하세요, 오자와 사나에입니다."

사나에가 여느 때처럼 말하자 상대방 목소리가 부드러워졌다.

"오자와 씨, 늘 죄송해요."

"이번 주 상황 보고 드릴게요."

사나에는 거두절미하고 본론에 들어갔다. 안도는 이런저런 음식을 먹었다, 휴직 절차를 밟았다, 가나의 반 아이들이 썼다는 편지들을 봤다, 오후 7시에 갔더니 안도가 베란다에 웅크려 앉아 있었다, 열쇠를 돌려주려다가 안도에게 다시 받았다. 요번 일주일간 안도 집에서 일어난 일을 시간 순서에 따라 말했다. 안도 어머니는 끼어들지 않고 그저 작게 맞장구만 쳤다.

"이상입니다."

사나에가 입을 다물자 수화기에서 숨을 길게 내쉬는 소리가 들렸다.

"그렇군요…… 늘 정말 감사합니다."

"별말씀을요."

사나에는 고맙다와 짝을 이루는 말로 대답했다. 잠시 조용히 있다가 안도 어머니가 입을 열었다.

"저기…… 오자와 씨는 가나 일을 어떻게 생각하세요?"

"어떻게라뇨?"

"가나는 왜 자살했을까요?"

사나에는 무슨 질문인지 이해가 되지 않았다. 가나는 왜 자살했을까? 안도 어머니는 왜 내게 그런 걸 묻는 걸까. 내가 알 턱이 없다. 이유는 본인밖에 모른다.

"모르겠는데요."

사나에는 짤막하게 대답했다. 아, 안도 어머니의 외마디가 들렸다.

"그렇겠죠, 괜한 소리를 해서 죄송해요."

가녀린 목소리가 이어지자 사나에는 아니요, 하고 답했다. 또 침묵이 흘렀다.

끊을 타이밍일까. 정기 보고는 끝났다. 전화를 끊을 때 어떻게 하는지 떠올렸다. 잠자코 끊어서는 안 된다. 대뜸 끊겠다고 말해서도 안 된다. 그럼 이만, 하고 잠시 기다린다. 상대가 들어가세요, 라고 말하면 그 말에 맞춰 끊으면 된다.

사나에가 숨을 살짝 들이마셨을 때였다.

"왕따…… 때문이 아니었을까요?"

안도 어머니가 말했다.

"네?"

사나에는 무심코 되물었다. 말을 잇는 안도 어머니의 목소리가 흔들렸다.

"그게, 그렇잖아요? 또 뭐가 있겠어요. 어떤 뉴스를 봐도 아이가 자살하는 건 대개 왕따가 원인이라고……."

"왕따."

사나에는 입 안에서 되뇌었다. 안도 어머니가 빠르게 말을 이었다.

"왜 제대로 알아보지 않는 건지, 학교에 물어보면 알 수 있을 텐데. 걔는 늘 그래요. 남과 충돌하기 싫어서 도망만 치고, 무슨 일이 생겨도 꿀 먹은 벙어리가 되죠. 하지만 딸 일인데."

"그럼 이만."

사나에는 참지 못하고 끼어들었다. 어쩐지 듣고 있기가 고통스러웠다. 안도 어머니가 말을 멈추고 목소리 톤을 낮추었다.

"바쁠 텐데 죄송해요. 그리고 어쩐지…… 그만 감정이 앞서서. 또 사토시 안부 전해주세요."

"네."

"그럼 안녕히 주무세요."

"안녕히 주무세요."

사나에는 따라서 말하고 상대의 입에서 "들어가세요"가 나오기를 기다렸다. 하지만 전화는 그대로 끊겼다. 사나에는 뚜, 뚜, 하고 늘어지는 소리를 내뱉는 수화기를 멍하니 바라보다 "왕따" 하고 중얼거렸다.

왜 제대로 알아보지 않는 건지, 학교에 물어보면 알 수 있을 텐데.

학교에 물어보면 알 수 있을까.

그럼 물어보면 된다.

시계를 올려다보고 잠시 생각하다 부엌 앞에 걸어둔 화이트보드로 향했다. 내일 스케줄에 천천히 적어 넣었다.

오전 9시, 사립 소리쓰 여자학원고교에 전화할 것.

3

10월 23일 오전 9시 18분 신카이 마호

마호는 다리 위에서 걸음을 멈췄다.

난간에 기대어 보석을 아낌없이 박은 것처럼 반짝이는 수면을 멍하니 내려다보았다.

다리에서 보이는 풍경은 늘 어쩐지 쓸쓸하면서도 정겹다.

여기에 서면 마호는 울부짖고 싶은 충동에 사로잡힌다. 크게 소리 지르며 머리카락을 마구 쥐어뜯다가 뛰어내리고 싶어진다. 그렇게 생각하며 휴대전화를 꺼내 기계적으로 손가락을 움직였다.

수신함에 줄지은 사키의 문자 메시지에 '좋은 아침' 하고 답

117

장을 썼다. 있지 오늘, 하고 이어서 쓰려다가 손을 멈추고 취소 버튼을 눌렀다.

메시지를 저장하시겠습니까.

화면에 뜬 글씨를 무시하고 대기화면으로 되돌린 후 휴대전화를 가방에 넣었다. 땀이 밴 손바닥을 교복 치마에 문질러 닦고 흘러내린 안경을 밀어올린 후 다시 걸음을 옮겼다. 평소보다 발걸음이 더 무거웠다. 가기 싫다고 생각하면서도 학교를 향해 한 발짝 한 발짝 억지로 발을 내디뎠다.

마호는 어렸을 때부터 어린이집과 학교를 빠진 적이 없다.

감기에 걸려도, 교통사고를 당해 다리가 부러져도 반드시 오전, 늦어도 오후에는 학교에 갔다. 무슨 일이 있어도 쉬지 않는 마호를 어른들은 장하다고 칭찬했고, 아이들은 뭐 저런 애가 있느냐는 듯이 쳐다봤다.

"마호는 참 대단해. 나 같으면 쉴 거야. 감기에 걸렸다는 당당한 이유가 있잖아."

그럴 때 마호는 아빠 핑계를 댔다.

"우리 집은 아빠가 엄해서. 그딴 일로 쉬는 게 말이 되느냐고 화를 내거든."

쓴웃음을 지으며 말하면 상대는 수긍하고 물러난다.

"아, 그렇구나. 힘들겠다. 안됐어, 마호."

실은 아빠가 제일 먼저 쉬라고 한다.

하루쯤 쉬어도 괜찮아, 그런 꼴로 학교에 가봤자 사람들한테 걱정만 끼쳐, 무슨 직장인도 아니고, 쉰다고 남한테 피해가 가는 것도 아니잖아.

아빠가 아무리 몸을 우선하라고 얘기해도 마호는 듣지 않았다. 아니야, 괜찮아. 쉴 정도는 아닌걸. 어떻게든 학교에 가려는 마호를 아빠는 조금 불안하게 바라봤지만, 엄마가 본인이 가겠다는데 놔둬, 학교에 가기 싫다고 떼쓰는 애들보다는 훨씬 낫지, 하고 거들면 더는 마호를 말리지 않았다.

마호는 학교를 빠지기 싫어했지만, 그렇다고 학교를 좋아하는 건 아니었다. 오히려 싫었다. 늘 분위기를 파악해야 하는 공간도, 늘 그룹에 속해야 하고 같은 그룹이면서 한 명이 자리를 비우면 바로 그 아이 험담을 시작하는 인간관계도.

그래도 매일 학교에 나간 건 일종의 강박관념 때문이었다.

내가 쉬는 사이에 뭔가 중대한 일이 생기는 건 아닐까. 혼자 뒤떨어지면 앞으로 내내 그 화제를 따라잡지 못하는 게 아닐까. 그런 근거 없는 불안이 마호를 학교로 내몰았다.

실제로는 꼬박꼬박 학교에 가도 훗날까지 회자될 만한 일은 일어나지 않았고, 그런 일이 쉽게 일어날 리 없다는 것도 머리로는 알고 있었다.

하지만 예컨대 열이 나서 누워 있으면 자기가 쉬고 있는 사이에 그룹 아이들이 자기 험담을 하다가 내일부터는 마호를

따돌리자고 의기투합하는 것 아니냐는 망상에 가까운 상상에
사로잡혀 결국 3교시쯤에는 학교에 간다.

"가나, 안 돼! 위험해!"

불현듯 머릿속에 자신의 목소리가 되살아났다. 동시에 반투
명한 스크린에 비친 것처럼 눈앞에 영상이 나타났다.

난간 위에 선 가나의 감색 스커트 밑으로 뻗어 나온 하얀 다
리. 엉거주춤한 자세로 무릎을 벌벌 떠는 꼴이 갓 태어난 새끼
사슴 같아서 우스웠다.

하나, 둘, 하고 속으로 천천히 헤아리다 셋에 접어들었을 때
가나의 몸이 붕 떴다.

"어……?"

무심코 새어 나온 목소리가 자기 것이 아닌 듯 아득하게 들
렸다. 가나의 맨발이 난간에서 떨어지고 플리츠스커트 주름이
확 펴졌다. 가나는 그대로 소리도 없이 난간 너머로 사라졌다.

어쩌지, 어쩌지, 어쩌지.

누가 심장에서 발을 구르는 것처럼 온몸에 고동이 울려 퍼
지고 눈앞이 캄캄해졌다. 턱이 떨려 이가 딱딱 맞부딪쳤다. 입
과 목이 바싹 마르고 목소리도 안 나왔다.

바닥이 구부러져 보이며 쓰러질 것 같다고 생각한 동시에

엉덩이에 강한 충격이 전해졌고, 한 박자 늦게 손바닥에 껄끔거리는 콘크리트의 감촉이 느껴졌다.

이 만화, 재미있더라. 나도 샀어.

마호가 빌려준 만화책을 들고 수줍게 웃던 가나의 얼굴이 머리를 획 스쳤다.

아니야, 아니야, 이러려던 게…….

필사적으로 사키의 모습을 찾다가 교실 가장자리에서 눈을 부릅뜨고 있는 사키를 본 순간, 목소리가 갈 곳을 발견한 것마냥 목구멍에서 튀어나왔다.

정말로 자기가 소리 질렀는지는 모르겠다. 교실 여기저기서 찢어질 듯 높은 목소리가 울려 퍼졌고, 사키 앞으로 기어가자 눈앞에서 비명 같은 울음소리가 들렸다. 예쁜 얼굴을 엉망으로 일그러뜨린 채 온몸을 떨며 우는 사키를 보자 마호는 머릿속이 새하얘졌다.

"왜 가나가."

사키는 무심코 귀를 막고 싶어질 만큼 비통한 목소리로 말하며 자기 머리카락을 세게 쥐어뜯었다.

"가나가, 아아, 자살하다니…….''

그날은 교직원 회의가 길어져 수업은 대부분 자습이었다. 사키에게 영향을 받았는지 우는 아이도 있거니와, 맥없이 휴대전화만 만지작거리는 아이, 자기가 목격한 걸 열 올려 설명하는 아이도 있었다.

그런 가운데 마호와 사키는 계속 소리 내어 울었다.

무슨 고민이 있었던 걸까, 왜 알아차리지 못했을까, 늘 함께였는데, 절친이었는데.

정말 속상한 듯 흐느껴 우는 사키를 따라 눈물 흘리며, 마호는 그럴 때가 아니라는 걸 알면서도 가나를 질투했다. 사키가 절친이라는 말을 썼다. 절친, 친구 중에서 제일 사이좋은 애한테 쓰는 말. 사키의 절친은 나인 줄 알았는데. 사키는 가나를 싫어하는 줄 알았는데. 사키에게 가나는 이렇게 펑펑 울 만큼 소중한 친구였던 걸까. 만약 떨어진 사람이 나였어도 사키는 이렇게 펑펑 울어줄까.

그러다 이런 때 그딴 생각이나 하는 자신이 역겨워서 또 울었다.

마호는 혼란스러웠다. 슬퍼하면 될까, 무서워하면 될까, 어떤 태도를 취하는 게 제일 나을까.

답은 사키가 알려주었다. 하굣길에 코를 훌쩍거리며 사키와 손을 잡고 걸어가던 마호는 겨우 말을 꺼냈다.

"어쩌지, 사키. 우리 탓이야, 우리가."

"무슨 소리야."

사키는 딱 잘라 말했다. 학교에서 금방이라도 자지러질 듯 울 때와는 달리 또랑또랑한 목소리로.

"우리 탓은 무슨. 우리는 걔 친구였잖아? 방과 후에 같이 놀았고, 학교에서도 늘 함께였어. 오늘 누가 우리 탓이라고 한 사람 있었어? 우리 탓 아니야. 실연했거나 장래가 걱정돼서 그랬을지도 모르지. 왜, 가나는 엄마가 없잖아. 어쩌면 아빠랑 사이가 별로였을 수도 있어……. 걔가 아무 말도 안 해줬으니 모르지만. 어때, 마호 생각도 그렇지?"

마호는 사키의 말에 어안이 벙벙해졌다. 실연, 장래, 아빠……. 가나가 그런 고민을 토로한 적은 없었다. 그런 고민이 있었을 것 같지도 않다. 애당초 가나는 제 뜻으로 난간에 올라선 게 아니다. 하지만, 그래. 혹시 가나가 말해주지 않았을 뿐 혼자 고민했다면? 벌칙으로 난간 위에 섰지만, 뛰어내린 건 가나 본인의 의지고 이유도 우리와 상관없다면?

마호는 고개를 끄덕였다. 그러자 사키가 잡은 손에 힘을 주며 부드럽게 말을 이었다.

"걱정 마, 우리는 잘 할 수 있어. 자, 함께 힘내자?"

우리, 그리고 함께라는 말에 마음이 한결 가벼워졌다. 그래, 내게는 사키가 있다고 생각하자 마음이 든든했다.

하지만 그로부터 한 달 넘게 지나자 마호는 불안했다.

혹시 앞으로 사키에게 미움받으면 어쩌지.

이제 와서 다른 그룹에 들어갈 수 없다는 건 알고 있었다. 사고 직후에는 가나가 왜 그랬는지 궁금해서 이야기를 들으러

오는 애들도 몇 명 있었지만, 사키가 생각하기도 괴롭다는 듯한 표정으로 모르겠다는 말만 되풀이하자 원래 그룹으로 돌아갔다.

가나가 있었을 때는 가나만 없으면 좋겠다는 생각이 끊이지 않았다. 하지만 실제로 가나가 없어진 지금, 사키에게 버려지면 마호는 외톨이가 된다.

마호는 전과 다름없이 우뚝 솟은 벽돌 건물을 흐린 눈으로 올려다보았다. 현관으로 들어가서 무거운 팔을 느릿느릿 들어 신발장을 열고 실내화로 갈아 신었다. 거무스름해진 발끝을 노려보며 꾹꾹 짓누르듯 계단을 올라갔다.

'1-D'라는 팻말을 올려다보고 숨을 내쉰 후 양손으로 뒷문을 살짝 열었다. 분필을 쥔 채 돌아본 교사에게 꾸벅 인사하고, 고개 숙인 채 자리로 향했다.

9시 30분. 시계를 확인하고 나서 가방을 내려놓고 의자에 앉아 비스듬히 앞쪽 자리를 보았다.

사키는 없었다.

1교시 끝나기 10분 전부터는 수업 내용이 머리에 하나도 들어오지 않았다.

진땀이 이마 언저리를 천천히 흘러내렸다. 마호는 주먹을 꽉 움켜쥐고 칠판 옆에 붙은 시간표를 올려다보았다.

1교시 국어, 2교시 성서, 3교시 물리, 4교시 체육, 점심시간, 5교시 음악, 6교시 국사.

2교시까지는 괜찮다. 하지만 물리는 이동 수업이다. 그리고 4교시 체육과 점심시간. 마호는 반 아이들이 삼삼오오 웃으며 걸어가는 가운데, 교과서와 필기구를 끌어안고 혼자 복도를 걷는 자기 모습을 상상했다. 홀로 앉아 책상 나뭇결을 보며 도시락을 먹는 모습도.

무덤덤하게 혼자 복도를 걷고, 체육시간에는 짝이 없는 다른 아이와 조를 짜고, 점심시간에는 혼자 점심을 먹고 조용히 책을 읽는다. 그런 아이가 반에 없는 건 아니다.

하지만 마호는 그러는 게 죽도록 싫었다. 창피했다. 혼자라는 것도, 혼자임을 남들에게 들키는 것도.

마호는 눈을 꼭 감고 당장 집에 가고 싶은 충동을 견뎠다.

만약 내가 집에 간 뒤에 사키가 오면 혼자 다른 그룹에 들어갈지도 몰라.

울고 싶은 기분과 함께 분노가 솟구쳤다.

사키, 왜 멋대로 쉬는 거야.

마호는 1교시가 끝나자마자 휴대전화를 쥐고 벌떡 일어섰다. 난간 쪽으로 가서 움켜쥔 손을 어설프게 펼쳤다.

떨리는 손가락으로 통화기록에서 사키의 이름을 골랐다. 사키. 사키, 제발 전화 받아.

"네."

조마조마한 마음으로 기다리자 한참 후에야 잠에서 깬 듯
잠긴 목소리가 들렸다.

"사키?"

"왜?"

매정한 말투에 마호는 몸이 벌벌 떨렸다. 왜 문자에 답장을
안 해. 마음속에 떠오른 말을 꿀꺽 삼키고 침이 말라 텁텁한 입
을 벌렸다.

"어, 그게, 오늘 쉰다기에 괜찮은가 싶어서."

"괜찮아. 딱히 아픈 데 없어."

그럼 왜 쉬냐고 말하려다 입을 다물었다. 사키의 목소리에
는 분명 짜증이 묻어났다. 뭘까. 무슨 일이 있었던 걸까. 모르
겠다. 하지만 사키는 화가 났다.

"마호."

사키가 이름을 부르자 마호는 조금 안심이 돼서 힘차게 "응"
하고 대답했다.

"우리가 가나한테 한 일, 남한테 말했어?"

"뭐?"

무슨 소리인가 싶었다. 가나에게 한 일? 머릿속에 봉인한 기
억이 폭발하듯 터져 나왔다.

가나만 쏙 빼고 나갔던 미팅 이야기를 사키와 신나게 떠들자 굳어진 가나의 표정. 너 때문에 엄마가 죽었다면서, 웃으며 그렇게 말한 자신의 목소리. 가나의 지갑을 집어 들었을 때 느껴진 매끄러운 가죽의 감촉.

셔츠 밑 팔에 닭살이 오소소 돋았다.

"말 안 했어!"

언성을 높이자 창가에 앉은 아이가 쳐다봐서 마호는 창문을 등지고 섰다.

너무해, 간신히 잊어버렸는데.

우리 탓 아니야. 실연했거나 장래가 걱정돼서 그랬을지도 모르지.

분명 사키가 그렇게 말했으면서.

"그런 걸 왜 묻는데?"

낮은 목소리로 원망을 담아 말했다. 사키는 대답이 없었다.

침묵이 흘렀다. 마호는 시선을 이리저리 돌리다가 입을 벌렸다. 하지만 무슨 말을 해야 될지 몰라 메마른 입술을 그대로 다물었다.

"어젯밤에 담임한테 전화가 왔어. 안도랑 싸우지는 않았냐고 묻더라."

마호는 숨을 헉 삼켰다.

"왜?"

"그치? 직후라면 모를까 왜 이제 와서 그런……. 일단 바로 부정했어. 의심하다니 너무하다면서 우니까, 미안하다며 바로 물러났지만."

마호는 숨을 내쉬었다. 옷 위로 배를 문질러 쪼그라든 내장을 살살 달랬다. 사키가 "아참" 하고 말을 이었다.

"뭔데?"

괜히 뜸 들이는 것 같아 긴장된 마음에 가시가 돋쳤다. 단단히 조인 나사가 삐걱대는 소리가 관자놀이 안쪽에서 들리는 것 같았다.

"가나, 일기 쓴다고 하지 않았나?"

일기? 마호는 미간을 찡그렸다. 머릿속이 혼란스러워서 무슨 뜻인지 이해가 안 갔다. 다만 사키의 목소리가 몹시 절박해 마음이 뒤숭숭했다.

"……모르겠어."

스스로도 놀랄 만큼 쉰 목소리를 간신히 꺼냈다.

"나도 확실히 기억하는 건 아니야. 하지만 정말로 문제없을까 생각하는데 번쩍 떠오르더라고. 입학하고 얼마 안 지나서 가나가 일기를 쓴다고 그랬던 것 같아."

"난 못 들었는데."

마호는 열기를 머금은 휴대전화를 긴 손톱으로 꽉 눌렀다. 귀가 뜨겁고 시야도 좁아졌다.

"그치? 내가 착각했는지도 모르겠어. 다른 애 이야기였을 수도 있고, 혹시 가나가 일기를 썼더라도 금방 질려서 그만뒀을지 몰라. ……하지만 만약 직전까지 썼다면? 엄마에 대한 죄책감 때문에 자살한 걸로 처리됐지만, 만약 일기가 발견돼서 우리가 가나를 괴롭혔다는 게 들통나면."

마호는 깜짝 놀라 눈이 휘둥그레졌다. 우리가 괴롭혔다, 처음으로 그 말이 사키 입에서 나왔다.

"사키."

"일단 절대로 아무하고도 말하지 마. ……맞다, 학교 조퇴할 수 있어? 담임이랑 마주쳤다간 성가셔질 거야."

"……알았어."

마호는 작게 대답하고 전화를 끊었다. 얼굴 기름이 묻어 흐려진 화면을 멍하니 몇 초 내려다보았다.

자리로 돌아와 떨리는 손으로 가방을 들었을 때, 교실 앞문이 미끄러지듯 열렸다. 교사를 보고 마호는 어깨를 움찔했다. 깃을 세운 교복을 연상시키는 청회색 로만칼라(기독교 성직자가 옷에 두르는 옷깃) 셔츠와 심플한 감색 재킷. 마호는 그 손에 들린 성서를 외면하며 교사에게 달려갔다.

"죄송해요, 몸이 안 좋아서 그런데 조퇴 좀 시켜주세요."

"괜찮아요?"

머리 위에서 들리는 목소리에 대답하지 않고 발걸음을 돌렸다.

벨 소리가 들렸다. 찬송가 선율을 파이프 오르간 풍으로 재현했다는 흐리멍덩한 소리에서 달아나듯 마호는 교실을 뛰쳐나갔다.

늘어지는 음이 긴 여운을 남겼다.

이 찬송가 제목이 뭐였더라.

왜 지금 그게 궁금한지는 알 수 없었다.

제 3 장

1

몸에 뭔가 얹혀 있다. 허벅지부터 무릎까지, 눌리면 다리를 구부릴 수 없는 위치에.

뭘까 하고 의아해하다가 눈이 떠지지 않는 걸 깨달았다. 눈뿐만이 아니다. 다리, 입, 팔, 손가락 할 것 없이 1센티미터도 움직일 수 없었다.

가위눌림이 떠올랐다. 그리고 한 박자 늦게, 가위눌림은 뇌만 깨어 있어 몸이 움직이지 않는 상태라는 생각이 뒤따라왔다.

그래, 귀신이 어디 있어. 몸이 깨어나기를 차분하게 기다리면 된다.

사키는 스스로를 진정시켰지만 초조하고 불안한 마음을 억누르기 힘들었다.

바로 위에서 누군가의 시선이 느껴졌다. 비명을 지르고 싶었지만 목소리가 안 나왔다. 달아나고 싶었지만 눈조차 뜰 수 없었다.

검은 손이 느릿느릿 뻗어오는 느낌이 들었다. 온몸을 감싸듯이 뒤덮는 쉰 냄새. 자신을 들여다보려는 듯 눈앞으로 다가오는 공허한 눈.

죽는다.

심장이 크게 요동친 순간 사키는 눈을 번쩍 떴다. 부리나케 고개 들어 몸을 내려다보았다.

익숙한 이불의 히비스커스 무늬가 보였다. 사키는 미지근하고 탁한 숨을 거칠게 몰아쉬며 방을 둘러보았다. 초침이 째깍대는 소리가 몹시 크게 들렸다.

이마에 밴 땀을 긴팔 티셔츠 소매로 닦고 똑바로 누운 채 휴대전화로 손을 뻗었다. 수많은 라인스톤 중 하나에 손톱을 걸고 끌어당겨서 전원 버튼을 눌렀다. 따가운 빛이 갑자기 눈을 찔러 인상을 찡그렸다. 실눈을 뜨고 푸르스름한 화면을 확인하자 새벽 2시가 조금 지난 시각이었다.

땀으로 끈적거리는 상반신을 일으켜 이불을 걷었다. 수면양말을 신은 발을 이불 밑에서 마저 꺼내 옆으로 돌아앉았다.

"기바 양."

사키는 담임에게 온 전화를 되새겨보았다. 무슨 질문을 받았고 어떻게 대답했는가. 대답에 실수는 없었는가.

"밤늦은 시간에 미안하구나. 하지만 생각하다 보니 불안해져서……. 안도 양이 어머니에 대한 죄책감 때문에 고민했다는데, 정말 그뿐이었을까."

"……그게 무슨 말씀이세요?"

자제력을 잃고 저도 모르게 목소리가 날카로워졌다.

"미안해. 이상한 소리라는 건 나도 알지만, 밤에 잠을 청하려고 하면 뭐랄까…… 이명이 생겨서. 정말 작은 소리지만 언제까지고 그치지 않는 그 소리를 듣다 보면 안도 양이 생각나."

병원에 가지, 라고 생각했지만 입 밖으로 꺼내지 않았다. 한숨이 나오는 걸 참고 진심으로 깔보았다. 멍청하기는. 그런 걸 나한테 물어본들 헛수고인데.

"전…… 모르겠어요."

자기가 듣기에도 가련한 목소리였다. 담임의 말문이 막힌 게 전해져왔다. 답답한 나머지 손톱이 손바닥을 파고들 정도로 눌렀다.

"그렇겠지, 그건 알지만…… 아무리 힘들어도 자신을 소중히 아끼는 사람이 있다면 과연 죽으려고 할까. ……너희가 사이좋게 지냈다는 건 알지만, 예를 들어, 음, 싸웠다거나."

"너무해요."

입에서 진심이 흘러나왔다. 자신을 소중히 아끼는 사람, 사이좋게 지냈다, 싸움. 참으로 상상력이 빈곤하다. 기분 나쁜 년이라는 생각과 함께 소름이 쫙 끼쳤다.

"저희가 잘못했다는 건가요? 싸운 적 없어요. 저희는 절친이었는데…… 가나가 저한테 모든 걸 다 털어놓고 상의하지는 않았지만 전 절친이라고 생각했다고요. ……저한테도 말 못할 만큼 힘든 일이 있었겠죠. 내내 혼자 고민했을 거예요. 왜 알아차리지 못했을까……."

쓸데없는 말은 꺼내지 않았다. 절친이 자살해서 충격받은 아이. 여기까지 실수한 부분은 없다.

"그런 게 아니야. 다만 오늘…… 학교에 전화가 왔는데."

담임이 망설이듯 말을 끊었다. 전화? 재촉하듯 되묻자 응, 하고 곤혹스러운 목소리가 되돌아왔다.

"따돌림은 없었는지 묻더라고."

사키는 숨을 크게 들이마셨다. 충격으로 할 말을 잃은 걸 어떻게 받아들였는지 담임이 당황한 투로 말을 이었다.

"괜히 이상한 소리를 해서 미안해. 선생님도 우리 반에 따돌림이 없었다는 건 알아. 안도 양은 남한테 미움받을 애가 아니었잖니? 분명 매스컴 쪽 사람이겠지."

"남자였나요?"

"왜?"

"그게…… 가나 아빠라면 그런 식으로 생각하지 않을까 싶어서요."

"아니야. 젊은 여자였어."

참말인지 거짓말인지는 판별이 안 됐다. 하지만 그런 거짓말을 할 필요가 있을까.

사키는 전화를 입에서 떼고 침을 꿀꺽 삼켰다. 듣자 하니 가나와 사이가 좋았다는 것 말고 다른 이유가 있어서 전화를 건 건 아닌 듯했다. 담임 본인도 따돌림이 있었다고는 생각지 않는다. 아니, 생각하고 싶지 않을 것이다. 누구라도 왕따를 당했다면 담임도 징계를 면치 못한다. 왕따가 있었음을 몰랐거나, 혹시 알았더라도 아무것도 해주지 못했다면 교사 책임 아닌가.

그러므로 일단 확인은 하지만 깊이 파고들지는 않는다. 따돌림이 있었냐고 묻지 않고 싸운 게 아니냐고 묻는다.

"맞다, 전부터 나왔던 이야기인데."

담임이 목소리 톤을 조금 높여서 말했다.

"안도 양 아버님이 기바 양이랑 신카이 양을 만나고 싶으시대. 실은 장례식 때 인사하려고 했는데, 워낙 경황이 없었고 누군지도 몰라서 넘어가셨다는구나."

"네?"

"물론 아직 그럴 기분이 아니라면 괜찮지만, 너희랑 이야기하면 아버님께도 위로가 되지 않을까."

마호랑 얘기해 보겠다고 대답하고 전화를 끊었다. 그 후로 한숨도 못 잤다.

가나 아빠는 어디까지 알고 있을까. 우리를 만나 뭘 어쩌려는 걸까. 가나가 혹시 우리가 한 짓에 대해 뭔가 단서를 남겼을까.

가나가 죽은 지 한 달. 그런 게 있었다면 벌써 발견됐으리라. 설령 발견했더라도 대놓고 의혹의 눈길을 던지지 않는 걸 보면 자세한 사정은 모르는 걸 수도 있다. 그렇게 마음을 진정시키는 한편으로 의심이 고개를 쳐들었다.

하지만 혹시 아직 발견되지 않았을 뿐이라면.

그러자 당장이라도 다시 전화벨이 울릴 것만 같아 몸이 벌벌 떨렸다.

혹시 소동이 벌어지더라도 먼 곳으로 이사해서 전학 가면 더는 잘못을 추궁당하지 않을지도 모른다. 그러나 텔레비전에서는 미성년자의 실명을 언급하지 않더라도 인터넷이 있는 이상 이름이 공개되지 않는다는 보장은 없지 않을까. 이름이 공개되면 연예인 데뷔는 물 건너간다. 만약 데뷔하더라도 유명해지면 질수록 스캔들이 터질 가능성이 높아진다.

사키는 손톱으로 머리를 벅벅 긁었다.

얼굴이 예뻐서 이성에게 인기가 많지만 누구와도 사귀지 않아 호기심을 불러일으키는 이미지. 게다가 성격이 싹싹해 모두에게 호감을 얻고, 친구 생일에 깜짝 선물을 해줄 만큼 마음씀씀이도 곱다. 데뷔 후에 어디에 어떻게 언급되더라도 부끄럽지 않을 과거인데.

하나하나 공들여 쌓아올린 탑이 우르르 무너져내리려 하고 있다.

친구를 괴롭혀 죽음으로 몰아넣었다는 소문이 퍼지면 연예인이 될 길은 완전히 끊긴다.

평범한 게 제일 좋아. 평범하지 않으면 불행해. 두드러지면 질투를 불러일으키고 미움받지. 미모는 언젠가 없어지지만, 공부해서 얻은 건 없어지지 않잖니. 열심히 공부해서 좋은 대학에 들어가고 좋은 회사에 취직해서 참한 남편을 얻는 게 여자의 행복이야.

시시하고 좁은 세상에서 살아가는 엄마.

그렇게는 되지 않겠다고 다짐했는데…… 순간 엄마라는 말이 묘하게 마음에 걸렸다.

생각이 떠오르는 동시에 아, 하고 목소리가 터져 나왔다.

가나가 죽은 엄마 이야기를 꺼냈을 때, 얼마 전부터 일기를 쓰기 시작했다고 하지 않았던가?

전화를 끊고 딱 30분 후에 마호가 도착했다.

"실례합니다."

"괜찮아. 나밖에 없어."

사키는 인사를 하며 머뭇머뭇 들어오는 마호에게 쓴웃음을 지었다. 굳었던 마호의 얼굴이 약간 풀어졌지만 이내 찜찜한 표정을 짓고 염려하는 듯한 시선을 던졌다.

"사키 엄마는 항상 집에 계시잖아? 그리고 오늘 감기 걸렸다는 핑계로 쉰 거 아니었어?"

"문화센터에 갔어. 우리 엄마는 딸이 감기 걸린 정도로는 수업 안 빼먹어. 약 먹고 푹 자라고 말하고는 끝. 뭐, 진짜로 감기 걸린 거 아니니까 상관없지만."

"그렇구나."

마호는 고개를 끄덕여도 되는지 망설이는 눈치로 고개를 끄덕였다. 무릎까지 오는 감색 양말을 신은 발을 분홍색 털 슬리퍼에 밀어 넣었다. 사키는 부엌 안쪽으로 가서 마호를 돌아보았다.

"오렌지주스면 될까? 아이스커피도 있지만 난 커피는 안 마시거든. 우리 엄마, 묘하게 눈치가 빨라서 집에 나밖에 없는데 커피가 줄면 괜히 의심해서 성가시게 굴 거야."

"아, 오렌지주스면 돼."

소파에 앉아 집을 둘러보는 마호를 곁눈질하며 사키는 오렌지주스를 컵에 따랐다. 값어치를 평가하는 듯한 마호의 무례한 시선이 불쾌했지만 웃음을 띤 채 컵을 내밀었다.

"누추한 집이라 부끄럽네."

"무슨 소리야! 우리 집은 훨씬 낡고 좁은 맨션인걸."

마호가 고개를 번쩍 들고 소리 높여 말했다.

"에이, 옆 반 오기노도 맨션에 산다더니 맨션 전체가 자기네 거였는걸."

"난 아니야. 우리 집은 정말로 지은 지 30년 된 맨션이야."

괜히 그런다, 하고 아양 부리는 투로 대꾸하며 사키는 속으로 정말 그럴지도 모른다고 생각했다.

성적이 우수한 아이들만 다닐 수 있고 수업료도 비싸서 사키가 다니는 학교에는 유복한 집 아이가 많다. 대부분 부모가 평범한 회사원인데, 의사나 변호사, 대기업 임원, 정치가 부모를 둔 아이도 있다.

서로 집에 초대하는 걸 친구의 증표로 여기는 풍조마저 있건만, 평소 그런 데 엄청 신경 쓰는 마호가 집에 놀러 오라고도, 놀러 가고 싶다고도 하지 않는 걸로 보건대 정말로 자기 집에 콤플렉스가 있는지도 모르겠다.

"아무튼 아까 전 이야기 말이야."

사키는 마호 옆에 무릎이 닿을 만큼 가까이 앉아 다리를 두 손으로 짚고 치뜬 눈으로 마호를 바라보았다.

"담임하고는 안 마주쳤지?"

"응, 바로 나왔으니까."

마호가 얌전한 얼굴로 고개를 끄덕였다. 사키는 오케이, 라고 중얼거리며 오렌지주스를 입에 댔다. 몽글거리는 과육을 목구멍으로 밀어 넣듯이 삼켰다.

"저기, 사키."

마호가 잠긴 목소리로 말했다.

"역시 우리 탓일까?"

"무슨 소릴 하는 거야."

사키는 혀를 차고 싶은 걸 참고 그렇게만 말했다. 왜 얘는 이렇게 쓸데없는 생각만 하는 걸까. 자기 탓이라고 여기면 그 마음이 표정과 태도에 드러난다. 그러면 주변에서도 의심하는 눈길을 던진다. 왜 그렇게 간단한 것도 모를까.

"마호, 가나가 우리 때문에 죽었다고 말하면 어떻게 될 것 같아?"

마호의 시선이 지진 난 것처럼 흔들렸다.

"아무도 우리 편 안 들어줄걸. 부모님과 선생님은 혼쭐낼 테고 아이들은 우리를 외면하겠지. 이야기가 퍼지면 중학교 때 친구들과도 멀어질 거고 매스컴에서 난리가 날지도 몰라. 자칫하면 퇴학당할 수도 있고, 나중에 남자친구가 생겨도 그 사실을 알게 되면 차일걸. 취직에도 문제가 생길지 몰라."

"안 돼."

마호가 숨을 크게 들이마셨다. 사키는 손거스러미를 손톱으로 떼어내며 한숨을 쉬었다.

"뭐, 우리 집이야 부모님한테 들키면 이야기가 퍼지기 전에 적당한 핑계를 대서 전학시킬 테니, 그렇게는 안 되겠지만. ……마호 너는 전학 못 가지?"

"무리야. 올해 남동생이 중학교 입학한 데다 이사 갈 돈도 없고……. 그리고 난 사키가 없으면……."

마호는 무거운 고개를 들고 매달리듯 사키의 팔을 잡았다.

"사키. 난 어쩌면 좋을까?"

"마호."

사키는 붙잡힌 팔을 내려다보고 반대쪽 손으로 마호의 손을 잡았다. 촉촉이 젖은 마호의 눈을 똑바로 바라보며 천천히 말했다.

"걱정 마. 증거만 안 나오면 그만이야. 봐봐, 지금은 아무도 우리를 책망하지 않잖아? 선수 쳐서 자책하면 돼. 절친이었는데 왜 몰랐을까, 왜 도와주지 못했을까, 하고 울면 웬만큼 확실한 증거가 없는 한 아무도 더는 우리를 나무라지 않아. 오히려 그렇게 자책할 것 없다고, 네 탓이 아니라고 동정하겠지."

사키는 거기서 말을 멈췄다. 마호의 얼굴이 꽉 눌러서 짜부라뜨린 것처럼 일그러졌다. 눈썹을 실룩이고 숨을 헐떡이다 중력을 이기지 못한 것처럼 입을 떡 벌렸다. 그 텅 빈 동굴 같은 입을 보며 말을 이었다.

"반대로 증거가 나오면 끝장이야. 마호, 혹시 가나가 일기를 썼다면 어떡해야 할까?"

"모르겠어."

마호는 훌쩍이며 고개를 저었다. 사키는 보란 듯이 한숨을 쉬었다.

"……미안해."

사키의 팔을 잡은 마호의 손에 힘이 들어갔다. 손톱이 파고들었다. 사키는 좌우를 비대칭으로 그린 마호의 못생긴 눈썹에서 눈을 돌려 천장을 올려다보았다. 마호가 봇물 터진 것처럼 엉엉 울었다. 손을 맞잡은 채 울면 누가 어떻게든 해줄 거라 믿는 어린아이 같은 울음소리를 듣고 있자니 어릴 적에 노래 부르며 손뼉치기 놀이를 했던 게 기억났다. 쎄쎄쎄. 아침 바람 찬 바람에.

"역시 가나 아빠한테 사과하러 가는 편이……."

"헛소리하지 마."

사키의 매서운 목소리에 마호가 어깨를 움찔 떨었다.

"사과한다고 끝날 일이 아니잖아."

"하지만……."

"전부 솔직히 털어놓고 사과하면 마호는 기분이 개운할지도 모르지만, 가나 아빠는 어떨까? 딸이 같은 반 아이에게 따돌림 당했다는 걸 알면 괴로움만 커지겠지. 왜 그런 것도 모르니?"

마호가 작은 눈을 찢어져라 크게 뜨고 입을 다물었다. 사키는 의식적으로 숨을 내쉬고 마호를 똑바로 응시했다.

"마호, 잘 들어. 사과한다는 건 상대에게 판단을 넘긴다는 뜻이야. 용서할지 말지 상대가 고민하게 맡겨두고 자신은 그저 대답만 기다리는 상태라고. 결국 다 떠넘기고 마음 편해지고 싶다는 뜻이잖아? 마호가 정말로 가나 아빠에게 잘못했다고 생각한다면 사과해서는 안 돼."

마호가 고개를 푹 숙이듯 끄덕이는 걸 확인하고 사키는 시계를 올려다보았다. 어느덧 11시가 지났다. 엄마가 다니는 꽃꽂이 수업은 11시 반에 끝난다. 장소는 자전거로 5분 거리에 있는 구민회관이다.

"아무튼 지금은 어떻게 하면 더는 아무도 상처입지 않고 이 일을 마무리할 수 있을지 생각해야 해."

사키는 마호의 손에서 팔을 빼내며 단숨에 말했다. 이러는 사이에도 가나 아빠는 딸의 일기를 찾고 있을지도 모른다고 생각하니 고함을 꽥 지르고 싶을 만큼 초조함이 밀려왔다. 일단 빨리 상황부터 파악해야 한다. 빨리, 빨리…… 마호가 내 통제 아래 있는 동안.

가나 아빠는 정보를 얼마나 손에 넣었을까. 내버려 둬도 문제없는 범위일까 아닐까. 그걸 확인하기 전까지는 마음 편히 잠도 못 잔다.

"일기가 있는지 없는지는 내가 조사할 테니 마호는 입단속이나 잘 해."

"사키."

"그리고 이번 일과 관계없는 일로는 연락하지 말고."

"사키……."

"오늘은 이만 돌아가 줄래?"

사키는 탁자에 놓인 컵 두 개를 싱크대로 들고 가서 남은 주스를 버렸다. 느릿느릿 일어선 마호는 가방을 들고 비틀거리며 현관으로 향했다. 신발을 신고 문밖으로 나가서 사키를 돌아보았다.

"미안해, 사키."

사키는 대답 없이 문을 닫고 발소리가 멀어지기도 전에 자물쇠를 잠갔다.

도쿄 지하철 유라쿠초선 센카와역은 이케부쿠로에서 두 정거장밖에 떨어져 있지 않지만, 번화가와는 거리가 멀다. 역 바로 옆에 큰 도로가 쭉 뻗어 있기 때문인지 상점가도 없고, 편의점과 도시락 가게, 슈퍼, 약국이 길을 따라 늘어서 있다.

사람이 살지만 온기 없이 타인과의 거리감을 일정하게 유지하는 동네. 사키가 사는 가미키타자와랑 어쩐지 분위기가 비슷했다.

골목으로 들어가자 이번에는 주택만 눈에 띄었다. 크림색 벽과 꽃나무 화분이 잘 어우러진 전원풍 단독주택, 콘크리트에 금이 간 무미건조한 4층 연립주택, 동그란 창문이 물방울무늬처럼 늘어선 세련된 맨션, 베란다에 널어놓은 남자 속옷이 펄럭이는 낡은 집 앞에는 길고양이 몇 마리가 모여 있었다.

새것과 헌것, 세련됨과 생활감. 가나의 집은 그렇듯 상반된 가치관이 잡다하게 혼재된 공간에 있었다.

베이지색 벽이 밋밋한 인상을 주는 7층 맨션은 얼핏 신축으로 보였다. 슬로프로 연결된 지하 주차장은 기능적으로 보였고, 간접 조명과 현대미술관에 전시할 법한 오브제로 꾸민 넓은 출입구는 드라마 세트로 써도 될 만큼 멋졌다. 하지만 옆에 증설한 싸구려 알루미늄 자전거 보관대가 잘 만든 이미지에 흠집을 냈다.

사키는 출입구로 돌아가 어깨에 대각선으로 멘 가방을 손으로 눌렀다. 발신기와 수신기 세트에 사만 천 엔이나 지출하다니 출혈이 컸지만 그 정도는 감수해야 했다.

그건 그렇고, 하며 사키는 눈을 두 번 깜박였다. 도청기를 이렇게 쉽게 구할 줄이야.

시험 삼아 방문한 아키하바라의 한 점포에는 놀랄 만큼 손님이 많았다. 대학생으로 보이는 청년, 회사원 같은 여성, 가까이 가자 고약한 냄새를 풍기는 바람막이 재킷 차림의 중년 남성, 교복을 입은 여고생도 몇 명 있었다. 사복으로 갈아입은 사키는 다행히도 거의 눈에 띄지 않았다.

불법 촬영 카메라와 도청기를 구입하는 것 자체는 위법이 아니라서 놀랐다. 사키가 알아본 바, 일본에서는 불법 장비의 판매와 구매를 제한하는 법률은 없으며, 장비를 설치할 때 주거침입죄나 기물 손괴죄에 해당할 가능성은 있다. 게다가 도청으로 알아낸 정보를 제3자에게 누설하면 전파법 위반이며 서점 등에서 상품의 내용물을 촬영하는 행위는 절도죄에 해당한다. 또한 도쿄도에서는 '공공장소 또는 공공교통기관에서 불법 촬영'을 하면 파렴치 행위 방지조례 위반에 해당한다고 한다.

"도청한 내용이 재판 증거로 인정된 사례도 있습니다."

다른 손님에게 설명하는 점원의 목소리를 들으며 사키는 빽빽하게 진열된 도청기를 서로 견주어보았다.

멀티탭, 연장 코드, 볼펜, 키홀더, 접이식 우산, 카드, 트랜스시버(근거리 연락용의 소형 무선 전화기), 클립, 봉제 인형 등 모양이 다양했다. 대화용인가 전화 회선용인가에 따라서도 종류가 구분되고, 진열대 아래 판에는 각각의 용도, 수신 가능 거리, 가격, 특색이 빼곡하게 적혀 있었다.

'UHF 주파수를 사용한 고음질! VOX 기능(음성을 감지하면 자동으로 송신하는 기능) 탑재! 들킬 염려가 없습니다!'

무슨 뜻인지 모를 단어에 당황하면서도 사키는 모자챙으로 얼굴을 가린 채 적당한 물건을 찾았다.

작아서 눈에 띄지 않는 기종은 배터리가 수십 시간밖에 못 버틴다. 봉제 인형 모양이나 키홀더 모양은 가나를 위한 선물이라고 우길 수야 있겠지만 만에 하나 도청기가 발각되면 누가 설치했는지 대번에 들킨다. 접이식 우산 모양과 트랜스시버 모양은 배터리 수명이 비교적 길지만 얼핏 보기에도 수상하다.

지금 가나 집에는 누가 살고 있을까.

사키는 허공을 쳐다보며 기억을 더듬었다. 가나에게 할아버지, 할머니와 같이 산다는 이야기는 못 들었다. 하지만 이번 일을 계기로 같이 살 가능성도 있다. 언젠가 가나가 지금까지 이사한 적이 없다고 했다. 원래 엄마, 아빠, 가나 셋이서 살았던 집에 아빠 혼자 살면 너무 넓지 않을까.

'소형 무선 카메라'라고 적힌 코너 앞에서 발을 멈췄다. 가나 아빠가 혼자 산다면 카메라가 나을 것이다. 영상이 있으면 뭘 하는지, 누구랑 만나 무슨 이야기를 하는지도 알 수 있다. 하지만 사키는 뻗으려던 손을 멈췄다. 진열된 기종은 손안에 들어올 만큼 작았지만 한눈에 봐도 카메라임을 알 만하게 생겼다. 무심하게 반짝이는 렌즈를 보며 사키는 손을 움츠렸다.

어떻게 설치하면 될까. 어느 방에? 집 구조나 가구 위치도 모르는데.

결국 사키는 멀티탭 모양 도청기를 골랐다.

설치할 타이밍을 잡기 힘들지만 일단 꽂으면 배터리를 교환할 필요가 없고 멀티탭 이외의 용도로 의심받을 걱정도 거의 없다.

중요한 건 이야기 내용이다. 남에게, 그리고 전화로 무슨 이야기를 하느냐가.

사키는 엘리베이터 버튼을 누르고 깜박이는 숫자를 바라보며 가나의 장례식을 떠올렸다.

거기서 내가 뭘 어쨌더라. 얼굴이 기억에 남을 만한 짓을 하지는 않았나.

괜찮다.

사키는 마른 침을 삼켰다.

그때는 단체 조문객으로 분향 했고, 자기만 눈물을 흘린 것도 아니었다. 가나 아빠는 내내 멍한 표정이었다. 조문객을 맞으며 인사할 때도 그저 고개만 까딱까딱해서 조는 게 아닐까 싶을 정도였다. 가나 아빠는 분명 조문객의 얼굴을 확인할 여유조차 없었다.

안도 양 아버지가 기바 양이랑 신카이 양을 만나고 싶으시대. 실은 장례식 때 인사하려고 했지만, 워낙 경황이 없었고 누군지도 몰라서 넘어가셨다는구나.

담임의 말이 사키의 추측을 뒷받침했다.

그리고 가나는 우리와 찍은 사진을 가지고 있지 않다. 가나 아빠는 내 얼굴을 모른다.

경쾌한 소리와 함께 엘리베이터가 멈췄다. 사키는 다시 심호흡하고 발을 내디뎠다. 일부러 백화점까지 가서 산 로퍼의 높은 굽이 리놀륨 바닥을 또각또각 때렸다.

'504 안도'

문패 앞에 멈춰 손을 천천히 들어 거무스름해진 버튼을 손가락으로 눌렀다. 딩동, 김빠지는 소리가 어스름한 복도에 울리고 잠시 후에 인터폰 수화기를 드는 소리가 났다.

"네."

"느닷없이 죄송합니다. 안도 자매와 같은 반인 사사가와 나나오라고 해요. ……그, 안도 자매에게 향을 피워 올리고 싶어서요."

사사가와 나나오의 이름을 고른 데 특별한 이유는 없었다. 그저 반에서 제일 고립된, 죽어도 가나 집에 향을 피우러 올 것 같지는 않은 사람이 나나오였기 때문이다. 티나게 왕따 당하는 건 아니지만 그렇다고 친구가 있는 것도 아니다. 점심시간에 같은 그룹 아이들끼리 도시락을 먹으려고 책상을 붙이면 나나오 주변만 휭하다. 넓은 바다의 작은 외딴 섬처럼.

그러고 보면 나나오는 어느 반에든 반드시 한 명은 있는 학생이었다.

어느 그룹에도 속하지 않고, 수업 시간에 질문이라도 받지 않는 한 학교에서는 입도 벙긋하지 않아 마치 자시키와라시(座敷わらし, 방이나 광에 숨어 산다고 일컬어지는 신적 존재) 같은 학생. 자시키와라시가 있는 집에는 복이 온다는데, 그런 의미에서도 그들은 자시키와라시와 비슷하다. 계층 피라미드의 최하층에 머물며 다른 아이들의 자존심을 지켜주니까. 신기하게도 공학이었던 중학교에도, 지금 다니는 여고에도 그런 아이들은 남녀를 불문하고 존재한다.

"지금 열게요."

나지막하게 잠긴 목소리가 들린 후에 잠금 장치가 열리는 투박한 소리가 이어졌다.

"약속도 없이 찾아와서 죄송해요."

사키는 가느다란 목소리로 말하며 고개를 깊이 숙였다.

"온통 어질러놔서 면목 없다만……."

가나 아빠로 보이는 남자는 생각했던 것보다는 초췌하지 않았다. 뺨이 쑥 들어갔고 머리와 수염은 길었지만, 냄새는 안 났다. 사키는 멀어지는 가나 아빠의 뒷모습을 의아한 기분으로 바라보았다.

그렇구나, 딸이 죽어도 아빠는 매일 목욕을 하는구나.

"실례합니다."

아래를 보고 말하며 신발을 벗었다. 가나 아빠는 실내 슬리퍼도 꺼내주지 않고 침침한 백열등이 켜진 복도를 말없이 걸었다. 안으로 통하는 문이 열리자 하얀 불빛이 어스름한 복도에 들이비쳤다.

사키는 고개 숙인 채 뒤를 따랐다. 정돈된 탓인지 묘하게 생활감이 느껴지지 않는 거실이 눈에 들어왔다. 가나 아빠는 소파 옆에 있는 장지문을 열고 다다미방으로 들어가더니 제단 앞에 무릎 꿇고 물 흐르는 듯한 동작으로 양초에 불을 붙였다.

제단 한복판에 가나 사진이 있었다. 그 안쪽 불단에 모셔놓은 영정사진은 가나 엄마일까. 얼핏 보기에 닮았다고 할 정도는 아니었지만 자세히 보니 입매가 판박이였다.

"가나, 친구 왔단다."

가나 아빠가 웃음 띤 가나 사진에 대고 말하며 일어섰다. 그 갑작스러운 행동에 놀라서 사키는 온몸이 굳었다. 하지만 가나 아빠는 그대로 옆을 지나쳐 거실로 돌아갔다.

사키는 어느 틈엔가 참고 있던 숨을 내쉬고 다다미방을 둘러보았다.

콘센트는 바로 찾았다. 아무렇게나 뭉쳐놓은 이불 뒤편에 있었다. 곁눈질로 거실을 살피자 어느새 돌아온 가나 아빠와 눈이 마주쳤다.

냉큼 고개를 숙이고 다리를 움직여 제단 쪽으로 돌아섰다.

역시 초소형 기종으로 할 걸 그랬나.

사키는 무릎을 굽히며 발치에 멀티탭을 숨기고 선향을 집었다. 한 개였더라 두 개였더라. 재가 된 선향들의 모양새를 확인하고 하나만 집었다. 선향을 촛불에 댄 후, 끝에 붙은 불을 입으로 불어서 껐다. 하얀 연기가 피어오르는 걸 보고서야 입으로 불어서 끄면 안 된다는 게 떠올랐다. 땡, 땡, 종을 두 번 울리고는 두 번이 맞나 불안한 마음으로 손을 마주 모았다.

제단이나 불단 앞에 있으면 늘 긴장된다. 죽은 사람 앞이라서가 아니라 공양하는 순서를 정확히 몰라서다. 망자에게 향을 피워 올리는 건 허튼짓이라고 생각한다. 죽은 사람이 이런 곳에 있을 리 없다.

머리 숙여 마주 모은 양손 엄지손가락 위에 이마를 대고 생각에 잠겼다. 일단 가나 아빠는 내 얼굴을 못 알아봤다. 이제 도청기를 설치하고 일기가 있는지 없는지만 확인하면 된다.

고개를 들고 눈을 뜨자 뒤에서 기척이 느껴졌다.

엉겁결에 펄쩍 뛰다시피 뒤를 돌아보았다. 멀티탭 모서리가 엉덩이를 쿡 찔렀다.

"아, 미안. 놀랐니?"

심장이 터질 듯이 쿵쿵 뛰며 온몸에 피를 흘려보냈다. 사키는 거칠어지는 호흡을 애써 다스렸다.

이 아저씨, 실은 내가 누군지 아는 거 아닐까. 내가 가나에게 무슨 짓을 했는지도 알면서 시침을 뚝 떼고 맞아들인 거 아닐까.

가나 집에 온 게 갑자기 어리석게 느껴져 멀티탭을 움켜쥐고 부랴부랴 일어섰다. 가방을 품에 안고 대뜸 허리를 구부렸다.

"안녕히 계세요."

"과자는 다 떨어졌지만."

그 말에 거실 쪽을 보자 식탁에 머그잔이 두 개 놓여 있었다.

"아니요…… 저, 이만 가볼게요."

"기왕 왔으니 차라도 한잔하고 가렴. 아아, 맞다. 사과라면 있는데, 사과는 싫어하니?"

"네?"

안도는 대답을 기다리지 않고 몸을 돌려 과도와 접시를 들고 돌아왔다. 그게 덫인지 아닌지 판단이 서지 않았다.

"자, 앉으렴."

어떻게 해야 좋을지 몰라 일단 가리키는 자리에 앉았다. 가나 아빠는 비스듬히 앞자리에 앉아 사과를 깎기 시작했다.

"넌……."

"아, 사사가와예요."

"실례했구나. 사사가와 양은 가나랑 친하게 지냈니?"

"……네."

"장례식에도 왔겠구나. 솔직히 반 아이들 중에 집까지 와준 건 네가 처음이야. 고맙다. 가나도 기뻐할 거야."

왼손으로 빙글빙글 돌리던 사과의 하얀 속살이 반쯤 드러났을 때 껍질이 떨어졌다. 정말 모르는 걸까. 사키는 기운 없이 고개 지으며 입을 다물었다. 가나 아빠는 사키가 뭔가 말하려다 그만둔 걸 알았다.

침묵이 흘렀다. 빨리, 빨리 물어보고 돌아가자.

"……저기."

"응?"

"안도 자매는 정말로 유서를 안 남겼나요?"

가나 아빠의 눈이 살짝 커졌다. 사키는 눈을 돌리고 싶었지만 참았다.

"응, 아무것도 없었어."

"일기 같은 것도요?"

거듭 묻자 가나 아빠는 가만히 고개를 끄덕였다.

"잘 찾아봤지만……."

심장을 찌그러뜨리려는 누군가의 손에서 힘이 빠진 것처럼 몸이 갑자기 가벼워졌다. 웃음을 참기 힘들었다. 홍차를 마시는 척 커다란 머그잔을 입으로 가져가 얼굴을 가렸다. 잔을 식탁에 내려놓은 후 뺨 안쪽에 힘을 주고 그렇군요, 하고 나지막하게 중얼거렸다.

다행이다, 일기는 없었다. 일기를 썼다고 한 건 분명 다른 애였으리라. 아니면 예전에는 썼지만 그만두고 버렸든가. 어쨌거나 괜찮다는 뜻이다. 이제 아무 걱정할 필요 없다.

그렇다면 한시라도 빨리 돌아가서 내 얼굴을 가나 아빠의 기억에서 지워야 한다. 내가 사사가와 나나오가 아니라는 것 빼고는 다 해결됐으니까.

"⋯⋯저기, 그럼 저는 이만."

사키는 그렇게 말하며 자리에서 일어섰다. 어, 하고 당황스러워하는 가나 아빠는 아랑곳하지 않고 의자를 식탁 아래로 밀어 넣었다.

"잠깐만, 괜찮다면 가나 이야기를 좀⋯⋯."

"죄송해요."

말을 끊고 재빨리 현관으로 향했다. 부자연스럽다는 건 알지만 도저히 이야기 나눌 기분이 아니었다. 전화로 물어볼 걸 그랬다고 새삼 후회했다. 왜 굳이 여기까지 온 걸까. 그것도 가명까지 써가면서. 기자인 척 물어봤으면 일기가 없다는 걸 알아낼 수 있지 않았을까. 그럼 얼굴이 기억에 남을 위험을 무릅쓰고 도청기를 설치하러 올 필요도 없었을 텐데. 초조한 나머지 판단력을 잃은 모양이다. 아무래도 선향을 피워 올리고 싶다는 핑계가 제일 자연스러운 것 같았다. 머릿속에 그 생각밖에 없었다.

정신이 어떻게 됐나 봐.

신발을 신고 다시 한번 머리를 숙이려 했을 때, 가나는 팔을
꽉 붙잡혔다. 숨이 턱 막히며 힉, 하는 소리가 새어 나왔다. 반
사적으로 팔을 뿌리치고 현관문 손잡이를 잡았다. 덜컥. 온몸
의 힘이 고스란히 팔로 되돌아와 혼이 나갈 지경이었다.

"아니야!"

벼락같은 고함에 한순간 머릿속이 새하얘졌다. 그제야 문이
잠겼다는 걸 깨닫고 잠금 장치로 손을 뻗었다.

"일기가 있을지도 몰라!"

이어서 들린 말에 사키는 움직임을 멈췄다.

2

깊이 생각해서 일기가 있을지도 모르겠다고 말한 건 아니었다. 그냥 붙잡아야 한다는 마음이 앞섰다. 가나에게 선향을 피워 올리려고 일부러 집까지 와준 친구에게 꼭 가나 이야기를 듣고 싶었다.

학생이 유일하게 먼저 물어본 게 유서와 일기였다. 당장 학생의 관심을 끌 만한 게 그것밖에 생각나지 않았다.

"가나 방에는 일기가 없었어. ……하지만 딱 한 군데 찾아보지 못한 곳이 있지."

일부러 의미심장하게 말하자 학생은 문손잡이를 잡고 있던 가녀린 손을 슥 내렸다. 조금만, 조금만 더 하면 붙잡아 둘 수 있다.

"같이 찾아주지 않을래?"

말하면서도 참 군색한 핑계다 싶었다. 볼일 때문에 서둘러 돌아가려는 건지도 모른다. 막상 제단을 보자 마음이 아팠던 걸 수도 있다. 애당초 이게 너무 생뚱맞은 부탁이라는 건 스스로도 잘 알고 있었다.

하지만 가나보다 머리 하나쯤 키가 큰 학생은 등을 돌린 채 고개를 살짝 끄덕였다. 학생이 돌아가지 않기로 했다는 걸 알고 안도는 일단 마음이 놓였다.

"……어디를 찾아보실 건데요?"

돌아본 학생의 표정이 딱딱했다. 바로 후회가 밀려들었다. 왜 가나의 일기를 핑계로 삼았을까. 정말로 있는지 없는지도 모르고, 혹시 있더라도 가나가 반 친구에게 보여주길 바랄 리 없는데.

최악이다. 난 최악의 아빠다. 자기만족을 위해 딸의 인생을 떼어 팔려고 하고 있다.

"노트북……."

목소리가 꽉 잠겼다. 정말 이래도 되는 걸까 자문했다. 하다 못해 혼자 찾아서 혼자 읽어야 하지 않을까. 무슨 내용이 적혀 있는지도 모르는데. 혹시라도 가나의 명예를 훼손시키는 내용이 있다면 무덤까지 가지고 가는 게 아빠의 도리 아닐까. 그래서 경찰에는 넘겨주지 않았던 거 아니었나. 그렇게 생각하면서도 머리와 몸이 꼭 다른 생물이 된 것처럼 입이 움직였다.

"비밀번호가 걸려 있어서 못 켜겠더라고. 생각해 볼 수 있는 조합은 무한하겠지……. 다행인 건 은행 비밀번호처럼 정해진 횟수를 틀리면 잠기는 식은 아니야. 그러니 맞힐 때까지 계속 입력하면 돼."

그래, 맞다. 안도는 자기가 한 말을 듣고 입술을 깨물었다.

이제는 안다. 도망치고 있었다. 가나가 죽음을 선택한 진짜 이유를 알고 싶다면서 진심으로 알길 원하지는 않았다. 솔직히 아는 게 무서웠다. 알고 나면 절대로 돌이킬 수 없는 상황에 처할 듯한 예감이 들었다.

하지만 돌이킬 필요가 어디 있단 말인가.

"가나는 유서를 안 남겼죠?"

빠르고 날카로운 말소리가 정면에서 들렸다.

"그럼…… 비밀번호가 걸려 있다면 아무도 읽지 말기를 바란 것 아닐까요?"

그럴지도 모른다. 마음이 다시 흔들렸다. 모르겠다. 가나가 죽기 전에 무슨 생각을 했는지도, 지금 어떻게 해주기를 바라는지도.

"저 같으면 못 참을 거예요. 부모가 멋대로 일기를 읽으면 평생 원망하겠죠.”

가나는 원망할까. 평생? 하지만 가나는 이미 이 세상에 없다. 그럼 가나는 언제까지 날 원망할까?

“……부모는 멋대로 분석하고 단정하죠. 자기도 한때는 어렸다는 이유만으로 이해할 수 있을 거라 믿어요. 지금은 그래도 나중에는 어떻다는 둥, 그건 이러이러한 이유 때문이라는 둥…… 아무것도 모르면서.”

분노가 실린 목소리에 안도는 말문이 막혔다. 아니라는 생각이 드는 동시에 그럼 심리학은 어떤가 싶었다. 표정, 동작, 말, 목소리……. 실상 마음은 보이지 않는데도 외부에서 얻는 정보만 가지고 상대의 감정을 추측한다. 불안할 때는 머리카락이나 입술을 만진다, 경계할 때는 몸 앞으로 팔짱을 낀다 등등 일방적인 분석 아래 단정한다.

안도는 좁고 어두운 현관에서 학생과 마주 보고 선 채 어쩔 줄 몰랐다.

그렇지만 추측 말고 달리 뭘 할 수 있다는 거지?

“그래도 난 알고 싶어. 가나 마음이 실은 어땠는지 모르더라도.”

학생의 두 눈에 강한 실망이 깃들었다. 그 낙담한 눈빛을 샅샅이 음미하듯 바라보다 안도는 문득 자신이 이걸 보고 싶었다는 걸 깨달았다.

"난 가나의 일기를 찾을 거야. 혹시 찾아내면 너도 꼭 읽어 다오."

핑계가 아니었다. 바로 이게 목적이었다. 가나의 이야기를 듣고 싶은 게 아니라 가나의 이야기를 들려주고 싶었던 것이다. 아물지 않은 마음에 날카로운 칼날로 상처 내고 딱지가 앉기 전에 소금을 뿌리고 싶었다.

앞으로 평생 가나를 잊어버리지 않기 위해.

중학교 때 읽은 동물 행동학 관련 글이 머릿속에 떠올랐다.

진화란 생물이 환경에 맞춰 형질을 바꾸어 가는 과정이 아닙니다. 유전자의 돌연변이에는 목적이 없으나 환경에 적합한 형질을 갖춘 생물만 살아남기 때문에 결과만 보면 효율적으로 '진화'해 가는 것처럼 보일 뿐입니다.

알기 쉽게 초파리의 유전자 변이를 예로 들겠습니다. 초파리는 유전자 구조가 인간과 비슷하고 사육하기도 쉬워 유전자 연구에서 빼놓을 수 없는 곤충입니다.

초파리의 유전자는 다양하게 변이합니다. 얼굴이 변형된다, 날개 개수가 증가한다, 동성애에 눈뜬다, 성충이 되면 거식증이 생겨 먹이를 일절 거부한다, 3세대가 태어나지 않는다(2세대가 산란능력 상실) 등 신기한 변이가 참 많습니다.

얼굴 변형과 날개 개수는 적응도를 높이는 측면이 있는지도 모르겠습니다. 그렇지만 동성애, 거식증, 산란능력 상실 등의 변이는 번식상 치명적인 결함입니다.

처음 읽었을 때 그런 식으로도 진화하는구나 싶어 놀랐다. 기린의 목은 왜 길어? 높은 곳에 있는 나뭇잎을 따먹으려고 그런 거야.

어릴 적에 들었던 이야기와는 너무 차이가 커서 어안이 벙벙했던 기억이 난다.

진화에 목적은 없다는 결론이 몹시 허무하게 느껴졌다. 목숨을 건 실패가 다음 세대에 보탬이 되지 못한다면 그냥 개죽음 아닌가 싶어 화까지 났다. 목이 짧아서 먹이를 먹지 못해 비쩍 마른 기린의 모습이 머릿속을 맴돌았다.

그럼 왜 사는 걸까.

호기심보다는 신경질이 담긴 의문이었다. 자손을 남기기 위해? 그럼 아이를 만들지 못하는 인간은 삶의 의미가 없는 셈인가? 중학생다운 진지한 마음으로 계속 고뇌했다. 당시는 좋아하는 여자도 없었고 결혼해서 아버지가 되는 날이 오리라고는 상상도 못했다. 얼마 지나지 않아 다른 일에 흥미가 생겨 고뇌를 그만뒀지만.

하지만 이제 안도는 답을 알 것 같았다.

인간은 유전자를 남기기 위해 사는 게 아니다.

이야기를 남기기 위해 살아가는 것이다.

뭘 좋아하고, 뭘 싫어하고, 뭘 무서워하고, 뭘 잘하고, 무슨 버릇이 있고, 뭘 생각하고, 뭐에 웃었는가.

충동이 밀려 올라와 안도는 눈을 꼭 감았다. 그래서 이렇게 된 마당에도 나는 생에 매달려온 것 아닐까. 내가 죽으면 누가 가나를 기억해 주겠는가. 이제 매스컴에서는 이 일을 더는 언급하지 않는다. 가나의 조부모도 앞으로 몇 년을 더 살지 모른다. 같은 반 아이들도 지금은 충격받았겠지만 조만간 일상으로 돌아가리라. 그럼 가나는 자신이 이 세상에 존재했다는 흔적을 어디에 남기면 좋단 말인가.

안도는 나나오라는 학생이 기운 없이 신발을 벗자 팔을 잡았다. 학생은 뿌리치려 들지 않았지만 그래도 팔을 끌어 가나의 방에 데려갔다.

가나 책상 앞에 서서 노트북 전원을 켰다. 아래쪽에 있는 조그마한 마크가 오렌지색으로 빛나고 나지막이 진동하는 소리가 들린 후 비밀번호 입력 화면이 떴다.

"이 노트북은 재작년 가나 생일에 선물로 사준 거야. 가나 개인용이니까 비밀번호에 가나 이름이 들어가지 않을까 싶지만 'kana'는 너무 짧아. 그 뒤에 숫자를 조합한다면 아무래도 생일이 아닐까 싶어. 노트북을 산 날이기도 하니까."

그렇게 말하며 자판에 손을 얹었다.

'kana0412'

엔터키를 누르자 '비밀번호가 일치하지 않습니다'라는 경고
문구가 뜨고 입력 화면으로 돌아갔다. 안도는 서랍에서 메모장
을 꺼내고 사무용 볼펜을 집었다. 펜 꽁무니를 딸깍 누르고 하
단에 캐릭터가 그려진 귀여운 메모장 제일 위쪽에 'kana0412×'
라고 적었다.

시야 가장자리에 비치는 긴 머리카락의 소녀는 미동도 없었
다. 안도는 으스스하리만치 고양되는 기분을 억누르며 화면을
보고 뼈마디가 불거진 손가락으로 자판을 쳤다.

'andoukana'

'비밀번호가 일치하지 않습니다.'

'kanaandou'

'비밀번호가 일치하지 않습니다.'

'andoukana0412'

'비밀번호가 일치하지 않습니다.'

'kanaandou0412'

'비밀번호가 일치하지 않습니다.'

하나하나 종이에 적고 가위표를 매겼다. 한숨을 쉬고 메모
장과 펜을 학생에게 내밀었다.

"적는 거 좀 도와줄래?"

반쯤 강제로 떠맡기고 화면으로 다시 눈을 돌렸다.

'andoukana412'

'kanaandou412'

뭘까, 또 뭐가 있을까. 'andou'가 아니라 'ando'로 해볼까? 'kana'와 'ando'의 'a'를 하나로 이어 붙여 볼까?

'kanando0412'

'kanando412'

'비밀번호가 일치하지 않습니다.'

그래. 좋은 생각이 번쩍 떠올랐다. 대문자 아닐까. 시프트 키를 누른 채 비밀번호를 입력하려면 귀찮겠지만 아니라는 보장은 없다.

'KANA0412'

'비밀번호가 일치하지 않습니다.'

경고 문구가 화면에 뜰 때마다 어금니를 악물었다.

"좀 줘볼래."

메모장을 들고 글씨를 손가락으로 짚으면서 자판을 눌렀다. 지금까지 시험해 본 조합을 전부 대문자로, 그리고 첫 글자만 대문자로 바꿔서 일일이 다시 입력해 보았다.

'비밀번호가 일치하지 않습니다.'

안도는 끙, 하고 앓는 소리를 냈다. 역시 이런 방법으로는 무리일까.

"역시 어렵지 않을까요?"

가냘픈 목소리가 들렸다. 고개를 돌리자 학생 얼굴도 피곤해 보였다.

"그러게, 잠깐 쉴까."

안도가 자판에서 손을 떼자 학생은 굳은 얼굴을 숙였다. 안도는 구부리고 있느라 욱신거리는 허리를 뒤로 쭉 젖히고 숨을 길게 내쉬었다. 홍차를 마시면서 가나 이야기를 하자. 사과를 먹으면서 앨범도 보여주자. 가나가 어떻게 태어나고 어떻게 자라왔는지. 결코 잊을 수 없는 일화는 뭔지.

그렇게 생각했을 때 아, 하고 목소리가 새어나왔다. 엉킨 실타래가 술술 풀리더니 저 끝에 빛이 떠올랐다.

자기만 알면서 외우기 쉬운 단어, 절대 잊어버리지 않을 영단어와 숫자라고만 생각했다.

하지만.

"반대 아닐까?"

"네?"

안도는 초점이 맞지 않는 눈으로 허공을 바라보며 중얼거렸다.

"잊어버리지 않을 걸 비밀번호로 삼은 게 아니라, 잊지 않기 위해 비밀번호로 삼는다."

안도는 한 글자 한 글자 확인하면서 자판을 눌렀다.

'kana0607'

"6월 7일?"

학생이 의아한 듯 중얼거렸지만 안도는 대답하지 않았다. 아닐지도 모른다. 또 헛짚었을 수도 있다. 하지만 가나가 자기 생일 말고 다른 숫자를 비밀번호로 삼는다면…….

6월 7일, 8년 동안 가나가 단 한 번도 잊어버린 적 없는 엄마 기일.

엔터키를 누르자 화면에서 빛이 사라졌다.

노트북이 살짝 떨리더니 가벼운 기동음과 함께 초기 바탕화면인 초원 사진이 나타났다.

4월 9일(월)

오늘은 입학식이었다. 같은 중학교에 다닌 애가 한 명도 없어서 긴장했지만 친구가 생겨서 일단 안심!

어느 동아리에 들까. 또 탁구부로 할까 했지만 좀 수수하잖아. 기왕이면 멋져 보이는 게 좋을지도. 사진부라든가.

피곤하니까 오늘은 이만 자자.

4월 12일(목)

오늘은 정말 행복한 하루였어!

매년 이맘때는 반이 바뀌어 정신없는 시기다 보니 다들 잊어버리지만, 올해는 지나가듯 이야기했는데도 마호 짱이 학교에 오자마자 축하한다고 말해주더라고. 사키 짱은 잊어버린 줄 알았는데 점심시간에 갑자기 사물함을 열어보라는 문자가 왔어.

뭘까 싶어 좀 불안했는데, 놀랍게도 케이크가 들어 있잖아!

멍하니 있었더니 사키 짱이 와서 "놀랐어? 점심쯤에 태어났다고 했잖아?"라는 거야! 감동해서 울 뻔했어!

오늘은 아빠도 케이크를 사와서 결국 두 개나 먹었네. 살찌겠다…….

하지만 오늘 같은 날은 먹어줘야지!

이날은 안도도 기억한다. 안도가 퇴근하자마자 가나가 신나게 이야기해 주었기 때문이다.

많이 기뻤으리라. 불단 앞에 반쯤 탄 선향이 꽂혀 있는 걸 보고 기쁜 일을 엄마에게 먼저 알렸구나 싶어 흐뭇했었다.

그 후로도 일기에는 띄엄띄엄 즐거운 이야기가 이어졌다.

4월 21일(토)

사키 짱이 장래의 꿈을 말해줬다. 기뻐라.

사키 짱은 연예인이 되고 싶단다! 굉장해. 난 텔레비전에서 연예인을 봐도 그저 다른 세상 사람이라고만 생각했는데 사키 짱은 텔레비전을 보면서 저렇게 되고 싶다, 자기도 언젠가 저렇게 되겠다는 꿈을 품은 거잖아. 정말 감동적이야. 사키 짱은 예쁘고 노래도 잘하고 몸매도 좋은 게 정말 연예인 같으니까 반드시 연예인이 될 수 있을 거야.

부모님 반대로 포기하기는 아까워.

5월 11일(금)

마호 짱이 빌려주는 만화는 진짜 재미있어. 감동 포인트도 웃음 포인트도 나랑 똑같아서 참 기뻐. 역시 마음 맞는 친구가 있다는 건 좋아.

교우관계가 원만했으며 가나가 친구들을 아주 좋아했다는 게 전해져왔다. 가나에게 직접 들은 이야기와 거의 다를 바 없었다. 안도는 눈 한 번 깜박이지 않고 화면을 훑듯이 들여다보았다.

6월 7일(목)

오늘은 엄마 기일이다. 아빠랑 성묘하러 갔다.

엄마, 보고 있었어? 요즘 아빠가 안 울잖아. 하지만 가끔 불단 앞에서 우니까 엄마는 다 알고 있을지도 모르겠네. 엄마가 없어서 쓸쓸하지만 나도 아빠도 건강히 잘 살고 있어. 그러니까 엄마는 안심하고 푹 쉬어.

7월 12일(목)

요즘 어쩐지 둘 다 차가운 느낌이야…… 기분 탓일까?

하지만 그럼 왜 둘이서만 미팅을 하러 갔을까. 상대가 두 명이라 어쩔 수 없었다지만, 그럼 상대편도 한 명 늘리면 되는 거 아닌가?

왤까. 사키 짱, 분명히 화났어. 그런데 도대체 뭐 때문에 화났는지 모르겠네.

어쩌지. 내가 뭔가 잘못했나?

7월 13일(금)

내 착각일까. 아니면 거짓말한 건가? 휴대전화 전원도 꺼놨으니 일부러 그런 걸지도 몰라. 두 시간이나 기다렸는데…….

어쩌다 이렇게 된 거지. 요즘 같이 놀러 안 다니니까 둘이 무슨 이야기를 하는지도 모르겠어.

역시 동아리에 들 걸 그랬어. 둘 다 안 든다고 해서 나도 안 들었는데, 방과 후나 휴일에 같이 놀지도 못하면 다 무슨 소용이야.

이대로 여름방학이 되면 어쩌지.

7월 15일(일)

오늘은 온종일 공원에서 책을 읽었다. 하지만 더워서 내용이 하나
도 머리에 안 들어왔다.

어쩜담. 이대로 여름방학이 되겠어. 계속 집에만 있으면 아빠가 분
명 이상하게 생각할 텐데.

사키 짱한테 문자를 보내볼까. 하지만 혹시 마호 짱이랑 같이 있으
면 마호 짱한테 내 문자를 보여주며 웃을지도 몰라. 아아, 역시 피
해망상인가. 내 머리가 어떻게 된 걸까.

아무튼 사키 짱이랑 이야기하고 싶어. 모레 학교에 가면 사키 짱한
테 물어봐야겠다.

안도는 몇 번이고 침을 삼켰다. 몹시 목이 탔다. 갈라진 입술
에 침을 바르고 마우스를 다시 잡았다.

대체 뭐가 뭔지 어리둥절했다. 못 들어본 이야기뿐이었다.
어떻게 된 걸까. 가나는 거의 매주 주말에 외출했다. 사키 짱이
랑 마호 짱이랑 놀다 온다고 집을 나서는 가나를 배웅했었다.

디즈니랜드에 간다고 했던 게 언제였더라? 내 선물이라며

휴대전화 줄을 사 온 날. 여름방학이 되기 전 아니었던가?

7월 23일(월)

이제 싫어. 죽고 싶어. 왜 더 빨리 행동에 나서지 않았을까. 좀 더
빨리 다른 그룹으로 옮겼으면 좋았을걸. 하지만 이미 늦었어. 이제
와서 날 끼워줄 그룹이 어디 있겠어. 화해할 수 없을까. 하지만 이
건 싸운 게 아니야. 화난 게 아니라는데 사과할 수도 없고. 사과를
안 하면 화해를 못 할 텐데.

왜 날 미워하는 걸까. 마호 짱도 같이 웃었어. 어째서? 왜? 언제부
터? 모르겠다. 뭐가 잘못된 걸까.

7월 31일(화)

오늘은 하루 종일 잤다. 머리가 아프다. 그냥 이대로 병이 나면 좋
겠다. 입원하면 놀러 안 가도 이상하게 여기지 않을 테고, 여름방
학이 끝나고도 학교에 안 가도 될 텐데. 아아, 하지만 아무도 병문
안을 안 오면 아빠한테 들키겠지.

전학 가면 안 되나. 하지만 이제 와서 그런 소리는 못 해.

안도는 참지 못하고 얼굴을 숙였다. 이를 악물어도 잇새로 신

음이 새어 나왔다. 가나, 왜, 왜 말하지 않았어. 말했으면 전학
이든 뭐든 다 해줬을 텐데. 망설이지 않아도 된다는 걸 왜 알려
주지 못했을까. 왜 가나의 마음을 진작에 알아차리지 못했을까.

　알아차렸다면 학교에 안 가도 된다고, 가나보다 더 소중한
건 없다고 말해 줬을 텐데.

8월 3일 (금)

사키 짱한테 전화가 왔다! 전에는 짜증이 좀 났을 뿐 내가 싫은 건
아니래. 다행이다! 갔더니 마호 짱도 있었는데, 둘 다 생글생글 웃
어서 안심했어.

하지만 휴대전화가 망가지는 걸 보고만 있어야 했어……. 이제 중
학교 때 친구한테도 연락 못 하겠네. 왜 메일 주소랑 전화번호를
꼼꼼히 적어두지 않았을까.

하지만 옛날 친구보다 지금 친구가 더 소중하지. 어쩔 수 없어.

8월 초.

울면서 사과하던 가나의 모습이 떠올랐다.

"아빠, 미안해. 휴대전화를 변기에 빠뜨렸어."

울 일은 아니잖아. 안도는 동요를 감추기 위해 쓴웃음을 지

어 보이며 휴대전화 매장에 같이 갔다.

"뭐로 할래? 아빠는 기종 같은 거 잘 모르니까, 가나가 보고 마음에 드는 걸로 골라."

하지만 가나는 매장에서 제일 싸고 오래된 기종을 골랐다.

"그거면 되겠어? 눈치 볼 것 없는데. 기왕 바꾸는 김에 더 좋은 걸로 사."

가나는 고개를 저었다.

"괜찮아. 어차피 뭘 사든 금방 구형이 될 텐데."

가나는 힘없이 웃으며 매장에 진열된 색색의 휴대전화를 대충 만지작거리다가 진열대에 돌려놓았다.

가나, 휴대전화. 왜……. 생각의 흐름을 이루지 못한 말이 머릿속에서 이러저리 난반사됐다.

8월 8일(수)

오늘은 다 함께 노래방에 갔다. 사키 짱은 역시 노래를 잘한다니까. 어떻게 하면 저렇게 노래를 잘 부를 수 있을까. 부럽다. 내일은 연락이 오려나.

8월 20일(월)

어쩌지, 역시 없어. 아마도 사키 짱이랑 마호 짱 짓이겠지만 확실치는 않아. 어디에 떨어뜨렸는지도 모르지. 하지만 없어지기 직전에 마호 짱이 "뭐야, 이거. 촌스럽네" 하고 웃었는데. 도둑맞았다면 화장실에 갔을 때겠지. 왜 그때 들고 가지 않았을까.

사키 짱한테 다시 물어볼까. 하지만 그럼 자길 의심한다고 생각하겠지. 친구를 의심하는 거냐며 화낼 거야. 증거는 없어. 난 왜 이렇게 약해빠진 걸까. 이제 틀렸어. 사키 짱과 마호 짱이 훔쳤다면 벌써 버렸겠지.

미안해, 엄마.

난 엄마보다 사키 짱이랑 마호 짱을 택했어.

8월 20일.

안도는 글자 위에 시선을 멈추고 숨을 헉 삼켰다.

가나는 어릴 적부터 물건을 잘 잃어버렸지만, 제일 난리가 났던 건 갈색 접이식 지갑을 잃어버렸을 때였다. 그건 마리코의 유품이었다. 진짜 가죽이지만 군데군데 변색되어 그냥 보기에도 오래된 느낌이 드는 단순한 디자인의 지갑이었다. 여고생 입장에서는 결코 예뻐 보이지 않았겠지만 가나는 그 지갑을 정말로 소중히 아꼈다.

지갑을 부적이라도 되는 것처럼 늘 가지고 다녔다. 카페 의자에 짐을 놓고 주문하러 갈 때면 계산은 안도가 하기로 하고 계산대에서 짐이 보이는데도 가나는 자기 지갑을 두 손으로 꼭 감싸서 들고 갔다.

그렇게 아끼는 물건을 잃어버린 만큼 상심도 컸다. 하지만 안도는 고개를 떨어뜨리고 우는 가나에게 무심코 고함을 지르고 말았다.

"왜 잘 안 챙겼어!"

감정적으로 대응한 건 안도도 그만큼 슬펐기 때문이다.

마리코가 남긴, 다시는 구할 수 없는 지갑. 그게 없어졌다는 게 너무나 충격이었다.

"미안해, 미안해, 미안해."

자기 몸을 끌어안고 웅크려 우는 가나의 손발은 상처투성이였다. 지갑이 떨어져 있지는 않은지 길가 덤불까지 뒤지고 다녔는지도 모른다. 그걸 보고서야 안도는 자기가 너무 못되게 말했음을 깨달았다.

"어쩌면 누가 경찰에 맡겼을지도 몰라."

일부러 부드럽게 말하고 가나 손을 잡고 경찰서에 갔다. 현금, 포인트 카드, 보험증 등 뭐가 들어 있었는지 시간을 들여 기억해 내 피해 신고서를 접수하고 나자 둘 다 녹초가 되었다. 그러나 끝내 지갑은 발견되지 않았다.

그다음 주, 퇴근 후에 안도는 가나와 함께 새 지갑을 사러 백화점에 갔다. 가나에게는 크리스마스 선물을 미리 준다는 핑계를 댔지만, 크리스마스 같은 게 없더라도 사줄 생각이었다. 그만큼 가나는 풀 죽어 있었다.

가나는 마리코의 지갑과는 딴판인 화려한 디자인의 지갑을 골랐다. 역시 이 나이대 여자애는 이렇게 화려한 걸 좋아하는구나 싶어 약간 서운함을 느꼈다.

그건 언제였더라.

아아, 그래. 밤에도 여전히 더운 무렵이었다.

8월 27일(월)

아빠가 새 지갑을 사줬다. 엄마 거랑 똑같은 지갑은 없을까 했지만, 역시 평범한 걸로 샀다. 평범하면 눈독 들이지 않겠지.

가나. 안도는 속으로 중얼거렸다.

미안해, 미안해, 미안해.

그때 가나는 어떤 심정으로 그 말을 했을까.

왜 잘 안 챙겼어!

그때 가나는 어떤 심정으로 내 고함을 들었을까.

가나가 화려한 디자인을 선택한 건 취향 때문이 아니었다. 머릿속에 있었던 생각은 오직 하나.

다시는 도둑맞지 않는 것.

8월 31일(금)

사키 짱이 죽으라고 했다. 죽고 싶다. 하지만 역시 못 죽겠다. 어쩌지. 내일부터 학기가 시작된다. 가기 싫다. 하지만 쉬면 아빠한테 들킨다. 들키기 싫다. 친구에게 미움받는다는 걸 들키면 무슨 얼굴로 아빠를 보겠어. 창피하다. 들킬 바에야 차라리 죽고 싶다. 하지만 내가 자살하면 아빠가 슬퍼하겠지. 어쩌면 좋지? 사고를 당하고 싶다. 누가 날 좀 죽여줘.

9월 3일(월)

엄마를 죽인 게 나라면 내가 죽어도 아빠는 슬퍼하지 않을지도 모른다. 난 왜 태어난 걸까. 내가 없다면 엄마는 지금 살아 있을지도 모르는데.

손이 떨렸다. 시야가 어두워졌다. 귓속에서 금속음이 시끄럽게 윙윙 울렸다. 안도는 손바닥으로 입을 막았다. 구역질이 나고 오열이 새어 나왔다. 옆에 가나의 친구가 있다는 것도 잊었다. 꽉 깨문 입술에서 피가 배어났지만 아픔은 느껴지지 않았다. 다만 이마 한복판이 불타는 듯 뜨거웠다.

자신이 제정신을 유지하려는 건지 놔버리려는 건지조차 알 수 없었다.

왜.

왜 가나가 이런 일을 당해야 하지? 가나가 뭘 어쨌다고?

어쩌면 가나가 모르고 걔들에게 불쾌한 말이나 행동을 했을 수도 있다.

하지만 설령 그럴지언정 이렇게 부당한 일을 당해도 된다는 말인가.

눈앞이 흐려졌다.

줄지은 글씨가 뭉쳐져 기호 같은 한 줄기 선으로 보였다.

3

10월 25일 오후 5시 55분 기바 사키

바닥에 털썩 주저앉아 오열하는 가나 아빠 옆에서 사키는 멍하니 노트북 화면을 들여다보았다.

위험하다. 이런 게 밖에 나돌면 다들 우리가 괴롭혀서 가나가 자살했다고 수군거리겠지.

내가 안 왔으면 가나 아빠는 노트북을 켜서 일기를 찾으려 들지 않았을지도 모른다. 생각한 끝에 아니라고 부정했다. 아니다, 어찌 됐든 이런 게 존재하는 한 내 장래는 지뢰밭이나 다름없다. 내가 여기 온 거랑 지금 사태는 관계없다.

사키는 불안한 시선을 이리저리 돌리며 필사적으로 마음을 진정시켰다.

9월 5일(수)

어쩌지, 속이 거북해 죽겠다. 입 안에 남은 감촉이 안 없어지는 느낌이다. 먹고 나서 토했다. 매미 다리가 보였다. 몇 번이고 이를 닦아도 찝찝하다. 아빠가 애써 싸준 도시락인데.

9월 7일(금)

이제 지쳤다.

일기는 거기서 끝났다.

이로부터 엿새 후, 가나는 '자살'했다.

곁눈질하자 가나 아빠는 머리를 감싸 안은 채 온몸을 떨고 있었다.

사키는 차가워진 손으로 주먹을 꽉 쥐었다. 생각해라, 생각해라, 생각해라. 어떻게 하면 일기를 여기 그대로 가둬놓을 수 있을까. 의식적으로 숨을 내쉰 후 눈을 감고 천천히 숨을 들이마셨다.

주변 공간이 차단된 것 같은 착각에 빠졌다. 기묘한 허탈감에 휩싸여 초조함이 멀어져갔다.

아무 생각도 안 났다.

사키는 눈을 뜨고 천장을 올려다보았다.

절친이라던 우리가 가나를 궁지에 몰아넣었고 사사가와 나나오를 사칭해 상황을 살피러 오기까지 했으니 가나 아빠는 우리를 절대 용서하지 않을 것이다.

울면서 용서를 빌 단계는 확실히 지나갔다.

사키는 힘이 들어가지 않는 고개를 돌려 오열을 그치지 않는 가나 아빠를 내려다보았다. 이제 속수무책이다.

내 인생은 끝났다.

그때였다. 가나 아빠의 손목에 생긴 지 얼마 안 된 흉터가 사키 눈에 들어왔다. 이건 무슨 의미인가. 움직임을 멈추려던 두뇌가 다시 돌아가기 시작했다.

이 아저씨는 죽고 싶은 마음이 있다.

그 말이 하늘의 계시처럼 마음에 울려 퍼졌다.

이 남자는 지금 마지막 갈림길에 서 있다. 아내와 딸을 잃고도 여태 살아 있는 자신을 책망하고 있다. 차라리 죽고 싶다고 생각하면서도 죽을 엄두를 못 낸다.

아직 끝나지 않았다.

사키는 몸속에서 열기가 되살아나는 걸 느꼈다. 이 남자만 없으면 상황은 바뀐다. 이 남자는 지금 등을 살짝만 떠밀어도 떨어지는 벼랑 끝에 서 있는 게 아닐까.

툭, 떠밀 수만 있다면.

사키는 어금니를 꽉 깨물었다. 오한과 비슷한 뭔가가 발치에서 스멀스멀 기어올랐다.

"……이거, 나랑 똑같아."

사키는 양손으로 입을 막으며 뒷걸음쳤다. 가나 아빠가 흐리멍덩한 눈을 삐걱거리듯 부자연스럽게 사키 쪽으로 돌렸다.

"저, 중학교도 걔들과 함께 다녔는데…… 중학교 때 저도 왕따 당했어요."

내뱉는 목소리가 떨렸다.

"걔들, 머리가 아주 좋아요. 어떻게 하면 상대가 더 깊이 상처 입는지 알고서……."

목에 침이 엉겨 기침하고 싶은 욕구가 말을 막았다. 아랫배에 힘을 주고 눈을 내리뜬 채 다시 입을 열었다. 송골송골 맺힌 땀이 이마를 타고 흘렀다. 오늘 아침 책상 서랍에서 꺼내온 집에서만 끼는 안경이 콧대에서 흘러내렸다.

"처음에는 사소하게 툭툭대는 정도라 주변에서 보기에는 그저 사이좋게 지내는 것처럼 보이죠. 하지만 본인은 알아요. 자기가 따돌림당하고 있다는 걸. 세 명 중에 자기만 겉돈다는 걸. 왜 그러는지도 모르는 채 쌀쌀맞은 태도에 불안해져서…… 그걸 더는 견디지 못할 때쯤 타이밍을 노려서 화해할 기회를 주죠. 영문도 모른 채 안심하고, 다시 외톨이로 돌아가기는 싫다는 마음에 휘둘려 냉정한 판단력을 잃은 사이에 다른 안식처를 빼앗아요."

가나 아빠 입술이 토하기 직전처럼 바르르 떨리는 게 보였다. 사키는 말을 이어나갔다.

"안도 자매는 얼마나 힘들었을까. 아무도 알아주지 않지, 학교에도 집에도 안식처는 없지…… 저는 부모님이 도와줘서 버텼지만요."

부모님이라는 부분을 강조해서 말했지만 가나 아빠는 아무 반응도 없었다. 듣고 있기는 한 건지도 불분명했다. 사키는 염원하듯 속으로 물었다.

이봐, 괴롭지? 다름 아닌 자신이 딸을 궁지로 몰아넣었다는 게. 왜 알아차리지 못했을까, 왜 하다못해 집을 도피처로 만들어 주지 못했을까 후회돼서 자책감에 죽어버리고 싶지 않아?

"자살하면 병이나 사고로 죽은 사람과는 다른 곳에 간다잖아요. 그럼 안도 자매는 엄마도 못 만나겠네요. 죽고 나서도 혼자라니 얼마나 외로울까."

중얼거리듯 말하고 사키는 시선만 살짝 들었다. 혼자 외로워하고 있을 딸을 이번에야말로 구한다는 대의명분. 지금 이 남자에게는 무엇보다도 달콤하게 느껴질 논리다. 숨을 삼키고 지켜보는 사키 앞에서 가나 아빠가 천천히 몸을 폈다.

하지만 일어서지는 않고 노트북 쪽으로 몸을 돌렸다. 손톱의 하얀 반달이 희한하게 커 보이는 손가락으로 마우스를 잡았다. 꺼졌던 화면이 켜지자 열어둔 가나의 일기가 나타났다. 드륵, 드륵, 드륵, 드륵, 드르륵…… 가나 아빠가 신경질적으로 마우스 휠을 빨리 돌렸다. 방금 읽은 일기가 아래로 쭉쭉 내려가고 다시 첫 문장이 나왔다.

4월 9일(월)

오늘은 입학식이었다.

사키는 일기를 처음부터 다시 읽는 가나 아빠를 놀란 표정으로 바라보는 것이 고작이었다.

등을 웅크린 채 턱을 들고 입을 약간 벌린 가나 아빠의 얼굴에 노트북 화면 불빛이 희미하게 비쳤다.

마치 어둠 속에서 식물을 키울 때 쓰는 인공조명처럼.

9월 7일(금)

이제 지쳤다.

마지막 문장이 나타났나 싶더니 또다시 일기가 쭉쭉 내려갔다. 4월 9일…… 9월 7일. 가나 아빠는 그 다섯 달을 영원히 눈에 새기려는 듯 일기를 오르락내리락했다.

"죽여버리겠어."

쥐어 짜내는 듯한 목소리에 쳐다보자 가나 아빠의 눈에 핏발이 가득했다. 흰 부분을 잠식하려는 듯 붉은 선이 눈 안 가득 뿌리를 뻗었다.

"……왜 가나가 이런 꼴을 당해야 해. 가나가 뭘 어쨌다고. 이것들이 왜 가나를, 가나는 왜 이딴 것들이랑. 용서 못 해, 용서 못 해, 절대 용서 못 해."

줄줄 흘러나오는 그 저주를 퍼붓는 목소리에 사키는 귀를 막고 싶었다.

사키는 주먹을 꽉 움켜쥐었다. 아니야, 하고 노트북 화면에 떠 있는 일기를 보며 말없이 외쳤다.

아니야, 나 때문 아니야. 난 잘못 없어.

지금 당장 아무 말 없이 달아나고 싶었다.

하지만…… 어디로 달아나면 될까?

제 **4** 장

1

어째서 그러니. 아니잖아? 그럴 리가 없잖아.

밤에 잠들기 전에 가장 자주 떠오르는 기억은 입버릇처럼 같은 말을 되풀이하는 엄마의 험악한 얼굴이다.

눈초리를 치켜세우고 침을 튀기던 엄마의 뺨에 이윽고 눈물이 흐르기 시작한다. 그 두 줄기 선을 보고도 사나에는 엄마가 화난 건지 슬픈 건지 판단하지 못했다. 사나에가 아무 말도 없이 가만히 있으면 엄마가 말을 잇는다.

다 내가 잘못 키워서 그래. 마유미는 안 그런데…… 첫째라고 너무 엄하게만 대했나 봐. 미안해, 미안하다, 사나에.

사과받으면 사나에는 어떻게 해야 좋을지 몰라 더 난감해진다. 잘못한 건 이상한 소리를 하는 나인데, 왜 엄마가 사과하는 걸까.

무슨 말을 해야 한다고 생각하면서도 무슨 말이 정답인지 짐작도 가지 않아 사나에는 입을 열지 않는다.

뭔가 하나 틀릴 때마다 엄마, 선생님, 주변 사람을 불쾌하게 만들고 그 여파가 다시 엄마에게 돌아가므로 사나에는 자주 죽음을 생각했다. 편안히 잠자듯이 비장감 없는 죽음을.

내가 죽으면 엄마가 더는 날 나무라지 않는다.

그 달콤한 유혹은 오랜 세월 사나에의 머릿속을 떠나지 않았다. 엄마가 화내지도 혼내지도 실망도 하지 않는다. 그것만으로도 죽음은 충분히 매력적이었다.

죽음에 제일 매료되어 있었을 무렵에 처음으로 남자와 사귀었다.

당시 석사 과정을 수료하기 직전이라 박사 과정을 밟을지 구직 활동을 할지 고민했지만 어느 길에서도 미래는 보이지 않았다.

상대는 교원 채용시험에 떨어진 걸 계기로 실은 심리 상담가가 되고 싶었음을 깨닫고 심리학과에 편입했다는 동갑내기 후배였는데, 처음으로 사나에를 긍정해 준 사람이었다.

어설퍼서 귀여워.

사나에랑 있으면 마음이 차분해져.

바꿀 필요 없어. 그대로가 좋아.

자신을 있는 그대로 받아들여 주는 게 기뻐서 사나에는 그에게 푹 빠졌다. 어릴 적부터 느꼈던 위화감과 당혹감을 호소할 때마다 그는 사나에를 안아주었다.

그리고 사나에가 모든 걸 토해내길 기다렸다가 온화하게 타일렀다.

사나에가 지금 괴로운 건 사나에 탓이 아니야. 힘든 일은 신이 주신 시련이지. 그걸 극복하는 사람도 있고 못 하는 사람도 있어. 하지만 어느 쪽이든 신이 처음부터 정해 두신 일이지. 숙명을 거스를 수는 없으니 후회하거나 망설일 것도 없어. 손에 들어오지 않는 건 필요가 없어서야. 신의 섭리에 몸을 맡기면 고통, 슬픔, 망설임, 분노, 외로움, 초조함 전부 사라져.

그의 말에 사나에는 고개를 갸웃했다.

신이 뭔데.

그는 부드럽게 미소 지으며 대답했다.

하늘에 계신 위대한 존재야.

사나에는 그의 말이 무슨 뜻인지 이해가 되지 않았다. 하늘? 위대한 존재? 그가 쓰는 단어가 너무 추상적이라 사나에는 그 윤곽조차 파악할 수 없었다.

혼란스러운 동시에 신이란 인간이 편하게 살기 위해 창조한 장치가 아니겠느냐는 생각이 들었다. 장치, 혹은 한없이 뻗어 나가는 사고를 정지시키기 위한 수단에 불과하지 않을까.

어느덧 사나에는 황홀한 표정을 짓는 연인의 심리를 냉정하게 분석하고 있었다. 이 또한 합리화의 일종일까. 손이 닿지 않아 먹을 수 없는 포도를 신 포도가 틀림없다고 믿음으로써 자신을 납득시키는 심리.

그 순간 사나에에게 남겨진 '구원의 길'이 완전히 끊겼다. 그저 믿는 것 자체가 재능임을 사나에는 깨달았다. 자신에게는 그런 능력조차 없다는 사실도.

사나에가 자기 생각을 있는 그대로 말하자 그는 태도를 바꾸었다.

같이 있으면 피곤하다, 무슨 생각을 하는지 모르겠다, 난 너처럼 강하지 않다.

사나에는 한 입으로 예전과는 정반대의 말을 하는 그가 무서웠다. 그가 왜 변했는지, 어떻게 하면 예전 같은 관계로 돌아갈 수 있을지 몰랐다. 이유를 알려달라고 조르자 그는 이렇게 말했다.

이제 나한테 말 걸지 마.

얄궂게도 그 구체적인 부탁만은 사나에도 이해했다.

다시 혼자가 된 사나에는 예전보다 더 표정 없이 살아가는 길을 택했다. 말수를 줄이고, 웃음도, 분노도, 슬픔도 겉으로는 드러내지 않는다. 그것만이 문제를 회피할 유일한 방법 같았다.

사나에는 천장을 향해 양손을 뻗으며 눈살을 모았다. 그런데 요즘 남에게 감정을 지적당하는 일이 많아졌다.

어째 기분 좋아 보이네.

떨떠름한 표정인데 무슨 걱정이라도 있어?

남의 말을 듣고 나서 자신의 감정을 알아차리기는 참으로 오랜만이었다. 통제가 안 된다는 사실에 사나에는 불안해졌다. 난 어떻게 되는 걸까. 왜 이런 변화가 생긴 걸까.

남을 돌본다는 지금까지 경험해 본 적 없는 일 때문일까. 사나에는 찾아낸 가설에 매달렸다.

그래, 그게 틀림없다.

차 키를 돌리자 몸에 묻은 물을 털어내는 개처럼 차체가 푸르르 떨다가 멈췄다.

얘들을 보고 기뻐해 줄까.

사나에가 긴장을 떨쳐내듯 도어 캐치에 손가락을 건 순간 점원의 새된 목소리가 되살아났다.

선물용이라면 쇼 베타가 최고죠. 야생 베타는 너무 수수해요. 그리고 그분은 초심자죠? 그럼 일단 베타를 키우는 재미부터 알려드려야죠.

점원이 꺼낸 '최고'라는 말에 동요했지만 사나에는 양보하지 않았다. 아무리 봐도 눈앞의 수조 안에서 유유히 헤엄치는 야생 베타가 예뻤기 때문이다. 사나에는 묵묵히 수조를 보며 돌아다니다가 야생 베타 중에서 특히 예쁜 두 마리를 초심자용 키트 두 개와 함께 구입했다.

하지만 정말 이걸로 괜찮을까.

사나에는 허공을 똑바로 노려보았다. 안도 생일 선물로 베타를 사기로 마음먹은 건 자기가 가지고 싶어서였다. 선물을 떠올리니 자기가 받아서 기뻤던 것밖에 생각나지 않았다. 그게 일반적인 사고 회로인지는 모르겠다.

사나에는 조수석에 놓아둔 비닐봉지를 풀었다. 두 손에 들어갈 만큼 작은 수조 하나를 봉지에서 꺼내 얼굴 앞으로 가져다 댔다.

물이 흔들려서 놀랐는지 안에 있던 베타가 수조를 빙 돌았다. 그 움직임에 맞춰 길고 뾰족한 빨간색 배지느러미가 원을 그리듯 부드럽게 나부꼈다.

베타 임벨리스. 갈색을 띤 검은 몸에 선명한 파란색과 빨간색이 선 모양으로 그어진 야생 베타다. 원산지인 타이의 종교화를 연상시키는 그 강렬한 색채에 사나에는 숨을 후우 내쉬었다. 괜찮다, 예쁘다. 얘들이라면 마음에 들 것이다.

안심한 사나에는 수조를 봉지에 넣고 차에서 내렸다. 봉지를 신중하게 안아 들고 엘리베이터를 탔다.

1, 2, 3, 4, 5.

띵, 하는 경쾌한 소리와 함께 시야가 약간 흔들리더니 문이 열렸다.

밥을 남김없이 다 먹고 자발적으로 배설한다.

더러워진 옷을 손수 빨고 매일 목욕한다.

이렇듯 당연하지만 좀처럼 이루어지지 않았던 일상생활을 안도가 영위하게 된 것은 사나에가 베타를 선물한 무렵부터였다.

정해진 시간에 먹이를 주고 가끔 수조를 나란히 놓아 유리 너머로 싸움을 시킨다. 적당히 운동하고 나면 다시 각자의 세상으로 돌려보내고 수조 바닥에 쌓인 오물을 청소한다. 사나에가 목록으로 작성해서 준 의무사항을 안도는 충실히 이행했고, 자해 행위도 멈췄다.

지금까지 정말 고마워. 사나에 씨 덕분에 이때까지 버틴 거야. 아무리 감사해도 모자랄 지경이야.

온화하게 말하는 안도가 어쩐지 후련해진 듯 보여서 사나에는 베타 덕분이겠거니 했다. 강하고 늠름하면서도 보호가 필요한 베타. 돌봐줘야 한다는 목적의식이 안도를 일상에 붙잡아났다고.

하지만 그게 머릿속으로 짜 맞춘 논리에 불과하다는 사실을 어느 날, 안도가 바라보던 베타 수조를 뒤에서 들여다보고 깨달았다.

사나에는 눈앞에 펼쳐진 광경을 바로 파악하지 못해 숨을 삼키며 잠시 쳐다보기만 했다.

수조 속에서 베타 두 마리가 싸우고 있었다.

새빨간 아가미를 부풀린 베타 두 마리가 지느러미를 활짝 펼친 채 서로 위협하다 재빠르게 몸을 돌리며 상대의 지느러미를 물어뜯었다.

어느 쪽이 우세한지는 한눈에도 명백했다. 계속 공격을 가하는 수컷과 도망치려해도 도망칠 곳이 없어 좁은 수조를 정처 없이 맴돌다가 뒤에서 물어뜯기는 수컷, 이렇게 일방적인 구도가 펼쳐졌기 때문이다. 입을 벌린 조개처럼 멋지게 펼쳐진 꼬리지느러미가 찢어져 너덜너덜해졌다.

"안 돼!"

사나에는 무심결에 소리를 지르며 식탁으로 달려가 컵에 든 물을 싱크대에 버리고 수조로 돌아갔다. 미동도 없이 멍하니 앉아 있는 안도를 밀쳐내고 수조에 팔을 넣었다. 팔을 빙 돌려 투지를 불태우는 수컷을 컵으로 떠내서 좌탁에 내려놓았다. 안도는 주변에 물방울이 튀는데도 아랑곳하지 않고 수조 안에 남은 베타를 관찰했다.

상처 입은 베타는 움직임이 거의 없었다. 죽지는 않은 듯했지만 물이 흔들릴 때마다 찢어진 지느러미가 조용히 흔들리는 모양새가 측은했다.

"안도 씨."

사나에는 말을 꺼내며 눈앞의 광경이 흐려지는 걸 느꼈다. 가슴이 에는 듯 아팠다.

"베타는 수컷끼리 같이 놔두면 안 돼요. 얘들은 본능적으로 싸우거든요. 야생이었다면 진 쪽이 도망치면 되겠지만 수조에는 달아날 곳이 없어요."

목소리가 떨렸다. 콧속이 뜨끈해졌다.

"죄송해요. 제가 먼저 제대로 설명드렸어야 했는데."

왜 말하지 않았을까. 내가 사 왔으면서. 제일 먼저 알려야 할 주의사항이었는데.

흐릿해진 시야 속에서 베타가 수조 가장자리로 천천히 헤엄쳐 갔다. 무릎에 힘이 빠져 사나에는 무너지듯 쪼그려 앉았다. 새어 나오는 울음을 참으려고 입술을 깨물었다.

그때 작게 훌쩍거리는 소리가 들렸다. 고개를 번쩍 든 사나에는 눈이 휘둥그레졌다.

안도가 울고 있었다.

이를 악문 안도가 꽉 움켜쥔 주먹을 이마에 댄 채 눈물을 흘리는 걸 보고 사나에는 허둥지둥 일어섰다.

"안도 씨!"

머뭇머뭇 팔을 뻗어 안도가 앉은 소파에 손을 짚었다.

"걱정 마세요. 얘는 안 죽었어요!"

소리 높여 말하면서 안도의 팔을 잡고 양손으로 흔들자 안
도는 허깨비냥 이리저리 흔들렸다.

사나에는 어쩌야 할지 몰라 방을 둘러보았다. 하지만 뭔가
도움이 될 만한 물건은 눈에 띄지 않았다. 자기 손을 내려다보
며 눈을 깜박거렸다. 내가 울 때 남이 해준 일, 해줘서 기뻤던
일. 혼란스러운 머리로 생각하며 오른손을 살짝 들었다.

손을 허공에 멈추고 바르르 떨리는 안도의 머리 가마를 내
려다보았다. 정수리에 난 흰머리 몇 가닥이 눈에 띄었다.

사나에는 그 위에 천천히 손바닥을 얹었다. 안도는 한순간
멈칫했다가 다시 몸을 떨었다.

"안도 씨."

사나에는 온 마음을 다해 불렀다.

"괜찮아요, 괜찮아요."

되풀이해 괜찮다 말하며 안도의 머리에 댄 손을 어색하게
움직였다.

2

11월 2일 오후 7시 31분 안도 사토시

사나에의 등에 두른 팔에 힘을 주자 손목 안쪽에 닿은 어깨
뼈가 들썩했다.

아주 몹쓸 짓을 하고 있다는 자각은 있었다.

뇌혈관이 터질 듯 주체할 수 없이 부풀어 올랐다. 비틀거리
는 사나에의 뒤통수를 손으로 받치고 입술을 비벼댔다.

사나에가 삼킨 숨을 도로 빨아들였다. 부드러운 입술이 살
짝 벌어졌다. 혀가 뭍에 올라온 물고기처럼 바쁘게 펄떡였다.
달아나듯이, 쫓아가듯이.

한 손으로 사나에의 몸을 지탱하며 마룻바닥에 눕혔다. 등

을 어루만지던 손을 옆으로 빼내 가슴을 더듬었다. 사나에의 입술에서 짤막한 숨소리가 새어 나왔다.

매끄러운 셔츠 자락을 끌어 올리고 속옷을 엄지손가락에 걸어서 밀어젖히자 뽀얀 유방이 눈을 사로잡았다. 유방을 손으로 감싸서 주물렀다. 탄력 있고 부드러운 피부가 손안에서 출렁거렸다. 엄지손가락이 단단한 돌기를 스친 순간 사나에의 희미한 신음이 귀를 스쳤다.

달콤하면서도 짜릿한 쾌감이 발바닥부터 기어올랐다. 안도는 숨을 들이마시고 등을 구부려 사나에의 왼쪽 유두를 입에 머금었다. 달뜬 숨을 뱉어내며 신음을 참는 기척이 머리 위에서 느껴졌다.

드러난 무릎에 손을 뻗었다. 닿은 순간 사나에가 몸을 움찔했다. 안도는 시선을 들었다. 눈을 꼭 감은 사나에는 미간에 주름을 잡은 채 얇은 입술을 깨물고 있었다.

몸에 소름이 돋았다. 다시 상체를 올려 입을 맞추자 사나에가 몸을 비틀었고, 가느다란 손목에 찬 손목시계가 좌탁 다리를 쳤다. 금속끼리 부딪쳐 쨍한 소리가 울려 퍼진 그 순간, 머릿속에서 뭔가가 뚝 끊어졌다.

회로가 끊긴 것처럼 온몸에서 힘이 빠졌다. 대신에 다른 회로가 이어지자 정신이 벙해졌다.

내가 무슨 짓을 하려던 거지.

안도는 허공을 쳐다봤다. 자신이 무서웠다. 가나를 잃고, 그 원인을 알면서도 성욕이 생겼다. 사십구재를 올린 지 얼마나 됐다고 한순간이나마 가나를 의식에서 밀어냈다. 자신이 마치 짐승이라도 된 것 같은 기분이었다.

수치심이 들끓어 본능이라는 말에 매달리고 싶어졌다. 하지만 그게 비겁한 변명이라는 걸 자각할 만큼의 이성은 남아 있었다.

안도는 뻣뻣하게 목을 움직여 사나에를 내려다보았다. 사나에의 두 눈에서 열기가 싹 가셨다.

사나에는 아무 말도 없이 상체를 일으키고 젖혀 올라간 스커트를 무릎까지 내렸다. 속옷을 끌어내려 가슴을 가렸다. 안도는 입이 멋대로 움직여서 미안하다는 말이 나오기 직전에 참았다.

사나에가 자주 하는 말이 떠올랐다.

뭘 사과하시는 건가요?

사나에와 말을 나누게 된 뒤로 안도는 사과하려 할 때마다 스스로에게 물어본다. 난 뭘 잘못했다고 여기는 걸까. 뭐에 책임을 느끼는 걸까. 사나에는 남의 말을 흘려듣지 않는다. 말 한마디 한마디를 진지하게 받아들이고 해석하려 노력한다.

입을 다문 안도 앞에서 사나에는 차분히 옷매무새를 정리했다.

"갈게요."

소파에서 굴러떨어진 가방을 주워 안도에게 머리를 살짝 숙였다.

"안녕히 계세요."

안도는 등을 쭉 편 사나에의 뒷모습을 바라보는 것이 고작이었다.

눈을 감아도 눈꺼풀 안쪽에는 가나가 일기에 썼던 말이 고스란히 남아 있었다.

벌써 몇 번이나 읽었는지 모른다. 거의 전부 다 외웠는데도 안도는 노트북 앞에 앉을 수밖에 없었다.

힘없이 마우스를 움직여 일기를 닫고 다다미방에 가서 자기 컴퓨터를 켰다. 배경 화면에 깔아둔 가족사진이 나타났다. 초점이 맞지 않는 눈으로 화면을 멍하니 바라보며 인터넷에 들어가 검색창에 글자를 써넣었다.

'완전 범죄'

엔터키를 누르자 다양한 사이트가 떴다. 완전 범죄의 종류를 분석한 사이트, 완전 범죄를 주제로 한 소설과 영화를 소개하는 사이트, 범인이 붙잡히지 않고 시효가 끝나서 실제로 완전 범죄가 된 사건을 정리한 사이트, 완전 범죄 방법을 제안하는 익명 게시판.

미스터리, 특히 추리 장르에는 완벽한 완전 범죄 계획이 범행 방법까지 적혀 있는 듯했다. 다만 장르의 특성상 그 대부분이 실패로 끝난다. 실제로 완전 범죄가 된 사건은 드무니까 계속 회자되는 걸 테고, 익명 게시판에는 물론 쓸 만해 보이는 방법이 없었다.

범행이 밝혀지지 않는다, 피해자가 발견되지 않는다, 가해자가 판명되지 않는다, 증거가 드러나지 않는다, 범행 수법이 밝혀지지 않는다, 가해자가 붙잡히지 않는다, 심판할 법적 근거가 없다. 안도는 죽 늘어선 글씨를 바라보며 한숨 쉬었다.

아무래도 이런 일이 가능할 것 같지 않았다.

자살로 위장한다? 아니면 사고로? 알리바이를 위장한다?

자신이 범죄 계획을 짜고 있다는 실감은 전혀 없었다. 삼류 연기를 하고 있다는 감각이 앞섰다. 완전 범죄, 알리바이, 위장…… 나오는 말들이 죄다 얄팍하다.

안도는 커서를 움직여 검색어를 다시 입력했다.

'사고 사망'

검색 결과는 대부분 교통사고에 관련된 것들이었다. 안도는 잠깐 움직임을 멈췄다가 자판을 재빨리 두드렸다.

'불의의 사고 사망'

불의의 사고가 무엇인지 설명하는 생명보험회사 사이트, 후

생노동성(대한민국의 보건복지부 및 고용노동부에 해당하는 일본의 행정 기관)이 정리한 불의의 사고로 인한 나이별 사망 원인, 가정 내 사고를 방지하는 방법을 광고하는 부동산 관련 페이지. 전부 새 창을 열어서 차례대로 훑어보고, 마지막으로 나이별 사망 원인이 적힌 페이지에 다시 들어가 봤지만 이거다 싶은 건 하나도 없었다. 질식은 대부분 노인과 유아가 실수로 뭘 잘못 삼킨 것이고, 교통사고는 명백히 가해자가 존재하며, 넘어지는 건 확실성이 떨어진다. 익사와 추락은 장소에 큰 제약이 있다.

안도는 참았던 숨을 내쉬고 눈을 감았다. 너무 혹사한 탓에 눈 안쪽이 뜨끈뜨끈했다. 이대로 잠들 수는 없을까. 목에 힘을 빼고 의식이 멀어지기를 기다렸다.

하지만 아무리 기다려도 잠은 찾아오지 않았다.

팔을 뻗어 다다미에 어질러진 우편물을 주워 들었다. 전기세 자동이체 고지서와 모교에서 보낸 동창회 회보, 가나 앞으로 온 미용실 전단지였다.

이 미용실에는 아직 가나가 여기 산다고 되어 있다니 신기했다. 안도 가나님, 회원 특별 할인, 방문해 주시기 바랍니다. 줄지은 글씨를 읽는 게 아니라 바라보았다. 안도는 우편물을 책상 가장자리에 놓아두고 무거운 엉덩이를 들었다.

거실에 가서 식탁 의자에 놓인 비닐봉지를 풀었다. 안에서 아메리칸 스피릿 담배와 일회용 라이터를 꺼내 필름을 벗겼다.

노란색 담뱃갑 한복판에 그려진 인디언의 옆얼굴을 멍하니 바라보며 라이터로 담배에 불을 붙였다. 끝에 붙은 불이 퍼지지 않고 꺼졌다. 숨을 세게 빨아들여 다시 불을 붙였다. 하얀 연기를 내뿜으며 희미한 현기증을 조용히 맛보았다.

담배를 피우는 게 얼마 만인지 생각하다 16년 넘게 금연했다는 사실을 깨달았다. 마리코가 임신했다는 걸 알았을 때……. 동시에 자궁암이 발견됐을 때부터.

'흡연은 당신이 폐암에 걸리는 원인 중 하나입니다. 역학적인 추계에 따르면 흡연자는 폐암으로 인해 사망할 위험성이 비흡연자보다 약 두 배에서 네 배 높습니다.'

안도는 딱딱한 경고문에서 시선을 돌리고 통 짧아지지 않는 담배를 문 채 부엌으로 향했다. 싱크대에서 작은 접시를 꺼내 어색하게 재를 떨었다.

살의에는 몹시 깊은 골이 존재하는 줄 알았다.

용서할 수 없다는 증오와 죽어버리길 원하는 악의, 그 너머의 죽여버리겠다는 충동. 증오와 악의 사이에는 넘을 수 없는 골이 있어서 제정신으로는 남을 죽이지 못한다고 믿어왔다.

안도는 도마에 놓인 돼지고기 덩어리를 내려다보며 아니라고 생각했다. 식칼로 찌르며 체중을 실었다. 두툼한 고기가 오른쪽으로 밀려날 뿐 더는 칼날이 박히지 않았다. 식칼을 뽑자 무딘 칼끝에 하얀 지방이 묻어났다.

꽉 움켜쥔 식칼을 힘껏 휘둘러 고기를 내리쳤다. 턱! 커다란 소리와 함께 칼이 고기에 박히는 감촉이 전해졌다. 하지만 역시 몇 센티미터도 잘리지 않았다.

안도는 식칼을 싱크대에 내팽개치고 손으로 돼지고기를 잡았다. 이런 식칼로는 안 된다. 이런 걸로는 치명상을 입힐 수 없다. 고기에 난 식칼 자국을 벌리고 미끈거리는 지방을 헤치며 안도는 허공을 노려보았다.

한 명을 죽인다 하더라도 거기서 체포되면 나머지 한 명은 처치할 수 없다. 그래서는 아무 의미 없다.

안도는 살의를 품기가 어렵지 않다는 걸 알았다.

살해 방법을 궁리하고 흉기를 준비하는 것, 충분한 시간을 들여 냉정함을 되찾고 실패할 가능성과 살인을 저지름으로써 감수해야 할 불이익을 알면서도 강한 충동을 유지하는 것, 그리고 실제로 행동에 나서는 것.

깊은 골은 바로 그거다.

안도는 떨리는 양손으로 머리를 감싸 안고 바닥에 주저앉았다. 지방이 묻어 미끈거리는데도 아랑곳없이 머리를 긁어댔다.

범죄자의 친족을 규탄하는 텔레비전 방송 영상이 머릿속에서 깜박거렸다.

아드님은 어렸을 때 어땠습니까? 상태가 이상하다는 걸 몰랐습니까? 어떻게 키우셨습니까? 책임을 느끼십니까?

길거리에 방치된 자전거나 걸어가며 담배를 피우는 사람만 봐도 버럭 화낼 만큼 늘 올바르게 살아온 아버지. 수업 참관일과 관혼상제 때가 아니면 화장기 하나 없이 집안일과 육아에 인생의 중반을 바친 어머니. 자신의 결단과 부모는 아무 상관이 없는데도, 본가에 살던 시간보다 독립해서 살아온 시간이 더 긴데도, 부모까지 거슬러 올라가 범죄의 원인을 추궁한다.

장난전화가 시도 때도 없이 걸려오고, 이웃사람들도 흉을 보리라. 집에 낙서 테러를 당할지도 모른다.

살인자, 꺼져라! 너나 뒈져라.

다다미방 구석에 먼지를 뒤집어쓰고 있는 피아노 한 대가 눈에 들어왔다. 10년 전 피아노를 배우고 싶다는 손녀를 위해 부모님이 사주신 것이다. 당시 가격으로 팔십만 엔. 저축한 돈이 그리 많지는 않았을 텐데도 부모님은 악기점에서 제일 비싼 피아노를 망설임 없이 사주었다.

안도는 고개를 살살 저었다. 안 된다. 가나의 죽음에 충격을 받았다고는 하나, 이제야 자신들만의 시간을 얻은 부모님을 구렁텅이에 빠뜨릴 수는 없다. 형이 범죄자가 되면 동생 일도, 언젠가 할 수 있을지도 모를 동생의 결혼도 전부 물거품이 된다.

"가나."

안도는 토해내듯 이름을 불렀다.

"가나, 가나, 가나."

검붉게 물든 손바닥을 바라보자 입술이 떨렸다.

어쩌면 좋지. 어떻게 하면 내 딸 가나의 원통함을 씻을 수 있을까.

몸을 웅크리고 꺽꺽 울었다. 악을 쓰며 주먹으로 바닥을 마구 내리쳤다.

가나의 일기를 공개하고 왕따가 있었다고 호소하면 매스컴, 학교, 부모, 친구가 일제히 걔들을 비난할지도 모른다. 하지만 미성년자라서 실명은 보도되지 않는다. 매스컴도 얼마 지나지 않아 다른 화제로 관심을 돌릴 테니, 가해자들은 전학 가면 그걸로 다 끝난다.

제대로 된 반성도 없이 언제 그랬냐는 듯 일상으로 돌아가는 것이다.

자살할 때까지 가나를 궁지에 몰았는데 더는 아무 처벌도 받지 않는다니.

직접 손을 쓰지 않았다는 이유로.

욱신거리는 무릎을 짚고 일어선 안도는 축축한 고깃덩이를 끌어당겨 품에 앉았다. 무겁다. 고작 3킬로그램, 가나가 태어났을 때보다 가벼울 텐데.

무표정하게 돌아서서 쓰레기통 페달을 밟아 뚜껑을 열었다. 반투명한 비닐봉지를 향해 고기를 떨어뜨렸다. 텅. 바닥에 떨어지자 페달을 밟은 발바닥에 충격이 전해졌다.

손을 씻고 거실로 돌아가 전화 선반 앞에 쪼그려 앉았다. 전화번호부 옆에 놔둔 B5 크기 명부를 꺼내 좌탁에 내려놓고 바라보았다.

'1-D'

'안도 가나'

손가락으로 글씨를 짚어가며 시선을 아래로 내렸다.

'기바 사키, 도쿄도 세타가야구 가미키타자와 6-13-5'

'신카이 마호, 도쿄도 세타가야구 하치만야마 4-8-1 뉴 리틀 캐슬 하치만야마 201'

오른쪽에 전화번호와 적힌 주소를 보고 안도는 손등으로 입을 막았다. 가나에게 들었던 '사키 짱'과 '마호 짱'의 에피소드, 그리고 일기에 적혀 있던 일이 뒤섞여 뇌리를 스쳤다. 자신이 아직 이 아이들을 완전히 실존 인물로 받아들이지 못했다는 걸 그제야 깨달았다.

그들에게도 집이 있다.

당연한 일에 새삼 충격받은 것이 충격이었다. 당연하지 않느냐고 자조하는 한편, 이 아이들에게도 부모가 있다는 사실이 고개를 쳐들었다.

아무리 못된 아이도 부모에게는 둘도 없이 소중한 존재다. 지금 그걸 빼앗으려 하는 거라고, 어째서인지 몹시 객관적으로 생각했다.

안도는 흠칫 놀라 명부를 쳐다보았다. 내가 뭘 하려는 거지. 이런 짓을 해서 뭘 어쩌자고. 정말로 다른 방법은 없을까.

"가나."

안도는 중얼거렸다. 이제는 입버릇이 됐다.

가나, 가나, 가나. 입속으로 말을 굴리며 몽상에 빠졌다. 이름을 부른 숫자만큼 마음이 신에게 닿아서 언젠가 가나를 돌려받을 수 있다면. 만약 그럴 수 있다면 밥도 먹지 않은 채 밤낮없이 목이 쉬어라 가나를 부를 텐데.

안도는 떨리는 손으로 담배를 다시 한 개비 뽑아 불을 붙였다. 정신없이 뻑뻑 피우다가 담뱃재를 떨려고 했을 때 문득 손을 멈췄다. 형태가 불분명한 뭔가가 뇌리를 스쳤다. "가나" 하고 작게 말하며 어느덧 재가 떨어진 담배를 접시에 비벼 껐다.

전화 선반으로 돌아가 허리를 구부려 학교 이름이 들어간 파일을 꺼냈다. 표지를 펼치자 작게 적힌 '안도 가나에게'라는 글씨가 보였다. 기바 사키와 신카이 마호가 가나에게 무슨 짓을 했는지 알기 전에도 이상하게 반 아이들의 편지를 제단에 올릴 마음은 들지 않았다. 가나에게 보내는 편지인데도 가나에게 보내는 말이 거의 눈에 띄지 않았기 때문이다.

안도는 손을 카디건 자락에 닦고 더블 클립으로 왼편 위쪽을 집은 작은 재생지 다발을 부랴부랴 넘겼다.

저랑 가나는 절친이었어요. 이동 수업 때도 점심시간에도 방과 후에도 늘 함께 지내며 정말 많은 이야기를 나누었는데…….

하지만 고민을 상담해 주지는 못했네요.

지금도 학교에 가면 꼭 가나가 올 것만 같아요. 쉬는 시간에 친구와 이야기하다가 가나의 맞장구를 기다리기도 하고요. 가나가 이제 어디에도 없다니 믿기지가 않아요.

밥 먹으면서 시험 이야기를 했거든요. 그래서 가나가 우울해한다는 건 알았어요. 하지만 그렇게 극단적인 생각을 하고 있는 줄은 몰랐어요. 엄마를 희생시키면서까지 태어났는데, 라니 그게 무슨 소리야? 고민이 있으면 왜 상의하지 않았어? 가나에게 묻고 싶지만 물을 수 없어서 괴롭네요.

가나가 난간 위에 섰을 때 위험하니까 끌어내려야 한다고 생각하면서도 놀라고 무서워서 꼼짝도 못했어요. 근처에 저밖에 없었으니 제가 말렸어야 했는데…….

제가 행동에 나섰으면 가나는 지금도 살아 있을 거예요.

다 제 탓이에요.

가나에게 보내는 편지라는 느낌이 왜 안 들었는지 이제는 안다. 기바 사키도, 신카이 마호도 가나를 향한 진심은 하나도 안 적었다. 전부 은폐하기 위한, 사실을 감추기 위한 거짓말이었다.

"가나."

안도는 편지 다발을 좌탁에 내려놓았다. 입을 벌리려다가 다물었다.

형태를 이루지 못했던 흐릿한 생각의 윤곽이 급속도로 뚜렷해졌다. 내가 해야 할 일은 무엇인가. 홍수처럼 세차게 맴돌던 생각이 구멍으로 빨려들듯 수렴됐다.

할 수 있을지도 몰라.

안도는 처음으로 그런 마음이 들었다.

넘지 못했던 경계선이 보이지 않게 땅속으로 녹아든 걸 알았다.

3

이제 틀렸어. 지금까지 고마웠다고 엄마한테 전해줘.

2층 침대 1층에서 떨리는 손을 뻗은 언니가 팔을 이불에 툭 떨어뜨리며 숨을 거두었다. 언니! 언니! 언니의 주검에 매달려 비통한 목소리로 소리치던 사키의 눈초리에 정말로 눈물이 맺히자 언니가 벌떡 일어섰다.

자, 이제 사키 차례야.

사키는 고개를 살짝 끄덕이고 언니와 교대해 침대에 누웠다. 몸을 웅크리고 콜록, 콜록, 기침을 하다가 입가에 손을 댔다.

사키, 피가……!

언니가 숨을 삼키며 뒷걸음쳤다. 사키는 급히 손바닥을 잠옷에 문지르고 손등으로 입을 닦았다.

걱정 마, 언니. 아무것도 아니야.

말하면서 다시 기침을 하고 베개에 머리를 맡겼다.

저기, 언니.

왜, 사키?

그 구슬, 언니한테 줄게.

왜? 사키의 보물이잖아.

괜찮아, 이제 난 필요 없으니까…….

잠긴 목소리로 말하면서 아차 싶었다. 정말로 준다고 받아들이면 어쩌지, 연기인데.

재빨리 고개를 푹 꺾어 죽은 척했다. 언니, 지금 그거 거짓말이야. 그렇게 말하려고 눈을 뜨고서야 자신이 교실에 있다는 걸 깨달았다.

별 희한한 꿈을 다 꿨다 싶어 고개를 기웃했다. 언니는 없는데 뭘까. 그리고 구슬이라니. 쓴웃음을 지으며 시선을 들자 모두 선반 장으로 달아나는 게 보였다.

어? 왜 그래?

빨리 안 숨으면 붙잡혀!

이름도 기억나지 않는 반 아이가 그렇게 말하고 조그마한 칸에 들어갔다. 목, 등, 허리, 무릎을 교대로 한 번씩 접어 개어놓은 옷처럼 얇아졌다. 사키도 들어가려고 했지만 다리 하나도 넣기 힘들었다.

그거 어떻게 하는 거야? 이런 데 어떻게 들어가라고!

어, 간단한데.

생글생글 웃는 얼굴이 낯선 얼굴로 바뀌었다.

빨리 안 하면 그게 올 거야.

어쩌지, 그게 온다.

교실을 둘러보자 다른 애들은 전부 선반 장에 쏙 들어갔다. 칸이 모자라서 들어가지 못한 애는 책상 서랍을 비우고 그 속에 들어갔다. 몸을 접지 못해 우두커니 서 있는 사람은 사키뿐이었다.

빨리, 빨리. 그게 오면 죽어.

교실을 뛰쳐나가자 상점가 같은 공간이 펼쳐졌다. 역쪽으로 죽어라 뛰었다. 달아나야 한다. 그것에게 들키기 전에 전철을 타야 한다.

다리에 힘이 안 들어간다. 허공을 차는 것처럼 앞으로 나아가지 않는다. 어쩌지, 이대로 가다간 붙잡히겠어. 그게 올 텐데.

건널목으로 들어가 무작정 선로를 달리자 역무원이 고함을 질렀다.

무슨 짓이야! 위험하잖아!

플랫폼으로 기어올라 사정을 설명했다.

그게 와요. 돈은 나중에 드릴 테니 아무튼 빨리 출발해 주세요.

아아, 그렇구나, 그럼 어쩔 수 없지.

역무원이 선뜻 고개를 끄덕이고 턱으로 문을 가리켰다. 빨리 타렴, 늦겠어.

전철에 올라타 숨을 후 내쉬었다. 다행이다, 살았다. 다리를 휘청거리며 빈자리에 쓰러지듯 앉았다. 또 달려야 할지도 모르니 조금이라도 체력을 회복해야 한다.

그때 갑자기 양쪽 옆구리를 붙잡혔다. 바로 비명을 질렀지만 아무도 얼굴을 들지 않았다. 어쩌지, 그것이 벌써 타고 있었어. 그것도 둘로 나뉘어서.

간신히 뿌리치고 문이 닫히기 직전에 전철에서 내렸다. 돌아보자 문에 달라붙은 얼굴이 보였다. 위험했다. 사키는 가슴을 쓸어내렸다.

안 탔어? 왜?

어느 틈엔가 옆에 서 있던 역무원이 불쾌한 듯 말했다.

죄송해요, 전철 안에 그게 있어서요.

머리 숙여 사과하자 역무원은 떨떠름한 표정을 지었다.

아까 그게 마지막 전철이었어. 하는 수 없지. 역무원용 숙소를 빌려줄게. 거기라면 그것도 못 쫓아올 테니.

감사합니다, 생명의 은인이세요.

역무원의 손을 붙잡고 인사한 후 몸을 돌리자 눈앞에 연립주택이 보였다. 여기야, 하고 역무원이 가리켰다.

빨리 올라가. 네가 올라가고 나면 계단을 철거해서 그게 못 올라가게 할게.

다행이다. 안도의 한숨을 내쉬며 계단을 올라가 아래를 내려다보았다. 정말로 계단이 사라졌다.

여기라면 안심이다. 이제 못 쫓아오겠지. 사키는 굳은 얼굴을 풀고 연립주택 문손잡이를 잡았다. 그 순간 안에 그게 있다는 걸 알았다. 찢어지는 듯한 비명이 울려 퍼졌다. 자기가 지른 소리임을 뒤늦게 깨달으며 양손으로 난간을 잡았다.

역무원님! 빨리 와주세요! 여기에도 그게 있어요!

하지만 들리지 않는지 역무원은 등을 돌린 채 안내방송을 했다. 지금 들어오는 전철은 회송 전철이므로 승차하실 수 없습니다.

어쩌지, 역무원도 한패였어.

달아나야 하는데 계단이 없다. 빨리 도망치지 않으면 그게 온다. 붙잡힌다.

뒤에서 문 열리는 소리가 나더니 그게 나오는 기척이 느껴졌다. 난간에 달라붙어 목이 터져라 소리쳤다.

누가 좀 살려줘요! 빨리요!

몸을 움찔하며 눈을 번쩍 떴다. 방이었다. 온몸이 땀으로 흥

건했다.

"뭐야, 꿈이었네."

일부러 소리 내어 말하며 무거운 몸을 일으켜 침대에서 내려왔다.

정말로 깨어난 걸까.

갑자기 불안해졌다. 아직 꿈속이면 어쩌지. 사키는 뺨을 힘껏 꼬집고 눈곱이 낀 두 눈을 마구 비볐다. 불을 켜고 눈부신 불빛에 눈을 찡그리면서 창문으로 향했다. 커튼 가장자리를 잡고 머뭇머뭇 젖혔다. 살며시 어둠 속을 살폈지만 평소와 다를 바 없는 정원만이 거기 있었다.

숨을 길게 내쉬다 벼락같이 문을 휙 돌아보았다. 아래층은 쥐 죽은 듯 고요했다.

가나 아빠가 몰래 현관문을 열고 들어와 아무도 없는 거실을 통과해 계단을 조용히 한 발짝씩 올라오는 모습이 그려졌다. 아무에게도 들키지 않고 다가오는 희미한 발소리가 들리는 듯한 착각에 빠졌다.

발소리가 딱 멈췄다. 방문을 사이에 두고 맞은편에 기척이 느껴지는 것 같았다. 사키는 문 앞으로 다가가 문 뒤편에 몸을 숨긴 채 신중하게 문손잡이를 돌렸다. 천천히 문을 열었다. 아무 반응도 없어서 얼굴을 절반만 내밀어 바깥을 확인하고 참았던 숨을 내쉬었다.

나도 참, 정신이 어떻게 됐나 봐.

집에는 부모님도 있다. 굳이 숨어들려는 마음을 먹을 리 없다. 무엇보다 현관문은 잠가 놨다. 그렇게 생각하면서도 사키는 휴대전화를 들고 계단을 내려갔다. 거실에 불을 켜고 아무도 없다는 걸 확인한 후 문단속을 다시 했다.

사키는 머리를 손톱으로 벅벅 긁었다. 무거운 다리를 질질 끌다시피 부엌으로 가서 냉장고를 열고 생수병을 꺼냈다. 벌컥벌컥 물 세 모금을 마시고 나서 숨을 크게 한 번 들이마셨다.

언제까지 이런 나날을 보내야 할까.

사키는 무표정하게 거실 불을 끄고 휴대전화 불빛으로 컴컴한 계단을 비추며 올라갔다.

결국 아무것도 하지 말았어야 했는지도 모른다. 도청기를 설치한답시고 가나 집에 가는 게 아니었다. 아무 일도 없었던 것처럼 평소대로 생활했다면 별일 없는 일상이 계속되지 않았을까. 가나의 일기도 가나 아빠 눈에 띄지 않았을지 모른다.

하지만 그건 평온한 나날이 언제 끝날지 몰라 계속 겁내야 한다는 뜻이기도 하다. 연예인이 돼도 대학에 가도 결혼해도 어디선가 가나의 일기가 나오지는 않을까, 언젠가 사람들이 날 비난하지는 않을까 벌벌 떨면서 살아야 한다는 뜻이다. 그건 지금 상황과 뭐가 어떻게 다를까.

방 앞으로 돌아와 열어둔 문틈 사이로 팔만 살짝 넣어 불을 켰다. 약간 노란빛을 띠는 핑크색 커튼, 빨간색 틀에 담긴 전신 거울, 털이 긴 검정색 러그, 하얀색 바탕에 빨간색 히비스커스 무늬가 들어간 깃털 이불, 인도네시아 티크 나무로 만들었다는 동양풍 책상, 읽지도 않는 전집이 가득 꽂혀 있는 싸구려 책장이 차례로 눈에 들어왔다.

여러모로 뒤죽박죽인 인상이지만 아까 방을 나왔을 때와 달라진 점은 없었다. 유리창에 이마를 대고 창밖을 내려다보며 아무도 없다는 걸 확인한 후에야 마른 입술을 핥았다.

새벽하늘은 짙은 청색이었다. 감색이 아니라 수족관 수조와 비슷한 파란색이다. 그렇게 의식한 순간 가슴이 답답해졌다. 마치 물고기가 돼서 좁은 수조에 갇힌 기분이었다. 아무리 몸부림쳐도 달아날 수 없는 수조에.

그림자 같은 구름이 물에 녹인 설탕처럼 불규칙적으로 꿈틀거렸다. 별은 하나도 보이지 않았다. 창밖으로 보이는 건물은 윤곽만 뚜렷할 뿐 안쪽은 진한 회색으로 채색되어 있었다.

사키는 스스로도 뭘 기다리는지 모를 지경이었다.

사태가 악화되지 않기를 빌면서도 진전이 없어 초조한 마음. 어떻게 되든 상관없으니 빨리 끝났으면 좋겠다고 바라다가 고개를 휙 들었다.

이 무슨 약한 생각을 하는 걸까. 가나 아빠가 아무에게도 말하지 않는 게 제일인데.

사키는 침대에 누워 이불을 덮어쓰고 몸을 작게 웅크렸다. 더는 무서운 일이 일어나지 않기를 거듭 빌면서 눈을 꼭 감았다.

"어, 사사가와 양?"

돌아본 것은 이름을 불렸기 때문이 아니라 사사가와 나나오가 있나 싶었기 때문이다. 왜 걔가 이런 데. 사키는 의아한 마음으로 고개를 이리저리 돌리다 편의점 앞에서 한 손을 들어 보이는 가나 아빠를 보고 숨을 삼켰다.

"아아, 역시."

가나 아빠는 들고 있던 담배를 재떨이에 눌러 끄고 표정을 풀었다. 왜 이런 데 있는 걸까, 생각하다 흠칫했다. 혹시 주소록을 보고 '기바 사키'의 동태를 살피러 온 것 아닐까.

"너도 이 부근에 사니?"

그 말에 머릿속이 새하얘졌다. 너도? 이 부근에? 사사가와 나나오의 주소를 떠올리려다가 모른다는 걸 알아차렸다. 왜 알아 놓지 않았을까. 사키는 속으로 이를 갈며 고개를 갸웃거렸다.

"아버님은 어쩐 일이세요?"

"볼일이 좀 있어서."

가나 아빠는 모호한 웃음을 지었다. 그 표정을 보자 사키는 오싹했다. 역시 우리 집을 염탐하러 온 걸까. 그런데 뭐 때문에? 거기서 생각이 멈췄다. 편의점 쓰레기통 앞에 나란히 서서 하나둘씩 늘어나는 사람들을 의미도 없이 눈으로 좇았다. 아, 교회에 왔다고 하면 어떨까. 뒷길로 조금 들어가면 분명 하나 있을 거라는 생각이 들었지만 이미 말할 타이밍을 놓쳤다.

"맞다, 너한테 물어보고 싶은 게 있었는데."

"뭔데요?"

"그 두 사람의 연락처를 알려주면 안 될까?"

심장을 꽉 붙잡힌 것처럼 움찔했다. 연기할 새도 없이 어, 하고 목소리가 흘러나왔다.

"기바 사키와 신카이 마호의 휴대전화 번호를 알고 싶어. 사사가와 양은 모르니?"

누가 때린 것처럼 머리가 띵했다. 각오한 줄 알았건만 막상 이름이 나오자 당장이라도 비명을 지르며 달아나고 싶어졌다. 가나 아빠가 나와 마호의 연락처를 알고 싶어 한다.

"……왜요?"

탁한 목소리로 되물었다.

"이야기를 듣고 싶어."

"그뿐인가요?"

가나 아빠가 입을 다물었다. 그뿐일 리 없다고 사키는 확신했다. 그뿐이라면 명부에 실린 전화번호로 걸면 된다. 가나 아빠는 뜻밖의 질문이라 난감하다는 듯 묘한 미소를 지었다.

"응."

참말인지 거짓말인지 판단이 서지 않았다.

가나의 일기가 발견된 지 열흘, 당장이라도 난리가 나지 않을까 싶었건만 사키를 둘러싼 환경에는 아무 변화도 없었다. 학교에서 전화도 오지 않는다. 뉴스에서도 주간지에서도 아직 가나의 일기를 다루지 않는다. 그게 몹시 찜찜했다. 이 남자는 무슨 생각일까. 뭘 하려는 걸까.

"몰라요."

사키는 간신히 그렇게만 대답했다.

"……그렇구나."

가나 아빠가 한숨을 쉬었다. 호주머니에서 담뱃갑을 꺼내더니 양해도 구하지 않고 담배에 불을 붙였다. 사키는 코를 찌르는 담배 냄새에 인상을 찡그렸다.

"미안. 담배 냄새 싫어하니."

아니라고 대답했지만 그렇게 묻는데 대놓고 싫다고 할 수 있는 사람이 어디 있겠나 싶어 불쾌해졌다. 가나 아빠는 손가락 사이에 끼운 담배를 내려다보다가 한 걸음 내디뎌 재떨이에 재를 떨었다. 입에 물고 연기를 깊게 빨아들이자 담배 끝이 붉게 물들었다. 빨리 집에 가고 싶었다. 하지만 가나 아빠가 하얀 연기를 뿜어내며 말했다.

"하나 더 물어봐도 될까?"

사키의 대답도 기다리지 않고 말을 이었다.

"고장 난 광차가 선로를 달리고 있어. 선로 앞쪽에서는 인부 다섯 명이 작업을 하고 있고."

"네?"

"일종의 심리 테스트야. 깊이 고민할 것 없이 생각나는 대로 대답하면 돼. ……눈앞에 선로가 있다. 왼쪽에서 망가진 광차가 달려온다. 오른쪽에는 그 상황을 모르는 사람이 다섯 명 있다."

내가 왜 그런 걸 해야 되는데. 사키는 속으로 생각했지만 재촉하는 듯한 말투에 기가 죽어 아무 반박도 못 했다.

"이대로 있으면 다섯 명은 광차에 깔려 죽어. 이때 마침 네가 선로 분기점에 있다고 치자. 네가 광차의 진로를 바꾸면 다섯 명은 살아남아. 그런데 반대쪽 선로에서 A씨가 혼자 작업하고 있어. 광차가 워낙 빨라서 위험을 미리 알릴 방법은 없어. 자, 네가 광차 진로를 바꾸는 건 용납되는 행위일까?"

무언가를 보고 읽듯 말을 술술 늘어놓는 가나 아빠를 보고 사키는 움츠러들었다. 광차? 대체 무슨 이야기지. 가나 아빠는 사키의 당황스러운 표정에도 개의치 않고 말을 이었다.

"법적인 책임은 제쳐놓고, 어디까지나 도덕적으로 용납되는지 묻는 문제야. 네 생각은 어떠니?"

사키는 숨을 멈췄다. 가나 아빠의 시선이 따가웠다.

"……그래서 다섯 명이 살 수 있다면 그러는 편이 낫지 않을까요."

가나 아빠는 무표정하게 고개를 끄덕였다. 무슨 의도인지 알 수 없어 기분 나빴다. 가나 아빠는 뭔가에 씐 것처럼 다시 입을 열었다.

"그럼 이번에는 네가 선로 위쪽 다리에 B씨와 함께 있다고 치자. 아주 뚱뚱한 B씨를 선로에 떨어뜨리면 광차가 멈춰서 다섯 명은 살 수 있어. 넌 말라서 광차를 멈추게 할 힘이 없고. B씨는 무슨 상황인지 몰라서 스스로 행동에 나서지는 않지만, 널 경계하지도 않으니까 실패할 염려는 없지. 그럼 네가 B씨를 선로에서 떨어뜨리는 건 용납되는 행위일까?"

사키는 침을 꿀꺽 삼켰다. 이건 뭘 시험하는 걸까. 이걸로 도대체 뭘 알 수 있을까.

무심코 한 걸음 물러섰다. 대답해야 할까 말아야 할까. 하지만 여기서 뿌리치고 돌아갔다가 수상쩍게 여기기라도 한다면.

"……그건 아무래도 도가 지나친 짓 아닐까요."

"그렇구나."

가나 아빠가 입으로 숨을 길게 내쉬었다. 하얀 연기가 부드러운 나선을 그리며 허공으로 사라졌다.

"그게 왜요?"

사키는 딱딱한 목소리로 물었다가 아니, 하고 조용히 고개를 저었다.

"네 대답은 아주 일반적이야."

사키는 안도감과 함께 수많은 어중이떠중이와 한데 묶였다는 굴욕감을 느꼈다. 멋대로 물어놓고 제대로 설명해 주지 않는 가나 아빠에게도 화가 났다.

"이제 됐나요?"

사키는 이번에야말로 대놓고 불쾌감을 표출한 후 몸을 돌렸다. 그런데 가나 아빠가 갑자기 목소리를 낮추어 말했다.

"그거, 거짓말이지?"

"네?"

"가나랑 사이 좋았다는 거."

머릿속이 새하얘지고 식은땀이 났다. 언제 들킨 걸까. 어디서부터 어디까지? 너무 갑작스러워서 당혹감을 감출 수 없었다. "역시 그렇구나" 하고 가나 아빠가 숨을 내뱉었다.

"사사가와 양이 가나한테 써준 편지를 읽었는데, 어쩐지 위화감이 들더라고. 일부러 집까지 와준 것치고는…… 뭐랄까 차가운 느낌이었어. 아니, 나무라는 건 아니야. 그냥 좀 이상한 기분이 들어서."

무슨 소리를 하려는 걸까. 사키는 신중하게 표정을 지웠다. 이야기의 향방에 따라 어느 쪽에도 맞출 수 있게 고개를 끄덕이지도 젓지도 않았다. 가나 아빠는 거기서 말을 멈췄다. 망설이듯 시선을 이리저리 돌리다 사키를 내려다보았다.

"……중학교 때 따돌림당했다고 했는데, 실은 지금 그런 상황 아니니?"

대답하지 않은 건 상황을 보기 위해서라기보다 그저 목소리가 나오지 않아서였다. 이야기가 예상외로 흘러가 말문이 막혔다.

"넌 가나가 왜 자살했는지 알고 있었지? 그 두 사람한테 가나가 당했던 거랑 똑같은 짓을 당해서…… 그래서 가나를 만나고 싶었던 거 아니야?"

어떻게 하면 이야기가 그렇게 될까. 사키는 퍼뜩 깨달았다. 이 남자는 아직 내 정체를 알아차리지 못 했다. 그래서 모순점을 멋대로 해석해 다른 이야기를 만들어 냈다. 이건 반겨야 할 일 아닐까.

사키가 침묵을 지키자 가나 아빠는 다시 말을 꺼냈다.

"내 오해일지도 모르지. 하지만 혹시 네가 가나처럼 괴로운 일을 당하고 있다면…… 내가 힘이 돼줄 수 없을까?"

삼류 드라마 대사 같은 말을 듣고 사키는 기가 찼다. 가나 아빠가 만들어 낸 이야기의 뼈대가 보이는 것 같았다. 딸을 구하지 못한 아빠. 그때 딸과 같은 상황에 처한 아이가 나타난다. 이번에야말로 자기가 아이를 구해 주어야 한다는 뜨거운 의무감에 사로잡힌다. 그렇구나, 이 남자는 새로운 역할을 찾고 있는 거다. 그래서 있지도 않은 조각들을 억지로 이어 붙였다.

"혼자서 힘들었겠구나. 잘 견뎠어."

사키는 눈물을 글썽거리며 힘없이 고개를 저었다.

"이제 참지 않아도 돼. 그 두 사람은⋯⋯ 내가 죽일 거야."

사키는 눈물에 젖은 눈을 동그랗게 떴다.

"네?"

"이제 아무 걱정 할 필요 없어. 그러니 혹시 죽을 생각을 하고 있었다면 마음을 돌리렴."

"죽이겠다니⋯⋯."

"죽어도 싸잖아? 가나가 죽었는데 반성도 안 하는걸."

사키는 눈이 휘둥그레진 채 굳어버렸다. 아무리 헤아리려 애써도 딸을 잃은 아빠의 사고방식은 종잡을 수 없는 방향으로 가고 있었다.

"⋯⋯하지만."

가나 아빠는 한숨을 쉬었다.

"너도 걔들한테 몹쓸 짓을 당했지? 부조리한 일을 당하면 상대를 미워하는 게 정상이야. 동정할 필요 없어."

"하지만⋯⋯ 어, 그런 짓을 하면 아버님이."

"어차피 이제 아무 의미도 없는 인생이야. 아내와 딸을 잃고 혼자 아무 낙도 없이 살아봤자 다 무슨 소용이겠어."

사키는 말문이 턱 막혔다. 왜 느닷없이 이렇게 된 걸까. 죽인다고? 우리를?

"집으로 불러들일 생각이야."

심장이 두방망이질을 쳤다. 쿵, 쿵덕, 쿵덕. 몸 한복판에서 맥이 불규칙적으로 뛰었다. 사고가 정지했다.

"하지만 내가 불러냈다는 걸 걔들 부모에게 들키면 안 되지. 그래서 휴대전화 번호를 알고 싶은 거야."

가나 아빠가 사키를 빤히 응시했다.

"실은 알지?"

사키는 고개를 푹 숙였다. 정면에서 숨을 내쉬는 소리가 들렸다.

"멋대로 연락처를 알려주면 걔들이 너한테 화내려나…… 그럼 전언이라도 좋아. 걔들한테 내 말을 전해 주면 안 되겠니?"

사키가 아무 대답도 하지 않자 가나 아빠는 짧아진 담배를 재떨이에 비벼 껐다.

"가나는 일기를 쓰지 않았다. 하지만 책상을 정리하다 가나가 쓴 메모를 찾았다. 거기에 너희들에게 왕따 당했다는 내용이 적혀 있었다고 하는 거지."

사키는 숨을 삼켰다.

"물론 거짓말이지만."

가나 아빠가 작게 코웃음 쳤다.

"볼일이 있어서 10시 반까지는 집에 없으니까 11시에 와주지 않을래? 와서 무슨 일이 있었는지 솔직히 말해주면 메모는 그 자리에서 버린다고, 사진도 안 찍어놨다고……. 이렇게 말하면 걔들은 어떻게 할까?"

사키는 바싹 마른 입을 벌렸다. 하지만 무슨 말을 하면 좋을지 몰랐다.

"뭐, 평범하게 생각하면 11시에 오겠지."

가나 아빠는 차분하게 스스로 답을 말했다.

"하지만 예를 들어 열쇠를 숨겨놓은 곳을 안다면? 볼일이 있어서 10시 반까지는 집에 없다니까 그 전에 집에 숨어들면 증거를 처분할 수 있겠다고 생각하지 않을까?"

칙, 칙. 귀 옆에서 라이터 켜는 소리가 났다. 연기를 후우 뿜어내는 소리가 뒤를 이었다.

"걔들은 날 만나기 싫을 거야. 만나면 무슨 짓을 할지 모르니까. 하지만 그런 메모가 있다는 걸 남들이 알면 곤란하겠지. 반 아이들이 모를 정도로 교활하게 왕따를 시킬 만큼 영악한 애들이잖아. 어떻게 해서든 날 만나지 않고 메모를 처분하길 원할걸. 아니면 아닌 대로 좋아. 날 만나러 와서 사실을 털어놓고 가나에게도 사과한다면 약속대로 메모…… 일기는 처분하겠어."

사키는 어금니를 악물었다. 이제 와서 실은 내가 기바 사키라며 어떻게 만나러 간단 말인가. 단숨에 눈앞이 깜깜해졌다. 역시 아무것도 해서는 안 됐던 걸까. 그냥 얌전하게 있었다면 설령 일기가 발견되더라도 일을 원만하게 마무리할 수 있지 않았을까. 가나 아빠가 납득할 만한 '사실'을 말하고 울면서 제단 앞에서 사죄한다. 그 정도는 얼마든지 할 수 있다. 하지만 이미 늦었다.

"걔들은 아침부터 근처에서 망을 보며 내가 나가기를 기다리겠지. 내가 사라지길 기다렸다가 계량기함을 열고 열쇠를 찾아 집에 들어갈 거야. 그게 함정인 줄도 모르고."

가나 아빠는 어쩐지 연극 조로 막힘없이 술술 말했다. 논리적인 듯하면서도 어딘가 비뚤어진 그 말투에 사키는 발치부터 오한이 기어오르는 것을 느꼈다.

"집에 숨어들면 일단 가나 방에 가서 책상을 살펴겠지. 그제야 책상에 직접 메모를 적어놨다는 걸 알아차릴 거야. 어떻게든 빨리 지워야 한다는 생각에 세제를 찾을 거고. 세면실 수납 선반을 열어보니 바로 앞에 얼룩 제거용 세제와 젖은 걸레가 있는 거 아니겠어? 그걸 들고 가나 방에 가서 세제를 걸레에 묻히겠지."

가나 아빠는 허공에 시선을 고정한 채 마치 뭔가를 보고 읽듯이 술술 말을 뱉어냈다.

"그 걸레에는 이미 다른 세제를 적셔놨어. 눈에 확 띄게 수납 선반 제일 앞쪽에 놔둔 건 산성 세제, 걸레에 적신 건 염소 계열 표백제. 이 두 가지를 섞으면 맹독성 염소가스가 발생해."

섞어서는 안 되는 세제를 섞게 한다. 초등학교 때 만화에서 본 허접한 속임수가 떠올라 사키는 표정을 잃었다.

"……그럼 죽는 건가요?"

간신히 불안한 듯한 목소리를 꾸며내 말하자 가나 아빠는 고개를 살짝 저었다.

"걸레와 세제는 사고라는 인상을 강조하기 위한 밑밥일 뿐 이야."

사키는 가나 아빠의 시원스러운 대답에 숨을 삼켰다.

"진짜 함정은 옷장 속에 만들 거야. 염소가스에 중독돼 사망했다는 사인만 일치하면 되니까 가스가 더욱 대량으로 발생하는 액체를 섞으면 돼."

가나 아빠의 너무나도 유창한 설명이 뿔뿔이 흩어져 머릿속을 의미 없이 오갔다. 사키가 반응을 하든 말든 가나 아빠는 말을 이었다.

"한창 작업하는 중에 내가 돌아오면 걔들은 화들짝 놀라겠지. 그대로 있으면 들켜. 가나 방에서 나갈 수도 없어. 어쩔 수 없이 옷장에 숨을 거야. 그러면 밖에서 옷장 문을 막는 거지."

가나 아빠가 거기서 말을 끊었다. 잠시 후 공기를 빨아들이는 소리가 들렸다.

"시험해 보고 싶어. 반성한다면 시간을 맞춰서 오겠지. 집에 숨어들 방법이 있더라도 숨어들 생각은 안 할 거야. 책상에 적힌 메모를 멋대로 없애려 들지도 않을 테니 옷장에 숨을 이유도 없어."

이게 다 무슨 소리람. 피부가 일제히 숨을 쉬려는 것처럼 온몸에 닭살이 돋았다. 열린 모공에서 땀이 분출되는 게 느껴졌다. 춥다. 섬뜩함과도 비슷한 뭔가가 피부를 스르르 기어갔다.

"죽기까지 몇 분 동안 걔들은 무슨 생각을 할까. 뭐라고 목숨을 구걸할까……. 일단 점막부터 망가질 테니 말도 제대로 못 하겠지만."

가나 아빠가 모질고 비정한 미소를 지었다. 사키는 멍하니 허공을 쳐다보았다. 소용돌이치던 생각이 어딘가로 빨려 들어 머릿속이 완전히 텅 비었다. 목소리는 들렸지만 무슨 말인지 모르겠다.

"완전히 반응이 없어지면 문을 여는 거야……. 안에는 둘 다 있을까. 한 명은 반성해서 제 시간에 올까. 알 수 없지만 둘 중 하나라도 죽었다면 일기를 처분하고 옷장에 설치한 장치도 해체한 다음 나는 베란다에서 뛰어내릴 거야."

사키는 흠칫 놀라 가나 아빠를 보았다.

"물론 경찰은 날 의심하겠지. 하지만 일기가 없으니 명확한 동기는 못 알아낼걸. 딸을 잃은 슬픔을 이기지 못하고 또래 아이를 저승길 동무로 삼으려 했다……. 그렇게 멋대로 해석할지도 모르지만 증거가 불충분하면 불기소 처분이 내려지겠지. 용

의자가 죽었으니까."

사키는 양손으로 입을 막고 다리에 힘을 주어 몸이 떨리는 걸 참았다. 상세한 계획은 앞으로 시간을 들여 천천히 검토해봐야 한다. 하지만 한 가지만은 분명했다.

가나 아빠가 마호를 죽이고 일기를 처분한 후 자살한다.

그게 내게 더없이 이로운 상황이라는 것.

사키는 얼굴을 숙인 채 입꼬리를 끌어올려 웃었다.

역시 운명의 신은 내 편이다.

제 **5** 장

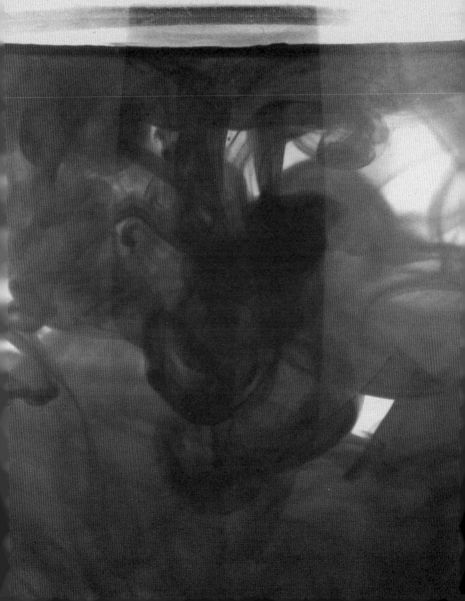

1

마호는 트림을 겨우 참고 젓가락을 움켜쥐었다.

무와 채 썬 파를 잔뜩 넣은 된장국, 다섯 평 거실에 풍기는 구수한 연어구이 냄새, 살찔까 봐 걱정하는 마호를 위해 엄마가 지어준 잡곡밥.

먹어야 한다는 생각은 들었지만 젓가락을 쥔 오른손이 움직이지 않았다.

"잘 먹었습니다."

하는 수 없이 그렇게 말하고 젓가락을 내려놓았다. 식탁 맞은편에 앉은 부모님이 의아하다는 표정으로 바라봤다.

239

"마호, 정말 괜찮겠어?"

아빠가 걱정하며 물었다.

"몸 상태가 별로인가 본데. 오늘은 쉬는 게 낫지 않겠니?"

"아니야, 괜찮아. 많이 남겨서 미안해, 엄마."

"그럼 이거 내가 먹어도 돼?"

대답할 틈도 없이 옆에서 남동생이 팔을 쑥 뻗어 접시에서 연어구이를 가져갔다. 엄마가 나무라는 눈으로 동생을 쳐다보았지만 이내 아무 말 없이 마호에게로 고개를 돌렸다.

"그래, 무리할 거 없잖니. 하루쯤 쉰다고 수업 진도가 아주 많이 나가지는 않을 거야."

아빠가 쉬라고 하면 말리는 엄마까지 그렇게 말했다.

가나가 죽은 지 두 달.

마호는 자신들이 저지른 짓은 물론, 가나와 같은 그룹이었다는 것도 가족에게는 말하지 않았다. 하지만 부모님은 딸과 같은 반 아이가 '자살'했다는 소식에 느끼는 바가 있으리라.

그 뒤로 아빠도 엄마도 학교생활에 관해 자주 물어본다.

오늘은 어땠니? 공부는 따라갈 만해? 힘든 일은 없니?

하지만 뭘 물어봐도 마호는 웃으며 얼버무리기만 했다.

괜찮아. 수업 내용은 확실히 중학교 때보다 훨씬 어렵지만 못 따라갈 정도는 아니야. 힘든 일? 다리가 굵은데 짧은 치마를 입어야 한다는 게 부끄럽다는 정도?

"다이어트를 너무 열심히 하는 거 아니야? 여자는 왜 그렇게 마르고 싶어 하는 거야? 그래놓고 쉬는 시간이면 새로 나왔느니 기간 한정이라느니 하면서 과자를 엄청나게 먹잖아. 그러면서 살을 빼겠다고?"

아직 중학교 1학년인 동생이 시건방지게 말하고 낄낄 웃었다.

"입 다물고 빨리 밥이나 먹어."

엄마가 혼내자 동생은 불만스러운 콧김을 내쉬고 밥을 입에 그러넣었다.

실제로 마호는 두 달간 3킬로그램이 빠졌다. 간식을 끊고 잠자기 전에 복근 운동을 하는 등 아무리 애써도 안 빠지던 살인데. 하지만 지금은 굳이 식욕을 참지 않아도 음식이 먹고 싶은 마음이 안 생겼다.

"마호, 무슨 일 있었니?"

"괜찮대도. 료타 말대로 다이어트 중이야······. 원하는 몸무게까지 빠지면 그만둘게."

마호는 애써 광대뼈를 끌어올려 웃으며 엄마에게 말했다. 엄마 옆에서 산달을 맞은 임산부처럼 배가 불룩한 아빠가 못마땅한 표정을 지었다.

"지금 보기 딱 좋은데 그러네. 무리한 다이어트는 몸에 안 좋아. 성장기에는 많이 먹어야지, 다이어트는 무슨."

"여자는 다 그래. 엄마는 이해하지?"

"뭐, 그렇지……."

엄마가 눈을 내리뜨며 대답했다. 침묵이 찾아온 틈을 놓치지 않고 마호는 자리에서 벌떡 일어섰다.

"아, 이야기하다 지각하겠다."

혼잣말처럼 중얼거린 후 커다란 리본 모양 키홀더가 달린 가방을 들고 세면실로 향했다. 재빨리 이를 닦고 앞머리를 매만지고 나서 숨을 한 번 들이마셨다 내쉬었다.

끝이 푸석하고 갈라진 머리, 눈 아래 생긴 다크서클, 살이 빠졌다기보다 수척해진 뺨이 꼭 자기 얼굴이 아닌 것처럼 보였다. 확실히 거울에 비친 여자는 척 보기에도 안색이 별로였다.

사키는 오늘도 쉴까.

마호는 갈비뼈 사이에 엄지손가락을 대고 찌르르하니 아픈 위장을 꽉 눌렀다.

이번 일과 관계없는 일로는 연락하지 말고.

미리 언질까지 받았으니 사키가 학교에 올지 말지 알고 싶다는 이유로 연락할 수는 없었다.

사키는 지지난 주 화요일부터 학교를 쉬었다. 반의 유행과 화제에 뒤처질까 봐, 자신이 없는 일상에 모두가 익숙해질까 봐 불안하지 않은 걸까. 내가 멋대로 다른 그룹에 들어갈 가능성은 염두에도 두지 않는 걸까.

마호는 생각하다 말고 힘없이 고개를 저었다.

사키는 그런 일로 흔들리지 않는다. 혼자 지내는 것도, 주변 사람들이 외톨이로 여기는 것도 사키는 두려워하지 않는다.

사키는 나와 다르다.

마호는 몹시 무겁게 느껴지는 팔을 뻗어 수도꼭지를 돌렸다. 콸콸 쏟아지는 물에 손을 씻는다기보다는 그냥 갖다 댔다. 달달 떨리는 수도꼭지를 꽉 잠그고 근처 건축사무소 이름이 새겨진 수건으로 손의 물기를 닦은 후, 허리를 구부려 바닥에 놓아둔 가방을 집어 들었다.

사키는 4교시가 끝날 무렵에 등교했다. 거의 이 주 만에 보는 사키의 얼굴은 절반이 마스크에 가려져 있었다.

"어머, 사키 짱. 이제 괜찮아?"

"응, 열은 내렸지만 아직 기침이 좀 나서 일단."

옆자리 아이가 말을 걸자 사키는 커다란 눈을 깜빡이며 마스크를 가리켰다.

"요즘 감기가 유행이더라. 아, 나중에 노트 보여줄까?"

"와, 진짜? 그럼 고맙지."

신나게 떠드는 사키의 목소리를 들으며 마호는 어금니를 깨물었다. 사키가 감기에 걸렸다는 것조차 몰랐다는 게 속상했다. 원래 같으면 내게 제일 먼저 문자로 연락이 와서, 내가 제일 먼저 걱정하고, 내가 노트를 보여줄 텐데.

마호는 수업이 끝났음을 알리는 종이 울리기를 기다렸다가 사키 자리로 갔다.

"안녕, 사키."

한 자 한 자 또렷하게 발음했다. 사키 쨩이라는 호칭은, 사키를 성씨로 부르는 일부 아이 외에 모두가 흔히 사용하고 있어서 마호는 쓰지 않았다.

나만은 사키를 그냥 이름으로 부르는 게 허용된다.

그게 마호의 자랑이었다.

"열이 내려서 다행이야."

얼굴에 웃음을 갖다 붙이고 배에 힘을 주어 말했다. 주변에도 들리게. 감기에 걸렸다는 것도 열이 내렸다는 것도 미리 연락받아 알고 있었다는 듯이.

사키는 눈을 깜박이다 표정을 풀었다.

"응, 고마워."

마호는 그 순간 움찔했다. 사키는 평소처럼 웃었을 것이다. 하지만 입을 가리고 있어서 감정을 읽기 힘들었다. 기쁜 걸까, 화난 걸까, 재미있어하는 걸까, 어이없어하는 걸까. 웃는 얼굴인 듯하지만 확신이 서지 않았다.

마호, 잘 들어. 사과한다는 건 상대에게 판단을 넘긴다는 뜻이야. 용서할지 말지 상대가 고민하게 맡겨두고 자신은 그저 대답만 기다리는 상태라고. 결국 다 떠넘기고 마음 편해지고 싶다는 뜻이잖아? 마호가 정말로 가나 아빠에게 잘못했다고 생각한다면 사과해서는 안 돼.

사키의 냉랭한 목소리가 머릿속에 되살아났다. 사키는 올바르다. 현명해서 다른 사람이 보지 못하는 것까지 본다. 사키는 그때 내게 실망한 걸까.

"마호, 오늘은 도시락?"

"어? 아, 응."

마호는 얼른 고개를 끄덕였다. 책상 옆에 걸어둔 가방을 열어 런치 토트백을 꺼냈다.

"사키는?"

"오늘은 거르려고. 오랜만에 학교 오자마자 점심부터 먹기는 좀 그렇잖아."

사키는 긴 속눈썹을 내리깔고 쓴웃음을 지었다. 마호가 사키 책상 가장자리를 양손으로 잡았지만 사키는 일어서지 않고 가만히 앉아 있었다. 평소에는 사키 자리를 움직여 책상을 붙이는데. 마호는 침을 삼켰다. 역시 화난 걸까. 목이 타들어 가고 배 속이 묵직해졌다. 망설이다 입을 떼는데 사키가 말했다.

"오늘은 옥상에서 안 먹을래?"

"응?"

"날씨도 좋겠다, 할 말도 좀 있어서."

목소리를 낮추어 덧붙인 말에 마호는 숨을 짧게 삼켰다. 할 말. 찜찜한 예감이 들었다. 하지만 거절할 용기도, 애당초 거절할 마음조차 없었다. 대답을 기다리지 않고 걸음을 옮기는 사키를 마호는 총총히 따라갔다.

사키는 실내화 자국이 찍힌 하얀 복도를 말없이 걸었다.

주위에 아는 애가 없다는 것이 그나마 위안이었다. 왜 둘이 거북하게 아무 말도 없이 걸어가느냐고 의아해하면 창피하다. 그런 걸 일일이 걱정하는 자신이 한심하게 느껴졌다. 복도 옆에 붙은 게시물을 보는 척하며 무슨 말을 할지 죽어라 생각했다. 그 후에 진짜로 가나 집에 갔는지, 일기는 있었는지 없었는지, 사키는 어떤 결론을 내렸는지, 왜 학교를 쉬었는지, 왜 한 번도 연락 안 했는지. 생각하고 보니 죄다 책망하는 느낌이라 무슨 말부터 꺼내면 좋을지 몰랐다.

사키의 가느다랗고 쭉 빠진 다리가 계단을 일정한 속도로 올라갔다. 사키가 긴 팔을 뻗어 옥상 정원으로 통하는 문을 열자 예상보다 차가운 바람이 얼굴을 스쳤다.

벽돌을 간 교실 네 개 크기의 정원. 외국의 카페테라스처럼 둥근 흰색 테이블과 의자가 배치된 공간은 학교 홍보물에도 반드시 사진이 실리는 핫 플레이스다. 봄, 여름철에는 점심시간뿐만 아니라 수업 사이 10분 쉬는 시간과 방과 후에도 학생들로 북적거린다.

하지만 오늘은 아무도 없었다. 당연했다. 11월쯤 되면 사방이 뻥 뚫린 데다 빌딩풍(고층 건물 사이에 부는 강한 바람)까지 부는 옥상은 추워서 점심을 먹기에는 마땅치 않다.

"춥네."

사키가 교복 자락을 쭉 내리고 목을 움츠리며 말했다. 마호는 사키가 먼저 말을 꺼낸 것에 안심하며 그러게, 하고 무난하게 대답했다.

재촉하는 듯한 사키의 손짓에 따라 구석에 금이 간 벤치에 앉았다. 차가운 콘크리트가 맨다리에 닿아 무심코 숨을 흡 들이마셨다. 사키가 양손으로 스커트를 엉덩이 밑으로 넣으며 살짝 걸터앉는 걸 보고 마호도 런치 토트백을 벤치에 놓고 자세를 고쳤다.

마호는 허벅지 위에 도시락을 내려놓고 고무밴드를 벗기며 입을 열었다.

"그러고 보니 가나 집에는 갔었어?"

아무렇지 않게 말하려고 했지만 스스로 느껴질 만큼 긴장한 목소리가 나왔다. 하지만 사키는 전혀 개의치 않는듯 하늘을 올려다보더니 두 팔을 문지르며 아니, 하고 짧게 대꾸했다.

"어, 안 갔어?"

"응, 아직."

그럼 이 주 동안 뭐 했어. 저도 모르게 떠오른 의문을 삼켰다. 어떻게든 해주는 거 아니었어? 나보고 입단속이나 잘하라고 했으면서. 불만이 고개를 쳐들었지만 입도 벙긋 못하고 잠자코 있었다.

사키는 태평하게 말을 이었다.

"감기 걸렸었잖아."

"그렇지, 참. 미안해."

반사적으로 사과하고 나서 정말로 감기일까 싶어 주의 깊게 사키를 보았다. 그냥 감기일 뿐이라면 왜 연락 안 했어? 이렇게 추운 데 나와 있으면 감기가 더 심해지지 않을까? 입 밖에 낼 수 없는 말이 가슴속에 쌓였다. 사키도 입을 다물자 둘에게는 너무 넓은, 세련된 정원을 탐색하는 듯한 침묵이 흘렀다.

밀물이 차오르듯 문득 서글픔이 몰려왔다.

어쩌다 이렇게 된 걸까.

사키와 같은 그룹이 되어 기뻤다. 사키가 절친이라 말해줘서 자랑스러웠다. 함께 쇼핑하러 가고, 미팅에 나가고, 집에 돌아와서도 문자와 전화로 이야기를 나누고, 그래도 할 이야기가 넘쳐났는데.

가나가 죽은 후부터다. 가나가 없어서 균형이 무너졌다. 이제 여기 남은 건 그 시절의 잔해에 지나지 않는다.

하지만, 하고 마호는 생각했다.

여기서 사키까지 사라지면 어쨰야 좋을지 모르겠다.

"저기, 마호."

사키가 하얀 손을 살며시 뻗어 도시락을 잡은 마호의 왼손에 포갰다. 차가워서 흠칫 놀랐다. 사키가 속삭이듯 말했다.

"휴대전화 좀 빌려주면 안 돼?"

"응? 휴대전화?"

"응, 요금이 너무 많이 나온다고 엄마가 압수했어. 미안해, 그래서 마호한테 연락하고 싶어도 못 한 거야."

풀죽은 사키의 얼굴을 보자 그제야 가슴속에 작고 포근한 불이 켜졌다.

"그건 괜찮은데, 어디에 쓰려고?"

마호는 교복 호주머니에서 휴대전화를 꺼냈다. 라인스톤을 잔뜩 붙인 사키 것과 똑같은 휴대폰이다. 사키는 망설이듯 긴 속눈썹을 내리깔고 작은 입을 벌렸다.

"……실은 좋아하는 사람이 생겼거든. 집 전화로는 연락을 못 받잖아."

"진짜? 누군데? 내가 아는 사람?"

예상외의 대답에 기분이 확 들떴다. 처음 듣는 소리였다. 중학생 때부터 아무리 멋지고 인기 있는 남학생에게 고백받아도 한사코 거절하던 사키에게 좋아하는 사람이 생겼다니.

"아니, 중3 때 학원에서 같은 반이었어…… 아마노라는 애야. 하지만 짝사랑이라 솔직히 자신 없어."

"무슨 소리야! 사키가 좋아한다는데 싫다는 남자가 어디 있겠어!"

"그럴까."

사키가 수줍은 듯 고개를 살짝 숙였다. 사진으로 찍어서 간직하고 싶은 그 표정을 보고 마호는 기쁨으로 가슴이 아렸다. 중학생 때 사키와 같은 그룹이었던 애들의 얼굴이 떠올랐다. 그중에 사키의 이런 표정을 본 애가 있을까. 사키의 연애문제를 상담해 준 애는?

"지난주 목요일에 문자가 왔어. 다음에 노래방이라도 가지 않겠느냐고. 그냥 미팅 주최자 역할을 부탁하고 싶어서 그러는 건지도 모르지만, 엄청 기쁘더라고."

"다 사키와 연락하기 위한 핑계야. 사키한테 꽂힌 게 분명하다니까."

"에이, 난 몰라."

싫지만은 않은지 사키는 매끈한 갈색 머리카락을 손끝으로 만지작거리다가 마호의 눈치를 살피듯 치뜬 눈으로 힐끔 쳐다보았다.

"그래서 지금이 중요한 시기거든. 기껏 거리를 좁힐 기회인데 휴대전화를 압수당하다니 정말 운도 없다니까. 저어, 마호. 며칠만이라도 좋으니 부탁 좀 할게. 사용한 비용도 주고, 진척 상황도 보고할게. ……미안해. 경우가 아니라는 건 알지만 마

호 아니면 부탁할 사람이 없어서……. 다른 애들한테는 비밀로
해줄래?"

보고.

마호 아니면 부탁할 사람이 없어서.

다른 애들한테는 비밀로.

"걔 연락처는 알아?"

그렇게 되물으면서도 마호는 이미 마음을 정했다.

11월 11일.

마호는 JR선으로 환승하기 위해 개찰구를 통과하며 전광판
옆 시계를 올려다보았다.

오전 7시 52분. 약속 시간까지 앞으로 한 시간 넘게 남았다.
신주쿠에서 야마노테선을 타고 이케부쿠로로, 유라쿠초선으로
갈아타고 센카와로. 지금이라면 몇 분 전철을 탈 수 있을까. 마
호는 비스듬히 멘 파우치를 끌어당겨 휴대전화를 꺼내려다 사
키에게 빌려줬다는 게 떠올랐다.

파우치에서 손을 놓고 뺨 안쪽에 힘을 꽉 주었다.

사키는 그날부터 매일 학교에 왔다.

쉬는 시간마다 이마를 맞대고 사키의 연애를 화제 삼아 이
야기했다. 이동 수업 때는 함께 움직였고, 점심시간에도 책상

을 붙여서 같이 밥을 먹었다.

같이 행동할 사람이 있다는 사실에 마호는 감동 비슷한 안도감을 느꼈다. 게다가 상대는 사키다. 함께 길을 걸으면 다른 학교 남학생들이 사키를 돌아보곤 해서 마호는 예쁜 여자친구와 함께 걷는 남자가 어떤 기분인지 조금 알 것도 같았다.

사키는 아마노와 무슨 일이 있었는지 기쁘게 알려준다. 오늘은 열두 번이나 문자를 주고받았다고, 좋아하는 영화가 같았다고 했다. 문자를 너무 많이 보내서 미안하다기에 더 많이 하라고 말했다. 사키가 쑥스러운 듯 목소리를 낮추며 천 엔을 내밀었다. 계속 빌려 써서 정말 미안해. 엄마랑 협의 중이니까 조금만 더 기다려줄래?

뭘 그런 거 가지고. 마호는 그렇게 대답하고 천 엔을 돌려줬다. 하지만 사키는 양보하지 않았다. 정말 미안해서 그러니까 그냥 받아달라면서.

마호에게 문자나 전화가 왔다는 이야기는 없었다. 마호도 물어보지 않았다. 분명 아무 연락도 없었으리라. 고등학교에 입학해 사키와 친해진 뒤로 중학생 때 친구와는 일절 연락하지 않았다. 휴대전화를 바꾸고도 새 연락처를 알려주지 않았다.

난 다시 태어난 거라고 마호는 스스로 타일렀다. 이제 그 시절과는 다르다. 다른 아이들이 자신을 촌스럽고, 찌질하다고 험담하며 깔보는데도 아무 반박도 못했던 그 시절 친구들과는 살아가는 세상이 다르다.

마호는 부츠 뒷굽을 힘차게 내디디며 인파 속을 성큼성큼 나아갔다. 도중에 남자와 부딪쳐도 못생겼으면 눈이라도 제대로 뜨고 다니라고 욕먹을 일이 없다고 생각하자 저절로 걷는 속도가 빨라졌다.

에스컬레이터 옆 계단을 올라 플랫폼을 둘러보았다. 사키의 모습은 어디에도 보이지 않았다. 집이 가까우니 기왕이면 동네에서 만나 같이 오면 좋았을 텐데. 한순간 떠오른 불만이 금세 어딘가로 사라졌다. 사키가 이러는 편이 좋다니까 분명 좋은 거겠지. 마호는 기둥에 기대 사키가 직접 칠해준 분홍색과 흰색의 프렌치 네일 아트를 가만히 바라보았다.

앞으로 자신들이 하려는 짓이 불법이라는 건 마호도 안다. 하지만 신기하게도 별로 무섭지는 않았다. 사키와 함께하니까. 죄를 저질렀다는 둘만의 비밀은 유대감을 더욱 끈끈하게 만들어 줄 것이다.

전철이 들어옵니다. 하얀 선 안쪽으로 물러나 주십시오.

독특한 억양의 안내방송과 함께 선로 저편에서 전철이 미끄러져 들어왔다. 바람이 부는 탓에 앞머리가 일제히 떠올랐다. 마호는 기둥에서 몸을 떼고 하얀 선 쪽으로 한 발짝 내디뎠다.

오늘부터 사키는 영원히 나와 함께야.

누군가 잡아당기듯 뒷머리가 곤두섰다.

2

평소 가슴 밑까지 치렁치렁 늘어뜨리는 머리를 뒤로 틀어 올린 사키는 개찰구 앞에서 정기권을 내밀다가 급히 손을 뒤로 뺐다. 위험했다. 만약을 위해 센카와까지 왔다는 기록을 남겨서는 안 된다. 정기권을 파우치에 넣고 지갑을 꺼냈다. 학교에는 끼고 간 적이 없는 은테 안경을 밀어 올리며 요즘은 거들떠도 보지 않는 운임표로 요금을 확인했다.

오늘 계획은 금요일 점심시간에 마호에게 이야기했다. 아양 떨 듯 눈을 치뜬 마호가 떠올라 사키는 입술을 살짝 일그러뜨렸다.

254

"어제 수업 마치고 가나 집에 가봤는데 가보길 정말 잘했어. 가나 책상에서 유서 같은 메모가 발견됐대. 보여주지는 않았지만 우리한테 왕따를 당했다는 식으로 원망 어린 말이 적혀 있어서 당장이라도 경찰에 알리려고 했다더라. 하지만 내가 향을 피워 올리러 온 걸 감안해서 일단 둘이서 사과하러 오래. 그래서 언제가 좋은지, 이번 주말에 외출할 예정이 있는지 가나 아빠한테 물어봤어."

"뭐?"

놀라서 목소리가 뒤집어진 마호가 다른 말을 꺼낼 틈도 없이 사키는 말을 이었다.

"일요일 9시 50분부터 10시 30분까지는 집에 없대. 그러니그 사이에 집에 숨어들어서 메모를 없애버리면 돼."

"하지만 벌써 들켰다면 그런 짓이 다 무슨 소용……."

마호는 도시락을 먹을 마음이 싹 가셨는지 고개를 푹 숙였다. 사키는 벌벌 떨리는 마호의 손을 잡고 핏발이 선 눈을 들여다보았다.

"벌써 두 달이나 지났잖아? 다들 우리가 가나랑 사이좋게 지낸 줄 아니까 왕따가 있었다고 아무리 떠들어 본들 증거가 없으면 아무도 상대 안 할 거야."

"하지만 숨어들 방법이……."

"걱정 마, 예전에 가나한테 들은 적이 있거든. 자기도 아빠도 덜렁이라서 둘 다 나갈 때는 열쇠를 숨겨놓는대. 그래서 가나 집을 나와서 가나 아빠가 외출할 때까지 숨어서 지켜봤지. 진짜 열쇠를 감추더라고. 문 옆에 전기 계량기가 들어 있는 함 있지? 그 안에 무슨 관 뒤쪽. 얼핏 봐서는 모르게 숨겨놨어."

사키는 거기서 말을 끊고 손에 힘을 주었다.

"함께 힘내자? 나, 마호랑 함께라면 뭐든지 할 수 있을 것 같아."

내용에 모순은 없는가, 과하거나 부족하지는 않은가, 부자연스러운 점은 없는가. 사키는 조금 전에 한 말을 되새겨본 후 고개를 살짝 끄덕였다. 열쇠에 관한 이야기는 약간 부자연스럽지만 어쩔 수 없다. 설령 이상하다 여기더라도 이게 함정일 줄은 꿈에도 모를 것이다.

그래, 함정이다.

불안하리만치 작게 느껴지는 표를 개찰구에 밀어 넣고 얼굴을 숙인 채 통과했다. 어제 새로 구입한 단순한 디자인의 회색 파카 소매를 걷고 손목시계를 보았다. 8시 7분.

가나 아빠는 9시 50분에 집을 비웠다가 10시에 돌아올 계획이라고 했다.

모습이 완전히 사라지기를 기다렸다가 5층으로 올라가 열쇠를 찾아서 집에 들어간다. 거기까지 걸리는 시간이 2분, 아니 엘리베이터에 시시티브이가 있을 가능성을 고려해 계단을 사용하면 3분은 걸린다. 즉, 쓸 수 있는 시간은 7분이다. 고작 그 사이에 모든 걸 다 끝내기는 어렵다. 무엇보다 억지로 옷장에 가두려고 하면 마호는 반항하리라. 소리를 지를지도 모르고, 제압하지 못할 가능성도 있다.

마호가 본인 의사로 옷장에 들어가려면, 역시 누가 왔으니까 숨어야 한다는 마음을 먹게 만드는 수밖에 없다.

9시 53분, 열쇠로 문을 열고 들어가서 가나 방으로 간다. 책상을 보고 놀란 척한다. 메모라고 해서 종이인 줄 알았다고 부산을 떨다가 세제를 찾아서 지우자고 제안한다. 세면실에서 세제와 걸레를 가져와 메모를 지우기 시작하는 게 9시 55분, 그다음은 밖을 망보겠다는 핑계라도 대서 10시가 되기 전에 집을 빠져나와 6층이나 7층 계단에서 10시가 지나기를 기다리면 된다.

역 계단을 꾹꾹 지르밟아 올라가며 머릿속에 그린 가나 집에서의 시뮬레이션을 되풀이했다.

문제는 마호가 옷장에 들어가 주느냐다. 몸을 숨기려 할 때 제일 먼저 떠오를 곳이기는 하지만, 들킬지 모르니 반대로 다른 곳에 숨어야겠다는 심리가 작용할지도 모른다. 내가 없다는 것에 동요해 숨을 타이밍을 놓치고 가나 아빠와 딱 마주칠 가능성도 있다.

유사시에 어떻게 행동할지 미리 정해두는 편이 나을지도 모르겠다.

그밖에는 뭐가 있을까. 사키는 생각을 거듭했다.

가나 아빠가 방에 들어올 때까지 마호가 옷장에 얌전히 숨어 있다는 보장도 없다. 조사해 보니 염소 가스는 냄새가 독하다고 한다. 눈과 목도 아릴 것이다. 이변이 일어났음을 느끼고 일단 밖으로 나가야겠다고 생각할지도 모른다.

하지만 세제를 같이 들고 들어가면 묘한 냄새가 나더라도 세제 냄새로 여기지 않을까?

마호는 외톨이가 되는 걸 무엇보다도 겁낸다. 가나가 없는 지금, 내게 버려지면 걔는 외톨이다. 절대 나오지 마. 소리도 내지 말고. 실패하면 끝장이야. 그렇게 단단히 당부하면 적어도 몇 분은 참으려고 하지 않을까.

가나 아빠 말로는 몇 분이면 죽는다고 했다. 점막부터 망가진다니까 쓸데없는 소리를 지껄일 여유도 없으리라.

위험성은 있지만 못할 것도 없다.

플랫폼에 안내방송이 흐르고 바퀴가 레일을 긁는 불쾌한 소음이 귀를 때렸다. 사키는 고개를 들고 표정을 다잡았다.

걱정할 것 없어. 나는 운이 좋으니까.

전철 문이 천천히 열렸다.

사키는 등을 쭉 펴고 차분하게 전철에 올라탔다.

"알았지, 마호?"

9시 38분, 사키는 자전거 보관대 뒤쪽 나무에 몸을 숨기고 조용히 입을 열었다.

"이번 일만 잘 되면 다 해결돼. 하지만 만약 실패하면 모두에게 욕을 먹고 나도 전학을 가겠지. ……전학 가는 건 상관없지만 마호와 헤어지는 건 싫어."

사키는 맨션 출입구에 시선을 고정한 채 속삭이는 목소리로 말했다.

"그러니까 무슨 일이 있어도 내가 시키는 대로 해. 걱정 마, 시키는 대로만 하면 분명히 잘 될 거야."

마호가 고개를 끄덕이는 걸 시야 가장자리로 보고 출입구를 다시 확인한 후 사키는 마호 쪽으로 고개를 돌렸다. 청바지 호주머니에서 체온으로 따뜻해진 휴대전화를 꺼냈다.

"마호, 이거 정말 잘 썼어. 고마워."

"이제 없어도 돼?"

사키는 휴대전화를 떠넘기듯 마호의 손에 쥐여주고 웃음을 지었다.

"응, 겨우 내 걸 돌려받았거든. 너무 오래 빌려 써서 미안해."

이제 마호가 증거가 될지도 모르는 연락을 할까 봐 걱정 안해도 된다. 사키는 치뜬 눈으로 마호를 올려다보았다.

"맞다. 다음 주에 디즈니 테마파크에 같이 안 갈래?"

"응?"

"절친이랑 디즈니 테마파크에 가는 게 꿈이었거든. 마호는 가봤어?"

절친이라는 말을 의도적으로 끼워 넣어 들뜬 목소리로 재잘거렸다.

"아, 응. 디즈니랜드에는 가봤는데."

"그럼 디즈니시에 가자. ……실은 아마노랑 사귀기로 했어."

"우와, 대박이네!"

딱딱하게 굳었던 마호의 얼굴이 단숨에 풀어졌다. 사키는 쑥스러운 듯 고개를 숙이며 곁눈질로 출입구를 훔쳐보았다. 가나 아빠는 아직 나오지 않았다.

"전부 마호 덕분이야. 마호 도움이 없었으면 분명히 잘 안 됐을걸. 휴대전화도 그렇지만, 마호가 상담을 해줬잖아. 하지만 남자랑 사귀는 건 처음이라 여전히 어떡해야 좋을지 모르겠어……. 앞으로도 상담해 줄래?"

마호가 기운차게 고개를 끄덕였다. 두 눈이 어느새 반짝거렸다.

"당연하지! 나도 남자랑 사귀어본 적은 없지만."

"그럼 아마노한테 부탁해서 친구 소개해 달라고 할게."

사키는 마호의 어깨에 기대 눈짓했다.

"더블데이트를 하거나 넷이서 여행 가면 재미있겠다."

거기까지 말하고 출입구를 돌아보았다. 시선을 옮겨 맞은편 길을 훑어보고 숨을 내쉬었다. 주먹을 꽉 움켜쥐고 살 떨리는 긴장을 견뎠다. 디즈니 테마파크, 연애 상담, 더블데이트, 여행. 이 약속이 지켜지는 날은 절대로 오지 않는다. 아마노는 실제로 존재하지만 좋아하지는 않고, 이번에도 연락 한 번 해보지 않았다. 하지만 소녀 만화를 좋아하는 마호의 귀에는 더할 나위 없이 매력적인 이야기로 들릴 것이다.

사키는 별생각 없이 고개를 숙였다가 그제야 알아차렸다.

마호가 부츠를 신고 왔다. 순간적으로 피가 거꾸로 솟았다. 얘는 바보인가. 상상력이 그렇게 없나. 남의 집에 숨어들기로 해놓고 신고 벗고 하기 번거로운 부츠를 신다니 어쩌자는 말인가. 사키는 자기 발을 내려다보았다. 발소리가 걱정돼 새로 사서 신은 분홍색에 검은색 물방울무늬가 들어간 발레 펌프스가 눈에 들어와서 더 짜증 났다.

엘리베이터가 도착했음을 알리는 짤막한 전자음이 희미하게 울려 퍼졌다.

사키는 재빨리 왼 손목으로 시선을 내렸다. 9시 45분. 침을 꿀꺽 삼키고 마호를 보며 입에 검지를 댔다. 마호는 무슨 뜻인지 알아들었다는 듯 말없이 고개를 몇 번 끄덕였다.

잠시 후 한 남자가 나타났다.

더부룩하니 흰머리가 섞인 머리를 짧게 깎았고, 지저분하던 수염도 깔끔하게 면도했다. 하지만 사키는 남자가 누구인지 단번에 알아보았다. 심장이 크게 쿵 뛰었다. 손으로 직접 움켜쥔 듯 아파서 숨이 막혔다.

가나 아빠는 맞은편 길로 똑바로 걸어갔다. 왼손을 들어 시계를 확인하고 뭔가 급한 약속이 있는 것처럼 서둘러 모퉁이를 돌았다.

하나, 둘, 셋. 사키는 머릿속으로 천천히 숫자를 헤아린 후 조심스레 일어섰다. 맨션 출입구로 달려가 마호에게 턱짓을 했다. 출입구 반대쪽으로 몇 걸음 나아간 마호가 고개를 저었다.

"괜찮아, 없어."

사키는 대답 없이 몸을 돌렸다. 재빨리 출입구를 통과해 엘리베이터 안쪽에 있는 계단을 뛰어올랐다.

"어, 계단으로 가는 거야?"

당황해서 목소리를 높이는 마호를 무시하고 사키는 단숨에 5층까지 올라갔다. 5층에 멈춰 서서 어깨가 들썩일 정도로 가쁜 숨을 내쉬며 마호의 어깨에 손을 얹었다.

"여기 있어."

그렇게만 말하고 주변을 둘러보며 걸음을 옮겼다. '504 안도'라는 문패를 슬쩍 올려다보고 다시 좌우를 살피며 계량기함 손잡이를 잡았다. 금속음이 크게 울려 퍼져 무심코 몸을 움츠렸다. 다른 소리가 나지 않는 걸 주의 깊게 확인하고 전기 계량기 뒤쪽으로 손을 뻗었다. 손끝에 차가운 감촉이 느껴져 재빨리 일어서서 계량기함을 닫았다. 떨려서 그런지 열쇠 끄트머리가 열쇠구멍 옆에 닿아 틱틱 소리가 났다. 왼손으로 오른손을 잡고 열쇠를 꽂은 다음 힘줘서 돌렸다. 열쇠를 단숨에 뽑고 문을 열며 마호를 돌아보았다. 빨리. 소리 내지 않고 입만 움직여 말하고 먼저 안으로 들어갔다.

종종걸음으로 다가온 마호의 팔을 왼손으로 확 잡아당기고 오른손으로 문을 닫았다. 손을 소맷자락으로 덮고서 자물쇠를 잠그고 신발을 벗어 한 손에 한 켤레씩 들고 복도에 발을 들여놓았다.

예상보다 어두웠다.

"불 켜."

짧게 지시하자 마호는 몸을 벽에 대고 도어 스코프로 들어오는 희미한 빛에 의지해 전등 스위치를 눌렀다. 시야가 확 밝아졌다. 현관에 놓인 흐릿한 오렌지색 프리저브드 플라워(보존용액과 착색을 통해 생화의 질감과 색감을 유지하도록 만든 보존화)와 발밑에 깔린 기하학무늬 현관 매트가 모습을 드러냈다. 마치 사람만이 어느 날 갑자기 사라져버린 것처럼 묘하게 생활감 없는 거실을 지나 문 앞에 멈췄다.

"여기가 가나 방이야."

문 앞에서 물러나며 마호를 돌아보자 마호는 문손잡이를 맨

손으로 덥석 잡더니 문을 열었다. 사키는 우두커니 선 마호 옆을 지나쳐 팔꿈치로 전등 스위치를 눌렀다.

옷걸이에 걸린 교복이 제일 먼저 눈에 들어왔다. 저도 모르게 주춤했지만 다리에 힘을 주어 안쪽에 있는 책상 쪽으로 다가갔다.

"마호, 빨리 책상 뒤져봐."

사키는 침대 옆에 신발을 내려놓고 마호의 등을 밀었다. 무턱대고 서랍부터 열기 시작하는 마호 뒤에서 접혀 있는 노트북을 슬쩍 치우고 소리 나게 숨을 들이마셨다.

"이거……."

"왜?"

옆에서 들여다보는 마호를 보며 사키는 일부러 절박한 목소리로 말했다.

"어쩌지, 마호. 책상에 직접 적어놨어."

마호가 책상에 양손을 짚고 몸을 내밀었다.

"아."

"미안해. 책상에서 메모가 발견됐다는 말밖에 못 들어서…….
어쩌지, 이럼 못 버리잖아."

사키는 마호 옆에서 양손으로 입을 막았다.

어쩌지, 역시 없어. 아마도 사키 짱이랑 마호 짱 짓이겠지만 확실치는 않아. 어디에 떨어뜨렸는지도 모르지. 하지만 없어지기 직전에 마호 짱이 "뭐야, 이거. 촌스럽네" 하고 웃었는데. 도둑맞았다면 화장실에 갔을 때겠지. 왜 그때 들고 가지 않았을까.

사키 짱한테 다시 물어볼까. 하지만 그럼 자길 의심한다고 생각하겠지. 친구를 의심하는 거냐며 화낼 거야. 증거는 없어. 난 왜 이렇게 약해빠진 걸까. 이제 틀렸어. 사키 짱과 마호 짱이 훔쳤다면 벌써 버렸겠지.

미안해, 엄마.

난 엄마보다 사키 짱이랑 마호 짱을 택했어.

일기에서 인용한 듯했다. 가나 글씨를 최대한 흉내 냈으리라. 동글동글하고 약간 오른쪽으로 삐친 글씨가 낯익었다. 가나의 일기와 견주어 가며 한 글자씩 책상에 적는 가나 아빠의 뒷모습이 눈앞에 떠오르는 것 같아 사키는 무심코 책상에서 얼굴을 돌렸다.

여기서 바로 지우자고 하면 부자연스러울까. 마호의 등에 시선을 던졌다. 마호 스스로 깨닫기를 기다려야 할까. 손목시계를 보았다. 9시 53분. 마호는 책상만 내려다볼 뿐 옴짝달싹도 하지 않았다.

"맞다."

사키는 혀를 차고 싶은 기분으로 방을 뛰쳐나갔다. 세면실로 달려가 가나 아빠 말대로 수납 선반에 보란 듯이 놓여 있는 세제와 젖은 걸레를 꺼냈다. 9시 54분. 시간이 없다.

"마호, 이걸로 지울까? 긱정 마, 어떻게든 될 거야."

가나 방으로 돌아가면서 말하다가 입을 다물었다.

마호가 울고 있었다.

소리도 없이 몸을 떨며 눈물로 엉망이 된 얼굴을 하고 멍하니 책상을 바라보고 있었다.

"미안, 사키…… 나 못 하겠어."

사키는 귀를 의심했다. 무슨 소리야. 이제 거의 다 됐는데. 이것만 끝나면 걱정거리가 사라지는데.

"……난 몰랐어. 가나가 이렇게 생각했을 줄이야……. 사키, 우리 가나 아빠한테 사과하지 않을래?"

손끝이 떨렸다. 말이 안 나오고 표정 관리도 안 됐다. 이제 와서 헛소리하지 마. 사과해서 어쩌자고? 넌 그렇다 치더라도 난.

난 어쩌라고.

초조함이 머릿속을 빙빙 맴돌았다. 귓불이 뜨거웠다. 어쩌면 좋지? 어떻게 하면 마호를 마음먹은 대로 조종할 수 있을까. 어떻게 하면 마호를 옷장에 가둘 수 있을까. 궁리하면 할수록 머릿속이 백지장으로 변해갔다. 이럼 안 된다, 진정해야 해.

사키는 의식적으로 숨을 들이마시고 내쉬었다. 9시 55분. 혀로 입술을 적시고 침을 삼켰다.

그때 현관에서 초인종이 울렸다.

뭐야!

사키는 입술을 꽉 깨물어 고함이 튀어나오려는 걸 막았다. 시계를 내려다보았다. 9시 55분. 아직 시간이 남았는데.

설마 시계가 틀렸나?

마치 경고라도 하듯 잠시 후 다시 초인종이 울렸다. 마호가 매달리듯 사키의 팔을 붙잡았다.

"어쩌지, 사키."

현관에서 금속이 가볍게 닿는 소리가 들렸다. 마호가 어깨를 움찔 떨었다. 사키는 마호의 손을 잡고 동요한 눈을 들여다보았다.

"마호, 진정해."

사키는 숨을 삼키고 들고 있던 세제와 걸레를 마호에게 떠맡겼다.

"위험해, 이대로면 들어올 거야. 일단 마호는 이걸 가지고 옷장에 숨어."

"하지만."

"불법 침입한 걸 들키면 사과해 봤자 안 믿어줄걸. 무슨 말을 한들 변명으로 여길 거야. 어떻게 할지 계획을 세워서 신호 보낼 테니까 그때까지는 무슨 일이 있어도 절대로 아무 소리도 내지 마."

사키는 주의를 주고서 얼른 바닥에 둔 신발을 집어 출창으로 향했다. 침대를 밟고 창가 커튼을 들춰 그 공간에 올라갔다. 마호가 창문과 옷장을 번갈아 보는 모습이 커튼 틈새로 보였다. 빨리, 빨리. 주먹을 움켜쥐고 마호를 노려보았다. 마호는 허겁지겁 옷장 문을 열고 들어갔다.

현관문이 열리면서 금속이 삐걱대는 소리가 들리는 것과 거의 동시에 옷장 문이 닫혔다.

사키는 끌어안은 무릎에 턱을 대고 숨을 참았다. 옷장 문을 여는 소리, 마호가 들어가는 소리, 옷장 문이 닫히는 소리. 전부 무시할 수 없는 음량이다. 가나 아빠에게도 들렸다면 지체 없이 이 방으로 올 것이다.

심장이 고동치는 소리가 들렸다. 조용히 해야 하는 건 알지만 거친 숨을 멈추기 힘들었다. 왜 하다못해 불이라도 끄지 않았을까. 애당초 왜 불을 켰을까. 가나 아빠가 더 일찍 돌아올 가능성도 고려했어야 했는데.

그때, 방문이 열렸다.

사키는 눈을 꼭 감았다. 심장이 아플 만큼 세차게 뛰었고 흐

느끼는 소리가 새어 나올 것만 같았다. 발소리를 들으려 해도 귀가 제대로 안 들렸다.

그런데 다음 순간, 방 입구에 서 있던 기척이 스윽 멀어지는 느낌이 들었다. 사키가 머뭇머뭇 눈을 뜨자마자 시야가 어두워졌다. 잠시 후에야 불이 꺼졌음을 깨달았다. 문이 닫히는 소리가 들리자 긴장으로 팽팽했던 마음이 확 풀어졌다.

어째서? 왜 들어오지 않았지.

사키는 위화감을 느꼈다.

아까 왜 초인종을 눌렀을까?

가나 아빠라면 초인종을 누를 필요가 없다. 즉, 가나 아빠가 아니다? 번쩍 떠오른 의문에 사키는 머릿속이 혼란스러웠다. 그럼 방금 그건 누구지? 가나 아빠는 어떻게 됐지? 예정상 슬슬 돌아와도 이상하지 않을 시간인데.

사키는 시간을 확인했다.

9시 58분.

빨리 달아나야 한다. 하지만 아직 거실에서 인기척이 난다. 마호는 어떻게 됐나 싶어 사키는 커튼 틈새로 옷장을 바라보았다.

이쯤이면 옷장 안이 가스로 가득해 눈과 목에 이상이 생기고 숨도 제대로 못 쉴 것이다. 사키는 손목시계를 노려보다 앞니로 아랫입술을 깨물었다.

사키, 우리 가나 아빠한테 사과하지 않을래?

마호의 반응은 완전히 예상외였다. 이제 와서 그딴 소리를 하다니. 그래, 이제 와서. 함께 머리를 맞대고 가나가 '자살'한 이유를 궁리한 게 누군데. 오늘 여기 따라오기로 선택한 게 누군데. 가나가 메모를 남겼다는 이야기를 들었을 때 원망스러운 말이 적혀 있으리라는 것쯤 상상이 가고도 남을 텐데.

난 몰랐어. 가나가 이렇게 생각했을 줄이야…….

위선자. 사키는 속으로 중얼거렸다.

쟤 좀 꼴값이지? 처음 그렇게 말한 건 분명 사키였다. 엄마가 준 건데, 엄마가 잘 어울린다니까, 하며 가나는 툭하면 죽은 지 한참 된 엄마 이야기를 자랑스럽게 꺼냈지만 사키 눈에는 엄마라는 말을 입에 달고 사는 꼴이 몹시 유치해 보였다. 명확한 악의가 있었던 건 아니다. 우스워서 웃었을 뿐이다.

사키의 말에 마호는 몸을 내밀고 크게 고개를 끄덕였다. 아, 동감이야! 마호는 그날부터 가나에게 미소 짓지 않았다.

가나와 같이 놀지 말자고 제안한 것도, 가나의 지갑이 엄마 유품인 줄 알면서 훔쳐서 버린 것도, 도시락에 가루 낸 매미 허물을 섞어서 먹인 것도, 가나에게 셋이서 함께 찍은 사진을 버리라고 강요한 것도, 간호사인 엄마에게 물어서 가나 엄마가 어쩌다 죽었는지 알아낸 것도, 그걸 가나에게 들려준 것도 전부 마호다. 마호가 스스로 결정해서 한 짓이다.

따돌림당했는데 슬프지 않을 리 없다. 엄마 유품을 도둑맞았는데 낙담하지 않을 리 없다. 매미 허물을 먹고 싶을 리 없고, 자신이 사진에 같이 찍혀 있는 것만 봐도 기분 나쁘다는데 상처 입지 않을 리 없다. 자기가 태어나는 바람에 엄마가 죽었다는 걸 알면 충격받는 게 당연하다.

그럴 줄 몰랐다는 게 말이 돼?

격한 분노가 솟구쳐 누가 조른 것처럼 목이 꽉 메었다. 세상의 소리가 사라지고 강한 이명이 생겼다.

사키는 초점이 맞지 않는 눈을 깜박이며 시간을 확인했다. 9시 59분. 커튼 한 장 너머에 있는 방의 정적은 깨질 낌새가 없다. 25초, 30초, 35초. 애태우듯 천천히 돌아가는 초침을 보며 온 마음을 다해 빌었다.

아아, 부디, 부디 가나 아빠가 돌아오지 않기를. 빨리 누군지 모를 저 사람이 어서 돌아가기를. 이대로 마호가 가만히 있기를. 옷장에서 뛰쳐나오지 않기를.

그로부터 아득하게 긴 시간이 흐르고, 정확히 10시 1분 48초에 현관문이 열리는 소리가 들렸다.

고요한 방에서 12초를 더 기다린 후 사키는 조심스레 커튼을 젖혔다. 시큰거리는 무릎을 천천히 펴고 물방울무늬가 들어간 침대 커버에 발끝을 내려놓았다.

침대 스프링이 희미하게 삐걱거렸다. 경직된 얼굴을 하고서

카펫으로 내려와 옷장 앞으로 갔다. 손을 뻗다가 도중에 멈췄다.

마호가 옷장에 들어간 지 7분. 시간이 이만큼 흘렀으니 마호는 벌써 죽었을 것이다. 그렇게 생각한 순간 발치부터 오한이 기어올랐다.

내가…… 내가 마호에게 함정이 설치된 옷장에 들어가라고 했다.

당황하여 고개를 저었다. 아니다. 마호 스스로 선택했다. 원인 모를 호흡 곤란보다 외톨이가 되는 걸 무서워했다. 그건 마호 본인의 선택이다.

사키는 떨리는 손을 내리고 몸을 돌렸다. 호주머니에서 손수건을 꺼내 문손잡이를 감싸고 미끄러지지 않도록 힘주어 돌렸다.

가나도 그렇다. 그렇게 같이 지내기 싫었으면 멀어지지 그랬나. 외톨이가 되기 싫으면 다른 그룹에 들어가도 되고, 이제 와서 다른 그룹에 들어가기 애매하다면 아빠에게 부탁해 전학 가는 방법도 있었다.

하지만 가나는 상황을 바꾸기 위한 노력을 전혀 안 했다. 오로지 비극의 여주인공이라는 입장에 취해 몸을 웅크린 채 폭풍이 알아서 지나가기만을 기다렸다.

사키는 어금니를 꽉 물었다. 나하고는 상관없다. 둘 다 멋대로 죽었을 뿐.

"사키?"

갑자기 들려온 목소리에 사키는 몸을 들썩했다. 엉겁결에 손수건을 바닥에 떨어뜨리고 눈을 크게 떴다.

"이제 괜찮은 것 같아?"

대번에 머릿속이 새하얘졌다. 어째서, 설마, 왜. 굳어버린 손으로 시선을 떨어뜨렸다. 10시 2분.

옷장 문이 뻑뻑한 레일에 걸리며 열리는 소리가 났다. 사키는 표정을 바꿀 여유도 없이 고개만 돌렸다.

마호가 서 있었다.

"깜짝 놀랐네."

"······마호."

"일단 빨리 나가는 편이 좋겠지?"

어째서? 설마 함정이 작동하지 않았나? 농도가 너무 옅었나? 사키는 마호를 밀쳐내고 어두운 옷장을 들여다보았다. 세탁 커버를 씌운 겨울용 코트가 눈에 들어왔다. 그 옆에는 기장이 긴 촌스러운 세일러복, 그리고 속옷과 티셔츠가 비쳐 보이는 옷상자가 있었다. 바닥에는 걸레와 세제가 떨어져 있을 뿐 이상한 냄새는 나지 않았다.

"사키? 왜 그래?"

소리굽쇠를 두드렸을 때처럼 가늘고 길게 뻗어나가는 고음이 귓전을 때리고 시야가 어두워졌다. 다시 눈을 뜨고 나서야 조금 전에 눈을 감았었다는 사실을 깨달았다. 뭐가 어떻게 된 거지? 땀이 등을 타고 쭉 흘러내렸다. 섬뜩함이 기어올라 몸이 마구 떨렸다.

일단 도망쳐야 한다. 사키는 무릎을 꿇고 손을 뻗어 걸레와 세제를 집었다. 마호에게 넘겨준 후 옷장을 닫고 마호의 손을 세게 잡아당겼다.

"아, 사키."

"얼른 나가자."

"어, 저거, 손수건은."

거실 중간까지 왔을 때 마호의 말에 걸음을 멈추고 부리나케 몸을 돌렸다. 가나 방 입구에 표범 무늬 손수건이 떨어져 있었다. 사키는 마호의 팔을 놓고 가나 방으로 달려갔다.

그때 현관에서 소리가 났다. 금속끼리 맞닿는 소리를 듣고 사키는 즉시 방으로 들어갔다.

"숨어!"

작게 외치고 손수건을 주워 다시 출창으로 향했다. 침대로 뛰어올라 양쪽 커튼 틈새로 몸을 들이밀었다. 커튼이 레일을 미끄러지는 소리가 났다. 무릎을 대고 허둥지둥 창가로 올라갔다. 재빨리 몸을 돌려 살짝 벌어진 커튼 위쪽을 잡고 살그머니 틈새를 여몄다. 뒤늦게 옷장이 닫히는 소리가 났다.

어깨를 들썩거리며 시계를 내려다보았다. 10시 4분.

거실 소파에 뭔가 내려놓는 소리가 들렸다. 사키는 이가 맞부딪치는 소리가 난다는 걸 알고 허둥지둥 잇새에 혀를 끼웠다. 목소리가 새어 나오기 직전에 꾹 참았다.

그 순간 갑자기 시야가 밝아졌다.

옷장이 열리는 소리.

마호의 작은 비명소리.

"누구 있어?"

나지막한 남자 목소리가 방 안에 울려 퍼졌다.

3

11월 11일 오전 9시 42분 오자와 사나에

사나에는 베타 전문점 트래디셔널 앞에서 발을 멈췄다. 펌프스 뒷굽이 땅을 찍는 작고 날카로운 소리가 귀를 때렸다.

멋들어진 글씨체로 적힌 '오직 당신만의 베타가 여기 있습니다!'라는 문구와 함께 지느러미를 활짝 펼친 코발트블루 하프문의 사진을 보자 기대감이 근질근질 솟구쳤다. 음미하듯 잠시 서 있다가 거창한 간판과는 어울리지 않게 꾀죄죄한 가게로 들어갔다.

"어서 오세요."

점원의 늘어지는 목소리에 사나에는 어깨를 움찔했다. 가볍게 인사하고 늘어선 수조로 눈을 돌렸다. 쇼 베타 머스터드 그린, 퓨어 레드 크라운 테일, 플래티넘 블루마블 슈퍼 델타, 플라캇 풀메탈, 자이언트 플라캇 팬시 드래곤, 트래디셔널 베타 블랙, 야생 베타 페르세포네, 야생 베타 알비마지나타. 사나에는 황홀한 기분으로 빽빽하게 늘어선 수조를 차례대로 들여다보았다.

어느 애일까. 아아, 다들 예쁘다.

"뭘 찾으세요?"

목소리가 들리는 방향으로 고개를 돌리자 처음 보는 청년이 서 있었다. 짧은 머리와 볕에 그을린 앳된 얼굴, 키는 사나에와 별 차이 없었지만 팔뚝은 어마어마하게 굵었다.

"……아니요, 안 찾는데요."

사나에의 대답에 웃음 띠던 청년의 얼굴이 굳어졌다.

"네?"

의아하다는 듯 청년의 표정이 흐려졌다. 어떻게 설명하면 될까 사나에는 고민했다. 숄더백을 열어 바로 눈에 띈 우편 엽서를 꺼냈다. 한밤의 대나무 숲처럼 평온해 보이는 수초 앞에서 선명한 파란색과 노란색 지느러미를 펼치고 있는 더블테일 베타 엽서다. 뒤집어 볼 것도 없이 기억이 되살아났다.

지금까지 정말 고마웠어.

겉과 속이 똑같고 늘 올곧은 사나에 씨 덕분에 얼마나 위안을 얻었는지 모르겠네.

당신한테 보답을 하려니 이것밖에 안 떠오르더라고.

11월 11일 오전 10시에 이 가게에 받으러 가.

마음에 들면 좋겠다.

엽서에 이름이 없는데도 안도가 보낸 줄 알아차린 건 글씨체가 낯익었기 때문이다. '카か'와 '타た'에 특징이 있는 글씨. 결코 읽기 쉽지는 않지만 공들여 썼다는 게 전해지는 그 글씨체를 사나에는 좋아했다.

이제 우리 집에 오지 마.

거실에서 끌어안겨 애무를 당한 다음 날, 안도는 그렇게 말했다. 지금까지도 "이제 안 와도 돼"라고 한 적이 몇 번 있었지만, 허가와 금지의 표현은 사나에의 마음에 전혀 다르게 와닿았다.

역시 화가 난 것이라고 사나에는 생각했다.

안도가 애무할 때 놀랍지도 혐오스럽지도 않아서 신기했다. 오히려 내심 바란 것 같기까지 했다. 안도가 꽉 끌어안자 기분이 좋았고, 가슴을 만지자 몸속이 저릿저릿했다. 머리가 멍하

고 늘 주변을 주의 깊게 관찰하던 의식이 희미해져 사라질 것
만 같았다.

그래서 안도가 갑자기 손을 멈추자 자신이 또 뭔가 이상한
짓을 한 게 아닐까 불안해졌다. 화난 걸까, 슬픈 걸까, 난처한
걸까, 재미있어하는 걸까. 하지만 안도가 표정 변화 없이 아무
말도 하지 않아 힌트를 얻지 못했다.

그럴 때의 대처법을 사나에는 미리 정해 두었다. 일단 물러
난다. 그 자리를 떠나 주고받은 말을 떠올리며 심리의 흐름을
분석한다. 시간을 들이면 어느 정도는 힌트가 생긴다는 걸 사
나에는 경험으로 알고 있었다.

하지만 집에 돌아온 뒤에도 답은 찾지 못했다. 하는 수 없이
본인에게 물어보려고 다음날 안도 집에 갔지만 주어진 것은
이제 오지 말라는 거부의 말뿐이었다.

왜 화가 났느냐고, 내가 뭘 잘못했느냐고 사나에는 안도에
게 따지듯이 물었다. 하지만 안도는 대답하지 않았다. 그런 거
아니다, 화 안 났다, 당신은 잘못 없다, 내가 나쁜 거다. 안도는
그렇게 말하면서도 문은 열어주지 않았다. 신문 구독을 억지로
권유하러 온 사람을 대하듯 문틈으로 미안하다, 당분간 내버려
둬라, 내가 나중에 연락하겠다는 말만 되풀이했다.

베타는 어떻게 하느냐고 대들자 사육 지침서를 사 왔으니까
괜찮다, 모르는 게 있으면 물어보겠다, 이제 한 수조에는 넣지

않겠다고 준비한듯 술술 대답했다. 그럴 수는 없다, 안도 씨 어머님에게 부탁받았다고 간신히 반론하자 자기가 연락하겠다고 받아쳤다.

결국 사나에는 발걸음을 돌릴 수밖에 없었다. 오늘 식사라며 전골 요리와 밥이 든 밀폐 용기를 건네고 집으로 돌아왔다.

그로부터 일주일은 무미건조하게 지나갔다. 출근, 연구와 수업, 빈 시간에 사무 작업, 퇴근. 덤덤히 밥을 먹고 가져온 논문을 읽으며 시간을 보내다가 목욕하고 잠자리에 들었다.

예전처럼 학생의 질문에 답할 때 말고는 남과 거의 대화하지 않는 나날로 돌아갔을 뿐이었다. 하지만 그렇지 않은 상태에 익숙해진 탓인지 이전 생활이 묘하게 아쉽게 느껴졌다. 습관처럼 두 사람 몫의 식사를 준비했다가 전부 혼자 먹은 적도 있었다.

퇴근해 집에 돌아와 우편함에 엽서가 들어 있는 걸 보고 사나에는 하늘로 날아오르는 기분이었다. 엽서에 적힌 내용이 거절의 말도 영문 모를 사과의 말도 아니라서 기뻤다. 이제 화가 풀렸나 보다 싶어 한숨이 나올 만큼 안심했다.

11월 11일 오전 10시, 트래디셔널.

사나에는 즉시 화이트보드에 큼지막하게 글자를 적었다. 오랜만에 설레는 일정이었다.

그때 느꼈던 감정까지 떠올리며 사나에는 점원을 향해 돌아섰다.

"오자와 사나에라고 해요. 베타를 예약해 놨을 텐데요. 예정된 시간보다 16분쯤 이르지만요."

"아, 혹시 단골이세요?"

청년이 가슴 앞에다 두 손을 벌리며 두 걸음 물러섰다. 사나에는 그 뜻 모를 행동이 당황스러웠다. 단골? 잠깐 생각하다 입을 열었다.

"아니요, 일곱 번 왔는데요."

"단골 맞네요!"

청년이 눈을 동그랗게 뜨고 목소리를 높여서 사나에는 살짝 겁을 먹었다. 하지만 청년은 개의치 않고 고개를 끄덕거렸다.

"미처 몰라봤네요. 저는 지난주부터 아르바이트를 시작했거든요. 단골손님 중에 이렇게 미인이 계셨구나."

사나에는 이 청년이 지금 말을 걸고 있는 게 맞는지 미심쩍었다. 아니면 혼잣말을 하는 걸까. 판단이 서지 않았으므로 일단 입을 다물었다.

"오자와 씨라고 하셨죠. 잠깐만 기다리세요."

청년이 그렇게 말하며 계산대 뒤로 돌아가 쪼그려 앉았다.

시야에서 사라지는가 싶더니 쑥 다시 나타났다.

"오자와 사나에, 이 한자 맞죠?"

청년이 작은 종이쪽지를 쳐들었다. 사나에는 고개를 내밀어 메모를 들여다보고는 굳어버렸다.

오자와 사나에 씨. 예약. 자이언트 플라캇 에메랄드 드래곤

"……플라캇."

"아아, 네. 쇼 베타나 트래디셔널에 비하면 지느러미는 짧지만 예쁘답니다."

"나중에 다시 올게요."

"네?"

청년이 놀라서 소리치는데도 아랑곳없이 사나에는 몸을 돌렸다. 침침한 점포를 뒤로하고 그대로 성큼성큼 걸어 나갔다.

4

"누구 있어?"

안도는 옷장 문을 열고 구석에 웅크린 소녀를 내려다보았다.

"신카이 마호 맞지?"

양손으로 막듯이 머리를 끌어안은 마호는 그저 고개만 좌우로 내저을 뿐 대답하지 않았다. 그 모습이 마치 엄마에게 혼날까 봐 무서워서 도리질하는 아이처럼 어려 보였다. 안도는 무표정한 얼굴로 숨을 내쉬고 옷장 손잡이를 놓았다.

방을 둘러보자 노트북이 앞쪽으로 조금 밀려 있었다. 연분홍색 커튼은 집을 나섰을 때와 변함없어 보였지만, 자세히 보니 끄트머리가 부자연스럽게 들려 있었다.

안도는 한 발짝 한 발짝 꾹꾹 내디뎌 출창으로 다가갔다. 커튼을 잡고 옆으로 확 젖혔다.

두꺼운 천 사이에서 비명이 터져 나왔다.

창가에 가늘고 긴 팔다리를 구부리고 몸을 한껏 웅크린 창백한 얼굴의 소녀가 있었다. 여드름 하나 없이 투명하고 흰 피부, 쌍까풀이 뚜렷하고 빠져들 것처럼 큰 눈, 앙증맞은 코와 예쁘게 꼭 다문 입. 그 모든 것이 균형 있게 자리 잡은 조그마한 얼굴 밑으로 날씬한 몸이 이어졌다.

가나의 일기에 적혀 있었던 대로 연예인 같은 외모다.

"역시 너였구나."

안도는 힘없이 중얼거렸다. 귀가 먹먹하니 거칠거칠한 자신의 목소리가 몹시 흐릿하게 들렸다. 감정이 묘하게 고조됐다. 땅이 갑자기 물렁해져 푹푹 꺼지는 것처럼 안정감이 없었다.

사키는 큰 눈을 멍하니 뜬 채 미동도 하지 않았다. 안도는 자칫하면 현실에서 멀어질까 봐 의식을 열심히 붙잡았다.

가나를 부르는 호칭이 다르다는 걸 알아차렸을 때 뭔가 이상하다 싶었다.

가나는 유서를 안 남겼죠?

집에 온 소녀는 분명히 딱 한 번 그렇게 말했다.

친구를 평소에는 이름으로 부르지 않더라도 친구 아빠 앞에서 이름으로 바꾸어 부르는 심리는 이해가 간다. 하지만 소녀는 처음부터 가나를 안도 자매라고 불렀다. 가나라고 부른 건 딱 한 번뿐. 가나 짱이 아니라 가나.

그게 뭘 의미하는가.

확신은 없었다. 착각일지도 모른다는 마음도 남아 있었다. 하지만 한 번 떠오른 의혹은 쉽게 떨쳐낼 수 없었다.

반 아이들이 가나에게 보낸 편지 중에 가나라고 호칭을 쓴 사람은 그 둘뿐이었다.

안도는 편지를 다시 읽었다. 일단 기바 사키와 신카이 마호의 편지를, 그리고 사사가와 나나오의 편지를.

저는 안도 자매가 자살한 게 아니라고 믿습니다. 운명을 시험할 요량으로 난간에 섰다가 실수로 떨어진 게 아닐까 싶습니다. 스스로 시험에 드는 건 무거운 죄지만, 그게 안도 자매가 천국에 가지 못할 이유는 아닐 겁니다.

'하나님이 세상을 이처럼 사랑하사 독생자를 주셨으니 이는 저를 믿는 자마다 멸망치 않고 영생을 얻게 하려 하심이라(요한복음 3장 16절).'

— 사사가와 나나오

다시 읽어보니 자신의 종교관을 바탕으로 거리를 두고 가나의 죽음을 분석하는 사람이 선향을 피워 올리러 일부러 집까지 찾아오지는 않을 것 같았다.

안도는 집에 온 소녀가 뭘 어쨌는지 신중하게 떠올렸다. 선향을 피워 올리고 싶다고 했다. 내내 고개를 숙이고 있었다. 유서와 일기가 없었는지 물었다. 부정하자 돌아가려 했다. 있을지도 모르겠다고 하자 머물렀다.

안도는 구르다시피 거실을 뛰쳐나가 가나의 방으로 갔다. 불도 켜지 않고 책상 서랍에 달라붙어 가나의 앨범을 꺼냈다.

앨범 십여 권을 끌어안고 거실로 돌아와 좌탁에 펼쳐놓은 채 한 장 한 장 자세히 사진을 들여다보았다. 수백 장의 사진 중에서 며칠 전에 본 얼굴을 찾으려 애썼다.

하지만 그 얼굴은 어디에도 보이지 않았다. 애당초 고등학교에 들어가서 찍은 사진이 거의 없었다. 안도가 산 입학식 기념 앨범도 사라졌다.

어째서. 왜 이렇게 사진이 적지. 왜 지금까지 몰랐을까.

안도는 명부를 꺼내고 학생들이 가나에게 보낸 편지를 뒤적였다. 그중 제일 편한 마음으로 읽었던 편지를 쓴 와타나베 미카라는 이름을 명부에서 찾았다. 기재된 집전화번호로 전화를 걸자 미카의 엄마인 듯한 여자가 받았다.

미카 엄마는 갑작스러운 전화에 당황한 낌새였지만 안도가 딸의 사진을 한 장이라도 더 보고 싶다며 부탁하자 기꺼이 입학식 기념 앨범을 빌려주었다.

앨범을 보자 집을 찾아왔던 소녀의 정체는 바로 드러났다. 가나를 죽게 만든 원인을 제공해 놓고 뻔뻔하게 다른 사람을 사칭해 선향을 피워 올린 기바 사키. 사키는 가나가 남긴 일기를 모조리 보고도 반성하기는커녕 거듭 거짓말을 늘어놓았다.

그래서 안도는 계속 속는 척하며 사키에게 가짜 계획을 말하기로 한 거였다.

"넌…… 얘도 잘라내기로 한 거구나."

안도가 나지막이 말하며 마호에게로 눈을 돌렸다. 마호는 불안하게 시선을 이리저리 돌리다가 매달리는 듯한 눈빛으로 사키를 쳐다보았다.

"어떻게 그렇게까지 할 수 있는 거지?"

사키는 고개를 숙인 채 아무 대답도 없었다.

"……무슨 소리야?"

마호가 가냘픈 목소리로 말했다.

"저기, 사키. 이 사람이 뭐라는 거야?"

마호는 울어서 부은 얼굴로 사키를 바라보며 옷장에서 엉금엉금 기어 나왔다. 입도 벙긋 않는 사키 대신 안도가 대답했다.

"가나를 왕따시킨 아이들을 죽이기 위해 독가스가 발생하는 함정을 만들었다…… 아니, 만들겠다는 이야기를 얘한테 했어.

실제로는 아무 장치도 하지 않았지만 옷장에 몇 분만 갇혀 있어도 죽을 거라고 애는 믿었을 거야."

마호의 눈이 찢어질 듯 휘둥그레졌다. 옷장과 사키를 번갈아 바라보고 소리 없이 입만 움직여 그게 무슨, 하고 말했다.

마호는 전혀 몰랐을 것이라고 안도는 새삼 생각했다. 기바사키는 계획을 역이용할 방법을 찾아냈다. 딸이 따돌림당했다는 사실을 아는 아빠와 무슨 짓을 했는지까지 상세하게 알고 있는 신카이 마호, 그리고 가나가 남긴 일기. 자신의 죄를 폭로할지도 모르는 세 가지 위험 요소를 한꺼번에 없앨 방법을.

"말했지? 시험해 보고 싶었다고. 반성한다면 숨어들지 않고 시간에 맞춰 올 테고, 메모를 처분하려 들지도 않겠지. 도중에 생각을 바꾸면 돌이킬 수 있게끔 선택지를 준 거야. 과연 그래도 반성하지 않을 것인가."

안도는 거기서 말을 멈추고 사키를 똑바로 쳐다보았다.

"모든 증거를 없앨 수 있는 귀가 솔깃한 계획을 듣고도 몹쓸 마음을 품지 않을 것인가."

사키는 옴짝달싹도 않고 허공만 바라보았다. 마호가 공허한 눈을 바닥으로 향한 사키에게 한 발짝 다가섰다. 안도는 갑자기 콧속이 찡하니 아파서 숨을 들이마셨다.

"넌 가나의 일기를 읽었어. 가나가 어떤 심정이었는지 내 옆에서 전부 봤잖아. 안도 자매는 얼마나 힘들었을까. 네가 한 말이야."

안도의 목소리가 서서히 떨리기 시작해 마지막에는 말을 잇지 못할 지경이었다. 결국 참지 못하고 왼쪽 눈에서 눈물이 흘러내렸다. 뜨거운 감촉이 뺨을 타고 미끄러졌다.

"그런데 왜…… 왜 반성을 못 해?"

사키는 감정이 모조리 봉인된 것처럼 무표정을 유지했다.

안도는 불현듯 깨달았다. 아무리 떠들어도 눈앞의 이 아이에게는 닿지 않는다는 것을. 말은 하면 할수록 한마디 한마디가 얄팍해져 무게감을 잃는다.

그래도 안도는 말을 쥐어 짜냈다.

"……왜 가나였어? 가나가 뭘 어쨌는데? 가나는 사키 짱은 예쁘고 노래도 잘하고 몸매도 좋은 게 정말 연예인 같다고."

사키가 조그마한 얼굴을 움찔했다.

"사키 짱이라면 반드시 연예인이 될 수 있을 거라고 진심으로 말했는데."

"그만해요."

그제야 사키가 입을 열었다. 안도는 놀라서 눈이 살짝 커졌다.

"그게 무슨 상관인데요."

사키는 툭 내뱉듯이 말했다. 마침내 반응이 돌아오자 안도는 몸을 내밀었다.

"무슨 상관이냐니. 가나한테 장래의 꿈까지 이야기했잖아? 그렇게 사이가 좋았으면서."

"그만하라고요!"

사키는 소리를 빽 지르더니 어쩐지 두려워하는 듯한 시선을 마호에게 던졌다. 안도도 따라서 마호를 보았다. 마호는 멍한 표정으로 사키를 바라보았다.

"아니야."

안도는 사키에게 시선을 되돌렸다. 사키의 귓불이 빨갰다.

"가나의 일기에 적혀 있었잖아. 너도 봤으면서."

"그런 말 한 적 없어요!"

사키가 고개를 휘휘 저었다.

"뭐야 그게."

마호가 떨리는 목소리로 작게 말했다. 사키가 고개를 번쩍 들었다. 허공을 쳐다보는 마호의 두 눈에 눈물이 어렸다.

"……난 그런 이야기 못 들었는데."

"아니라고 했잖아! 연예인이 되고 싶다니, 내가 진심으로 그딴 꿈을 품을 것 같아? 만약 그랬다면 지금쯤 이미."

사키는 속사포처럼 말을 내쏘다가 급히 입을 다물고 이제 마호는 쳐다도 보지 않겠다는 듯 고개를 푹 숙였다.

"일기는 매스컴에 넘길 거야."

안도는 노트북 앞에 버티고 서서 말했다. 사키의 얼굴이 굳어졌다.

"그런……."

"반성한다면 일기를 지우겠다고 했어. 하지만 손톱만큼도 반성을 안 하잖아."

안도는 말하면서 사키의 팔을 세게 잡아당겼다. 사키의 입에서 비명이 새어 나왔다. 그대로 질질 끌다시피 거실로 데려갔다. 시야가 침침해지며 묘하게 어지러웠다. 다큐멘터리 영화 화면이라도 보는 것처럼 현실감이 느껴지지 않았다.

안도는 허리를 구부려 오른손으로 재떨이를 잡았다. 꽁초가 수북한 손바닥 크기의 유리를 아무렇게나 들자 담뱃재와 꽁초가 우수수 떨어졌다.

어떻게 하면 가나의 원통함을 씻을 수 있을까.

어떻게 하면 애들이 반성할까.

가나가 따돌림당한 걸 알았을 때부터 되풀이해 스스로에게 물었다. 가나가 돌아오지는 않을지언정 이 아이들이 반성하고 다시는 이런 짓을 하지 않는 인간으로 다시 태어난다면 가나의 죽음이 완전히 헛되지는 않는 셈이다. 그런 생각에 매달리고 싶었다.

그런데 반성이란 뭘까?

안도는 고개를 들어 사키를 보았다. 사키는 마룻바닥에 떨어지는 담뱃재를 쳐다보고 있었다. 안도가 팔을 붙잡은 손에 힘을 주자 사키의 예쁘장한 얼굴이 흉하게 일그러졌다. 반사적으로 팔을 빼내려 한 것 같았지만 안도는 용납하지 않았다. 사키는 팔을 붙잡힌 채 몸만 뒤로 뺐다.

"잠깐만, ……잠깐만요. 반성, 할게요."

안도는 재떨이를 획 쳐들어 망설임 없이 텔레비전을 내리쳤다. 요란하게 깨지는 소리와 함께 담뱃재가 허공에 풀풀 날리고 유리 조각이 이리저리 튀었다. 끽소리도 못 내고 몸만 움츠린 사키 대신 어느 틈엔가 따라온 마호가 외마디 비명을 질렀다.

안도는 바닥에 무릎을 꿇고 바들바들 떠는 사키를 무표정하게 내려다보았다.

사키는 결코 마호 쪽을 보려고 하지 않았다. 마호가 있다는 걸 잊어버렸기 때문이 아니라, 자신이 마호 앞에서 비참한 꼴을 당하고 있음을 인정하고 싶지 않기 때문이라는 걸 안도는 알아차렸다. 온몸으로 관객의 시선을 감지하는 사키는 자기가 보여주고 싶은 모습과 현재 모습의 괴리감에 안절부절못하고 있었다.

비로소 제 나이에 걸맞게 겁을 먹은 사키를 보았지만 기쁨도, 안도감도, 애처로움도, 후회도, 짜증도 일지 않았다. 그저 강한 허탈감만이 밀려왔다.

애는 지금 뭘 겁내는 걸까.

일기를 매스컴에 넘기는 거? 직접적인 폭력? 하지만 어느 쪽이든 단순한 공포에 지나지 않는다. 싫은 걸 회피하기 위한 합리적인 반응에 불과할 뿐 진심으로 반성하는 건 아니다.

그런데 반성이란 뭘까? 똑같은 의문이 다시 고개를 쳐들었다.

자기가 저지른 죄를 자각한다?

후회한다?

가나에게 미안함을 느낀다?

다시는 그러지 않겠다고 맹세한다?

그러면 나는 만족할까. 그래서 나는 이 아이를 몰아붙이려는 걸까.

아니다.

"반성에 무슨 의미가 있어."

설령 얘들이 진심으로 반성한들 가나는 다시 돌아오지 않는다.

안도는 양손으로 사키의 팔을 붙잡고 베란다로 끌고 갔다. 사키의 무릎이 베란다 문틀에 부딪쳐 둔탁한 소리가 났다. 사키는 베란다 콘크리트 바닥에 풀썩 엎어졌다. 아마도 분명 멍이 심하게 들 것이다. 안도는 머리 한구석으로 그런 생각을 하며 세게 잡고 있던 팔을 놓고 사키를 일으켜 세웠다.

"넌 왜 아직도 살아 있는 거야!"

사키의 뒤통수를 움켜쥐고 베란다 바깥쪽으로 밀었다. 사키가 쉰 목소리로 비명을 내질렀다. 흐트러진 머리카락에서 빠진 머리핀이 베란다 너머 저 멀리 땅바닥으로 떨어졌다. 빨려드는 것처럼 곧장 땅에 부딪쳐 소리를 내며 박살 났다. 사키가 양손으로 베란다 난간을 붙들었다. 아르 데코풍의 가느다란 금속이 삐걱대는 소리가 들렸다.

괴로운지 사키의 얼굴이 일그러지고 이마에 땀이 맺혔다.

"그, 그만해…… 왜 이런."

"가나도 몇 번이나 그렇게 말했을 거야. 그런데 너희가 그만뒀어? 안 그만뒀잖아? 너희는 가나를 죽을 때까지 몰아붙였어."

안도는 팔에 힘을 주어 반항하는 사키의 머리를 짓눌렀다. 사키가 악다문 잇새로 목소리를 밀어냈다.

"하지만…… 내가 떨어뜨린 게 아니야."

안도는 움직임을 멈췄다. 초점이 흔들리는 게 남의 일처럼 느껴졌다. 사키가 쏜살같이 난간에서 물러나는 걸 보고서야 자기 팔에서 힘이 빠졌음을 알아차렸다. 베란다 문에 등을 세게 부딪친 사키는 거친 숨을 몰아쉬며 흐트러진 옷과 머리카락을 바삐 매만졌다. 이미 엎질러진 물을 주워 담으려 하는 듯한 그 필사적인 모습을 안도는 멍한 눈으로 바라보았다.

얘는 가나를 괴롭혔다. 하지만 가나를 난간으로 끌고가지도, 가나의 등을 떠밀지도 않았다.

그러니 앞으로도 평생 심판받지 않겠지.

안도는 삐걱거리는 목을 천천히 젖혀 하늘을 올려다보았다.

마치 빨려 들어갈 듯이 얼어붙은 다리를 움직여 난간에 한 발짝 다가섰다.

애한테 합당한 벌은 뭘까. 저지른 죄에 주어져야 할 벌은 뭘까. 내내 생각해 왔다.

안도는 힘 빠진 팔을 움직여 호주머니에서 휴대전화와 명함을 꺼냈다. 〈주간 라이트 편집부〉라는 글씨 밑에 있는 숫자를 휴대전화에 입력하기 시작하자 비스듬히 뒤쪽에서 작게 숨을 삼키는 소리가 들렸다. 안도는 마지막 숫자까지 입력하고 사키를 돌아보았다. 사키의 시선은 안도의 손가락에 못 박혀 있었다.

"⋯⋯그거."

"고등학생의 자살에 대해 조사하고 있다던데. 한 번은 거절했지만 취재에 응하기로 했어."

사키가 핏발 선 두 눈을 부릅뜨고 입술을 바들바들 떨었다. 안도는 사키에게 보이게끔 통화 버튼을 누른 후, 휴대전화를 귀에 대고 등을 돌렸다. 연결음이 울렸다. 길게 늘어지는 전자음에 귀를 기울이다 전화가 연결되었다. 말을 꺼내려는 바로 그 순간, 등에 강한 충격을 받았다.

난간에 배를 찍혀 숨이 턱 막혔다. 그대로 찍소리 한 번 못 내고 상체가 난간 너머로 기울었다. 풍경이 크게 흔들리고 팔이 허공을 휘저었다. 발이 베란다 바닥에서 떨어지며 몸이 순식간에 난간을 넘어갔다.

떨어진다.

그렇게 생각한 순간 얼굴에 돌풍이 몰아치고 온몸의 모공이 열렸다. 뭔가로 쑤시는 것처럼 심장이 아팠다.

매끈한 감색 보닛이 저 멀리 보였다. 현관에서 희미하게 초인종 소리가 울렸다.

사나에 씨.

머릿속에 사나에가 떠올라 숨이 막혔다. 화난 것처럼 보이는 무표정한 얼굴, 좋아하는 화제에 관해 이야기할 때의 유창한 말투, 가나가 죽은 날 택시 조수석을 내리치던 하얀 주먹······.

지금 사나에가 여기 올 리 없다. 사나에는 베타 전문점에 있을 테고, 예약된 베타를 받아서 여기로 직행하더라도 이 시간에는 못 온다.

그러길 바랐다. 다시는 사나에를 끌어들이기 싫었다. 그런데 왠까, 마지막으로 한 번만 더 사나에를 보고 싶었다.

인간관계가 힘들어 세상살이가 녹록지 않은, 그렇지만 늘 열심히 애쓰는 사람.

안도는 속으로 바랐다.

강하고 아름다운 그 물고기가 사나에에게 위안이 되면 좋으련만.

슬로 모션처럼 천천히 흘러가는 풍경 속에서 안도는 고개를 비틀어 베란다를 올려다보았다.

사키는 눈을 크게 뜬 채 팔을 뻗은 자세로 미동도 없었다. 경악에 찬 그 얼굴 뒤편에 양손으로 입을 막은 신카이 마호가 보였다.

그럼 이번에는 네가 선로 위쪽 다리에 B씨와 함께 있다고 치자. 아주 뚱뚱한 B씨를 선로에 떨어뜨리면 광차가 멈춰서 다섯 명은 살 수 있어. 넌 말라서 광차를 멈추게 할 힘이 없고. B씨는 무슨 상황인지 몰라서 스스로 행동에 나서지는 않지만, 널 경계하지도 않으니까 실패할 염려는 없지. 그럼 네가 B씨를 선로에서 떨어뜨리는 건 용납되는 행위일까?

그건 아무래도 도가 지나친 짓 아닐까요.

늘 자신의 손을 더럽히지 않고, 책임을 면할 수 있는 방법만 선택해 온 기바 사키.

사키가 입을 벌리고 난간에서 몸을 내미는 움직임 하나하나가 뇌리에 새겨졌다. 매니큐어를 칠하지 않은 것 같은데도 윤기 있게 빛나는 손톱까지 마치 눈앞에 들이댄 것처럼 뚜렷하게 보였다.

개성 없이 줄지은 베란다들 너머에 깊은 하늘이 펼쳐져 있었다. 드문드문 떠 있는 조그마한 구름과 옅은 물색 하늘을 아무렇게나 가로지르는 무수한 전선. 그건 안도가 매일 바라본 풍경과 거의 똑같았다.

퇴근하고 주차장에서 나와 올려다보는 우리 집. 오늘 가나는 어떤 하루를 보냈을까, 그렇게 생각하던 일상이 한순간 머릿속에 되살아났다.

저녁 찬거리가 담긴 비닐봉지를 고쳐 들고 시선을 앞으로 돌려 출입구로 향한다. 일로 피곤할 때도 많았고, 마무리하지 못한 일거리를 가지고 왔을 때는 한숨도 나왔다. 하지만 멈춰서서 베란다를 올려다보는 순간만큼은 시름과 우울함을 잊어버렸다.

가나의 다양한 얼굴이 떠올랐다. 고등학교 합격 발표일에 휴대전화로 찍은 합격자 발표 명단을 자랑스럽게 보여주며 웃던 얼굴, 좋아하는 토끼 봉제 인형을 끌어안고 입을 반쯤 벌린 채 천진난만하게 잠든 얼굴, 처음으로 혼자 자전거 타는 데 성공했을 때 놀라고 기뻐서 눈이 휘둥그레진 얼굴…….

베타 수조를 아련하게 바라보는 옆얼굴이 떠올랐을 때 회상이 뚝 끊기더니 아까보다 멀어진 베란다 난간이 시야에 들어왔다. 신기하게도 무섭지는 않았다. 몸이 난간에서 떨어진 순간 밀려온 강한 압박감은 더 이상 느껴지지 않았다. 대신 미지근한 액체에 감싸인 듯 고요한 안도감이 몸을 가득 감쌌다.

가나.

안도는 속으로 불렀다.

아빠가 어설퍼서 미안해. 하지만 이 방법밖에 생각이 안 났어.

가나를 평생 잊지 못하게 하는 방법.

저들에게 그리고 자신에게 가장 적합한 벌.

안도는 조용히 흘러가는 풍경을 바라보며 뺨을 살짝 누그러 뜨렸다.

이제 기바 사키는 달아날 수 없다.

이번에야말로 직접 손을 썼으니까.

물통에 담긴 물에 수건을 적시고 손목을 비틀어 물을 꽉 짰다. 펼쳐서 세게 털자 물방울이 뺨에 튀었다.

사나에는 차갑고 뻣뻣한 손가락으로 물방울을 닦은 후 등을 펴고 일어섰다. 하얀 입김이 흘러나왔다.

몸을 돌려 반으로 접은 수건으로 묘비를 끝에서부터 차례대로 닦아 나갔다. 안도 집안의 묘라는 글씨 위에서 잠깐 손을 머뭇거렸지만 얼마 지나지 않아 다 닦았다. 묘비 주변을 둘러보았지만 잡초는 딱히 눈에 띄지 않았다. 시든 꽃을 뽑아 비닐봉지에 넣고 숄더백에서 선향 묶음을 꺼냈다.

아직 불도 안 붙였는데 진한 향냄새가 나는 것 같아서 사나에는 움직임을 멈췄다.

1년 2개월 전 그날, 사나에가 안도 집에 간 것은 안도의 의도를 알아차렸기 때문이 아니었다. 불길한 예감이 든 것도 아니다.

그저 얘가 아니라고 말하러 갔을 뿐이었다.

플라캇은 흔히 원종으로 오해받지만 야생 베타가 아니에요. 품종을 개량한 애는 안 길러요.

그렇게 설명하고 안도를 가게로 데려갈 생각이었다.

초인종을 눌러도 대답이 없기에 열쇠로 열고 들어갔지만 집에 안도는 없었다. 어디 나갔나 싶어 아쉬웠다. 의욕이 넘쳤던 만큼 김샌 기분을 뒤로하고 주차장에서 차를 몰고 나오다가 조금만 더 기다려보기로 마음먹었다.

잠깐 편의점에 갔을지도 모른다. 그럼 금방 돌아오지 않을까.

차에서 내린 사나에가 고개를 뻗어 길을 내다보았을 때 위쪽에서 희미한 소리가 들렸다. 이어서 흥분하듯 감정적인 목소리가 고막을 때렸다. 사람 말소리라는 건 알았지만 무슨 내용인지까지는 못 알아들었다.

하나, 둘, 셋, 넷, 다섯. 아래부터 헤아려 올라가 실눈으로 베란다를 쳐다보았지만 난간에 가려서 모습이 잘 안 보였다.

사나에는 재빨리 맨션 출입구로 향했다.

착각일까, 하고 고개를 갸웃하며 엘리베이터를 탔다. 내장이 붕 뜨는 느낌이 들고 층수 표시판에 5라는 숫자가 깜빡였다.

문이 열리자마자 나와서 왼쪽으로 꺾고 익숙한 문 앞에 서서 초인종을 눌렀다. 딩동, 하는 소리가 길게 울린 그때, 뒤통수를 힘껏 후려갈긴 것처럼 둔중한 소리가 들렸다.

사나에는 숨을 작게 내쉬고 묘비에서 한 걸음 물러났다. 검은색 펌프스 밑에서 굵은 자갈이 버걱거리는 소리가 났다. 선향 묶음을 왼손으로 바꿔 들고 뒤를 돌아보았다.

"안도 씨."

이름을 부르며 선향을 내밀자 안도는 말없이 고개만 숙여 답하고 선향을 받아들었다. 그 모습 어디에도 다친 흔적은 남아 있지 않았다. 말해주지 않으면 1년 하고 두 달 전에 죽을 뻔한 사람이라는 걸 아무도 모를 것이다.

사나에는 안도가 붕대와 깁스를 풀러 병원에 갈 때마다 감개무량했지만, 안도 본인이 그걸 어떻게 받아들이는지는 잘 몰랐다. 안도가 자신의 생각을 거의 말하지 않기 때문이다.

안도가 목숨을 건진 것에 대해 의사는 운이 좋았다는 한마디로 표현했다.

"원래 5층에서 떨어져도 잘만 하면 살 수도 있거든요. 거기에다 차 높이를 약 1층으로 잡으면 거의 4층에서 떨어진 셈이죠. 보닛이 쿠션 역할도 했을 테고요. 정말 운이 좋았습니다."

하지만 안도의 딸은 진짜 4층에서 떨어졌다. 게다가 밑에는 역시 쿠션 역할을 할 덤불이 있었다. 그런데도 가나는 죽고 안도는 살아남았다.

마침 차를 거기 세웠던 것, 마침 차고가 높은 차종이었던 것, 마침 팔부터 떨어진 것. 거기에 무슨 차이가 있었을까, 아니면 차이고 뭐고 그냥 운의 문제였을까. 그건 사나에도 모른다.

애당초 사나에는 대체 뭐가 어떻게 돼서 안도가 딸의 동급생에게 떠밀리는 지경에 처했는지 몰랐다.

가나가 죽은 뒤로 안도 곁에 제일 오래 있었던 사람은 사나에였다. 그래서 모두가 사나에에게 사정을 물어보았고, 사나에가 아무것도 모른다고 주장해도 심리학자로서 견해를 요구했다.

당신이 보기에 안도 사토시 씨는 어떤 사람이었습니까?

가해 학생들과 만난 적은 있습니까?

안도 씨는 왜 가해 학생들을 집으로 불렀을까요?

사나에는 아무 대답도 못 했다. 꼭 안도가 아니더라도 누가 어떤 사람이냐는 어려운 질문에는 대답할 수 없을 것 같았고, 만나고 말고를 떠나 가해 학생들의 존재조차 몰랐다. 안도가 무슨 생각으로 왜 그랬는지도.

자기는 어디까지나 제삼자라고 느꼈다. 그래서 방송국이나 주간지에서 아무리 인터뷰를 요청해도 응하지 않았다.

안도가 추락한 사건은 여고생이 동급생의 아빠를 베란다에서 떨어뜨렸다는 선정성과, 가해자 중 한 명이 미소녀였다는 화제성 때문에 주목받았다. 또한 기바 사키의 진술인지 신카이 마호의 변명인지 출처는 분명치 않지만 사건의 동기와 배경을 일부 주간지에서 다루어 한동안 사람들 입에 오르내렸다. 하지만 얼마 지나지 않아 다른 뉴스에 밀려났다.

기바 사키는 소년원에 송치됐지만 그 후의 이야기는 거의 보도되지 않았다. 신카이 마호는 기소되지 않았지만 심신미약 상태라 심리 상담을 받고 있다고 한다.

사나에가 아는 사실은 그 이상도 그 이하도 아니다. 결국 기바 사키라는 소녀가 왜 그런 행동을 취했는지는 이해하지 못했다. 맨션에서 떨어뜨리면 처벌된다는 건 분명 알고 있었을 것이다. 따돌림을 주도했다는 사실을 은폐하려고 왜 다른 죄를 짓는단 말인가.

사나에는 보이스 피싱 피해가 끊이지 않는다는 뉴스가 떠올랐다. 보이스 피싱 피해 사례를 많이 보도하고 은행과 우체국에서 주의를 촉구하는데도 왜 여태 사기 피해가 사라지지 않는지 고찰하는 방송이었다. 얼굴에 모자이크를 한 피해자가 울먹이며 당시 심정을 토로하는 영상 화면이 흘러나왔다.

"보이스 피싱일지도 모른다는 생각은 했어요. 하지만 혹시라도 진짜인데 바로 송금 안 했다가 아들이 큰일 나면 어쩌나 싫어 걱정되고 무서워 죽겠더라고요. 결국은 사기라도 상관없다는 생각을 했던 것 같아요."

사기라도 상관없다는 말이 흥미로워 인상에 깊이 남았다. 속아도 괜찮다는 사고방식이 사나에는 전혀 이해되지 않았지만, 수업 때 학생들을 상대로 설문 조사를 해보자 이해가 간다는 답변이 적지 않았다.

그냥 고민하기가 싫어질 것 같습니다. 후회하기 싫어서 아무튼 제일 찝찝한 상황을 회피하려 들겠죠. 그래서 결과적으로 속거나 말거나 그런 행동을 취하는 것 아닐까요. 돈을 내면 '최악'은 피할 수 있으니까.

기바 사키도 그러한 심리 상태였을까. 안도를 말리지 않으면 벌을 받는다. 하지만 억지로 말리려 들면 이번에야말로 벗어날 수 없는 죄를 짓게 된다. 어느 쪽을 선택해도 처벌이 기다리고 있는 상황에서 기바 사키는 무슨 생각을 했을까.

어떻게 이렇게 몹쓸 짓을 할 수 있을까요.

인터넷 세대가 마음속에 품고 있는 어둠에 대해 어떻게 생각하십니까.

가해자는 외모가 출중해 연예인을 목표로 하고 있었다는군요. 이번 사건의 동기도 그 언저리에 있다고 추정되는 모양이던데, 실제로는 어떨까요.

사나에가 출연을 거절한 방송에서는 패널들이 토론한다기

보다 각자 감상을 내놓고 있었다. 그런 말이 사나에는 전혀 가슴에 와닿지 않았다.

안도가 쪼그려 앉고 얼마 지나지 않아 선향 연기가 피어올랐다. 사나에는 안도의 뒤편에 서서 비스듬히 두 손을 모았다.

가나, 안녕.

속으로 말을 걸고 잠시 생각하다 오늘은 춥네, 하고 덧붙였다. 고개를 들고 눈을 떴지만 안도는 여전히 두 손을 모은 채 꼼짝하지 않았다.

안도와 함께 집으로 돌아와 사나에는 익숙하게 커피를 준비했다. 주전자를 가스레인지 불 위에 올리고 식기대에서 컵과 컵 받침을 꺼냈다. 딱히 대화는 하지 않았다. 어제오늘 일은 아니다. 1년 2개월 동안 서로 말을 나눈 적이 거의 없다. 가끔 사나에가 직장이 어떻게 돌아가고 있는지 이야기할 때도 있지만, 안도는 말없이 고개만 끄덕일 뿐이었다.

하지만 사나에는 그런 침묵이 고통스럽지 않았고, 안도 곁에 있으면 오히려 마음이 편했다. 안도가 오지 말라고 하지도 않았으므로 계속 오고 있다.

"드세요."

사나에는 안도 앞에 커피를 내밀었다. 규정보다 1.3배 진하게 탄 인스턴트커피에 설탕을 한 스푼, 데운 우유를 60시시 첨가했다.

"고마워."

안도는 눈을 내리깐 채 소리 나지 않게 컵을 들어 입에 댔다. 사나에는 부엌에서 블랙커피를 가져와 안도의 대각선 앞자리에 앉았다.

식탁 위에 방금 우편함에서 꺼내온 우편물을 쌓아놨다. 사나에는 슬쩍 곁눈질하다가 '신카이 마호'라는 이름에 시선을 고정했다.

"또 보냈군요."

안도의 손끝이 살짝 움찔해서 사나에는 고개를 갸웃했다.

"왜 자꾸 보내는 걸까요."

안도에게 물은 것이 아니라 그냥 단순한 의문이었다. 이게 신카이 마호가 보낸 열아홉 번째 편지일 것이다. 하지만 안도는 늘 뜯어보지도 않고 반송했다. 왜 버리지 않고 일부러 우표를 붙이고 주소를 쓰는 수고까지 들이면서 반송하는 걸까. 어떤 심정에서 그렇게 행동하는 건지 사나에는 이해가 가지 않았다. 읽지도 않고 반송하는데도 계속 편지를 보내는 신카이 마호의 심정도.

사나에는 안도의 대답을 기다리지 않고 커피를 마셨다.

안도가 우편물을 확인하는 희미한 소리가 잠시 이어졌다.

가위로 봉투를 자르는 소리와 접힌 종이를 펼치는 소리가 이따금씩 귀에 들어왔다. 사나에는 지금 쓰고 있는 논문을 어떻게 풀어나갈지 궁리하며 만년필로 노트에 정리했다.

커피를 다 마셨을 때쯤 사나에는 안도가 조금 이상하다는 걸 알아차렸다. 한 잔 더 마실까 오늘은 이만 돌아갈까 생각하며 안도 쪽으로 얼굴을 돌리자 안도가 여전히 편지지를 내려다보고 있었다.

흠칫 놀라 시계를 보니 우편물을 확인하기 시작한 지 한 시간 가까이 지났다. 안도는 넋이 나간 사람처럼 허공에 시선을 고정한 채 굳어 있었다.

사나에는 당황하며 일어섰다.

"괜찮으세요?"

안도는 고개를 들었지만 아무 대답도 없었다.

"왜 그러세요?"

사나에는 안도의 손을 내려다보았다. 뜯어서 식탁에 내려놓은 편지 봉투에 '신카이 마호'라는 이름이 적혀 있었다. 사나에는 작게 숨을 삼켰다.

"읽으셨어요?"

안도는 뻣뻣하게 고개를 움직여 다시 편지지를 내려다보았다. 잠시 기다렸지만 아무 말도 없기에 사나에는 안도 뒤로 돌아가 편지를 들여다보았다. 안도는 편지지를 건네주지 않았지만 그렇다고 가리지도 않았다.

마지막 장을 보고 있었던 듯 이야기가 중간부터 시작되어 무슨 내용인지는 알 수 없었다. 하지만 죄송하다는 말이 몇 번 나오는 걸로 보건대 아무래도 사죄 편지인 듯했다.

안도는 용서를 구하는 편지를 읽고 어떻게 생각했을까. 불쾌했을까, 아니면 조금은 마음이 움직였을까. 사나에는 시간을 들여 한 글자씩 읽어나갔다. 반 정도 읽었을 때 갑자기 안도가 작게 중얼거렸다.

"……자살이 아니었어."

사나에는 편지에서 눈을 돌려 안도를 보았다. 하지만 안도는 그 이상 아무 말도 하지 않았고, 표정이나 동작으로 감정을 읽어낼 만한 힌트도 주지 않았다. 사나에는 안도가 무슨 생각을 하는지 알 수 없었다. 이럴 때 나 말고 다른 사람들은 눈치 있게 어떤 말을 건넬까.

다시 편지를 읽자 '벌칙으로'라는 문구가 눈에 들어왔다. 계속 읽어나가자 겨우 무슨 말인지 이해했다.

가나는 스스로 죽음을 택한 게 아니었다.

사나에는 눈이 휘둥그레졌다. 당시 가나가 어떤 상황에 처해 있었는지 알아차린 사람은 없었고, 사후에도 자살했다고 오해받았다. 신카이 마호가 편지를 써서 보내지 않았다면 평생 수수께끼가 풀리지 않았을 수도 있다.

그 사실이 천천히 의식에 스며들었다.

모르는 건 나뿐만이 아닐지도 모른다.

지금까지 자신만 다른 사람들이 사용하는 텔레파시를 읽어내지 못하는 거라 여겼다. 자신은 전혀 이해하지 못하지만 분위기, 뉘앙스, 문맥 같은 단어로 표현되는 뭔가가 다른 사람들에게는 똑똑히 보이는 거라고.

하지만 그게 아니었던 걸까.

안도가 갑자기 일어섰다. 놀라서 고개를 들자 안도는 봉투와 편지지를 움켜쥐더니 쓰레기통에 버렸다. 사나에는 눈을 깜박이며 안도를 쳐다보았다.

"이제 안 돌려보내세요?"

궁금한 걸 그대로 물어보았을 뿐이었다. 기운 없이 무표정한 안도의 얼굴이 급격히 일그러졌다. 어, 하고 생각했을 때는 늦었다. 안도가 오른손으로 얼굴을 가리고 희미하게 떨리는 목소리로 말했다.

"이제 얘는 가나를 잊어버릴까."

사나에는 고개를 갸웃했다. 편지를 반송하지 않는 것과 신카이 마호가 안도의 딸을 잊어버리는 것에 어떤 인과관계가 있는지 모르겠다. 하지만 아무래도 안도는 딸이 망각되는 게 싫은 모양이라는 건 알았다. 사나에는 입을 열었다.

"저는 안 잊어버려요."

안도가 고개를 획 들었다. 사나에는 그 두 눈에 비치는 자기 모습을 보며 방금 한 말을 되새겼다. 저는 안 잊어버려요. 실제로 사나에는 가나와 나눈 이야기를 하나도 안 잊어버렸다. 앞으로도 안 잊어버릴 것이다. 꼭 가나라서가 아니다. 사나에는 뭐든지 잘 안 잊어버린다. 실수해서 야단맞은 기억도, 눈에 쌍심지를 켠 엄마와 선생님과 지인의 얼굴도, 다섯 살 때 외운 차량 도감의 구성도, 사나에는 하나도 잊어버리지 않았다.

안도가 가느다란 숨을 길게 내쉬었다.

"……당신이 그렇다면 그런 거겠지."

옅은 미소가 맺힌 안도의 얼굴을 사나에는 그저 가만히 바라보았다.

무거운 죄,
그 여백에 있는 것은

새로운 장르의 엔터테인먼트 작품을 공모하는 '야성시대 프런티어 문학상(11회부터 소설 야성시대 신인상으로 개칭)'에서 아시자와 요는 미스터리, 그것도 사회 문제인 '왕따'를 소재로 한 이 작품 『죄의 여백』으로 제3회 수상의 영광을 안으며 데뷔한다.

학교는 한정된 공간에서 만들어진 작은 사회다. 그 사회는 '반'이라는 더 작은 단위로 나뉘고, 그 안에서 취향이나 성격이 맞는 사람들끼리 몇몇 '그룹'을 형성한다. 문제는 이러한 그룹 내에서 힘의 격차가 발생한다는 것이다.

일본에서는 이런 그룹 내 계층 차이를 인도의 신분 제도에 비유해 '스쿨 카스트'라고 부른다. 소위 잘나가는 학생은 상층부에 그렇지 못한 학생은 하층부에 속한다. 어떤 그룹에도 속하지 못하는 외톨이는 왕따의 대상이 되기 쉽다. 학생들은 되도록 상층부 그룹에 들어가고자 노력하지만, 속했다고 해서 끝이 아니다. 서열이 밀리지 않도록 부단히 노력해야 한다. 그룹 내에서도 왕따가 발생할 수 있기 때문이다.

『죄의 여백』에서는 학생들 사이에서의 왕따 문제를 같은 그룹에 속한 10대 소녀들의 시점으로 흥미롭게 그려낸다. 그 과정에서 등장인물의 질투와 시기, 내면의 악의를 전달하는 솜씨가 일품이다. 작가는 왕따로 인해 딸을 잃은 부모의 심정도 세세하게 묘사하는데, 이를 통해 왕따가 따돌림당한 직접적인 피해자에게만 해를 끼치는 것이 아니라 주변 인물에게도 심각한 피해를 입힌다는 사실을 부각한다.

가해자와 피해자의 시점을 번갈아 이야기를 진행시켜 긴장감을 조성하는 동시에 "반성이란 무엇일까? 가해자에게 어떤 속죄를 요구해야 피해자와 그 가족은 납득할 수 있을 것인가"라는 화두를 제시한다.

덧붙여, 『죄의 여백』에는 독특한 캐릭터가 한 명 등장한다. 타인의 심리에 잘 공감하지 못하고 사회성이 떨어져 대인관계에 문제가 있는 심리학 교수 오자와 사나에다. 아시자와 요는 수상 기념 인터뷰에서 사나에가 처음에는 없던 인물이라고 밝혔다. 나중에 사나에를 투입함으로써 결말이 크게 바뀌었고, 주인공 안도와 소녀들이 자아내는 팽팽하고 긴장된 분위기에

완급을 줄 수 있었다고 언급했다.

번역하면서 개인적으로는 오자와 사나에가 쓸모 있는 곁가지로 느껴졌다. 공감 능력이 떨어지면서도 남을 위해 애쓰는 사나에와 반의 중심에 설 정도로 공감 능력과 배려심이 뛰어난 척하지만 인간성이 최하인 가해자 사키를 대비하면서 읽으면 더 재미있을 것이다.

2000년 무렵부터 문학상에 응모하며 작가를 꿈꾼 아시자와 요. 순문학으로 시작했지만 엔터테인먼트 소설로 노선을 변경해 마침내 꿈을 이룬다. 하지만 이 작품에는 단순 오락물 이상의 것이 담겨 있다. 아시자와 요의 인터뷰를 인용하며 역자 후기를 마칠까 한다.

"저도 소설을 읽으며 무수한 역경을 헤쳐 왔기 때문에, 『죄의 여백』이 여러분께 힘이 되었다는 이야기를 듣고 얼마나 행복했는지 모릅니다. 덮어놓고 해피엔드로 끝나지는 않지만, 등장인물 각자에게 미래의 여지가 남는 결말까지 단숨에 읽어주시면 기쁘겠습니다."

2021년 3월
김은모

/ 참고 문헌 /

- 『솔로몬의 반지 동물행동학 입문ソロモンの指環 動物行動学入門』 콘라트 로렌츠, 번역 히다카 도시타카
- 『베타 스플렌덴스ベタ·スプレンデンス』 히가시야마 야스유키, 모리 후미토시
- 『성인 아스퍼거 증후군大人のアスペルガー症候群』 사사키 마사미, 감수 우메나가 유지
- 『발달장애의 이해를 돕는 책 '살기 힘들겠다'에서 '그 사람답다'로発達障害をもっと知る本 '生きにくさ' から 'その人らしさ' に』 미야오 마스토모
- 『발달심리학이 훤히 들여다보이는 책手にとるように発達心理学がわかる本』 오노데라 아쓰코
- 『마지막인 줄 알았다면最後だとわかっていたなら』 노마 코넷 마렉, 번역 사가와 무쓰미
- 『성서 신공동번역聖書 新共同訳』 성서 공동번역 실행 위원회, 일본 성서 협회 편저
- 『뇌 속의 유령脳のなかの幽霊』 V.S.라마찬드란, 샌드라 블레이크슬리, 번역 야마시타 아쓰코
- 『화성의 인류학자-뇌신경과 의사가 만난 일곱 명의 기묘한 환자들』 올리버 색스, 번역 요시다 도시코
- 『현미경으로 알아낸 생물의 굉장한 능력けんびきょうでわかった! いきもののスゴイ能力』 가이노 요이치
- 『뇌는 윤리적인가』 마이클.S.가자니가, 번역 가지야마 아유미

옮긴이 김은모

경북대 행정학과를 졸업했다. 출판 번역가로 활동하며 다양한 작가의 작품을 소개하고자 노력하고 있다. 옮긴 책으로 우타노 쇼고의 『밀실살인게임』 시리즈, 고바야시 야스미의 『앨리스 죽이기』, 『클라라 죽이기』, 이사카 고타로의 『화이트 래빗』, 『후가는 유가』, 미야베 미유키의 『비탄의 문 1, 2』, 후지마루의 『너는 기억 못하겠지만』을 비롯해 『열대야』, 『시인장의 살인』, 『지푸라기라도 잡고 싶은 짐승들』, 『아니 땐 굴뚝에 연기는』, 『미래』 등이 있다.

죄의 여백

1판 1쇄 인쇄 2021년 4월 12일
1판 1쇄 발행 2021년 4월 26일

지은이 아시자와 요
옮긴이 김은모

발행인 양원석 **편집장** 김건희 **책임편집** 김송은
디자인 이은혜, 김미선 **영업마케팅** 조아라, 김보미, 신예은

펴낸 곳 ㈜알에이치코리아
주소 서울시 금천구 가산디지털2로 53, 20층 (가산동, 한라시그마밸리)
편집문의 02-6443-8932　**도서문의** 02-6443-8800
홈페이지 http://rhk.co.kr
등록 2004년 1월 15일 제2-3726호

ISBN 978-89-255-8879-7 (03830)

※ 이 책은 ㈜알에이치코리아가 저작권자와의 계약에 따라 발행한 것이므로
본사의 서면 허락 없이는 어떠한 형태나 수단으로도 이 책의 내용을 이용하지 못합니다.

※ 잘못된 책은 구입하신 서점에서 바꾸어 드립니다.

※ 책값은 뒤표지에 있습니다.